Von Thomas Gifford sind die folgenden Bastei Lübbe Taschenbücher lieferbar:

13509 Assassini
13985 Gomorrha
14249 Protector
14432 Komplott
14578 Intrige
14957 Skandal
15118 Aquila
15168 Ultimatum
15291 Escudo

Über den Autor:

Thomas Gifford erzielte seinen internationalen Durchbruch mit dem Vatikanthriller ASSASSINI, gefolgt von Romanen wie GOMORRHA und PROTECTOR. Mit INFERNO wird ein weiteres Frühwerk Giffords veröffentlicht.

Thomas Gifford

INFERNO

Thriller

Aus dem Amerikanischen von
Dr. Rolf Tatje

BASTEI LÜBBE TASCHENBUCH
Band 15353

Erste Auflage: August 2005

Bastei Lübbe Taschenbücher in der Verlagsgruppe Lübbe

Deutsche Erstveröffentlichung
Titel der amerikanischen Originalausgabe:
The Woman Who Knew Too Much
© 1986 by Thomas Gifford
© für die deutschsprachige Ausgabe 2005 by
Verlagsgruppe Lübbe GmbH & Co. KG, Bergisch Gladbach
Umschlaggestaltung: Bianca Sebastian
Titelbild: Photonica / Johner
Satz: hanseatenSatz-bremen, Bremen
Druck und Verarbeitung: GGP Media GmbH, Pößneck
Printed in Germany
ISBN 3-404-15353-7

Sie finden uns im Internet unter
www.luebbe.de

Für Tom

Vorher

Der Direktor schnaufte leise. Er genoss sein Mittagsmahl.

Wie üblich aß er allein in seinem Büro und hörte dabei Opernmusik. Er aß allein, weil er das Essen als eine Tätigkeit betrachtete, die am genussvollsten war, wenn man ihr ganz im Privaten frönte. Und dazu hörte er Opern, weil er immer schon Opern gehört hatte und mit Opern aufgewachsen war. Sein Vater war zu seiner Zeit ein bekannter Tenor gewesen, jedenfalls in der Provinz.

An diesem Tag fühlte er sich von Leidenschaft durchdrungen – nicht von Lüsternheit, wohlgemerkt; er war nie wollüstig, nicht seit seinem Unglück –, und so nahm er die glutvolle Einspielung von *Carmen* mit Rise Stevens in sich auf. Er summte die Arien mit, während er sein Kalbskotelett anschnitt, das in einer Soße aus Tomaten, grünem Pfeffer, Oregano und Kapern lag, und dirigierte von Zeit zu Zeit mit Messer und Gabel das Orchester.

Nachdem er das Kotelett halb verspeist hatte, legte er eine Pause ein und tupfte seine dicken, von Natur aus gespitzten Lippen mit einer Serviette ab, die schon einige Soßenflecken zierten. Er war außer Atem, wie ein Jogger, obwohl er mit Sicherheit noch nie gejoggt hatte. Das Essen erschöpfte ihn heutzutage wie früher der Sex. Seit seinem unglückseligen Unfall bewegte er sich nicht mehr so viel wie damals, und schon geringere körperliche Anstrengungen brachten ihn außer Atem. Natürlich war er unglaublich fett geworden. Nun ja, beleibt. Ziemlich dick. Zweihundertzweiundachtzig Pfund, heute Morgen. Er hatte in zwei Jahren fünfzig Kilo zugenommen.

Wo soll das enden?, fragte er sich.

Andererseits – was konnte man erwarten? Der Mensch musste wenigstens einem seiner Sinne etwas Gutes tun. Zweien, wenn man die Oper mitzählte. Vielleicht war doch nicht alles so öde. Und was hätte er Besseres tun können, als auf einen Morgen mit außerordentlich anspruchsvollen Planungen mit beinahe mathematischer Präzision ein schmackhaftes Mittagessen folgen zu lassen? Allein und ungestört. Er konnte sich kaum etwas Schöneres vorstellen.

Einige Minuten lauschte er der Musik, in Gedanken versunken, während er den Blick aus seinen kleinen schwarzen Augen in ihren Höhlen mit den geschwollenen, dunkel unterlaufenen Lidern unablässig umherschweifen ließ. Seine Augen waren die einzigen Körperteile, die noch genug Bewegung bekamen. Seine Augen und sein Mund. Ein Mann in seiner Lage, nahm er an, spielte tatsächlich viele Rollen, und im Augenblick glaubte er, dass er sich ein wenig so fühlte, wie Gott sich fühlen musste. Er sah alles und widmete sich nur der Verbreitung des Glaubens an ihn selbst.

Sein Blick wanderte zum breiten Fenster mit dem schusssicheren Glas, zu dem weiten grünen Rasen, der sich vom Bunker weg erstreckte wie das Grün auf einem Golfplatz – das größte Grün der Welt. Es erheiterte ihn zu wissen, dass der Rasen mit Minen gespickt war, falls es Schwierigkeiten geben sollte. Überall um ihn herum befanden sich die dichten, zivilisierten Wälder von New Jersey; auf der anderen Seite des Hudson ragten die hohen Gebäude am Rand der City auf und glänzten in der Sonne.

Ein brauner Chevrolet fuhr langsam die lang gezogene Kurve der Einfahrt hinauf und verschwand auf dem Parkplatz. Die Autos, die diese Leute fuhren, waren so unbeschreiblich, dass sie im Grunde Werbung für sich selbst waren. Niemand kaufte solche Wagen: Sie wurden *in Umlauf gebracht.* Der Direktor widmete sich noch ein paar Augenblicke seinem Kalbskotelett und nahm einen Schluck Wein, während die beiden Männer aus dem braunen Wagen von seiner Sekretärin hereingelassen wurden. Der Direktor nickte, stand aber nicht auf.

Mason und Friborg. Sie hätten Roboter sein können, trotz ihres Charmes, ihres Geistes und ihrer Fantasie. In gewisser Weise waren sie wirklich Maschinen, die ausgewählt worden waren, eben weil ihnen Charme, Geist und Fantasie fehlten. Ihre Profile verrieten, dass sie äußerst diszipliniert, gehorsam und – wenn man sie von der Leine ließ – gewalttätig waren. Einer trug einen blauen, der andere einen grauen Anzug, und der Direktor fragte sich, wie wohl das Material genannt wurde. Sie nahmen Platz, während der Direktor einen letzten Bissen Kalbfleisch durch die Soßenpfütze schob und ihn dann mit einer schnellen Bewegung im Mund verschwinden ließ, wie bei einem alten Sparschwein, das einen Penny verschluckt.

Der Direktor kaute lange und gründlich und blickte die beiden an. Er leckte sich die Lippen, griff zu einem Streichholzheftchen aus einem Restaurant namens *Nanni's,* wo er gut bekannt war, und zündete sich eine *Pall Mall* an. Aus einer Kanne, die in einer geflochtenen Hülle steckte, goss er sich einen Kaffee ein. Den Besuchern bot er keinen Kaffee an, weil er es nicht haben konnte, wenn sie wie zwei Puppen »Nein, danke, Sir« sagten. Dann rührte er Süßstoff in den dampfenden Kaffee.

»Jemand versucht mich umzubringen«, sagte er. Er starrte in seine Tasse, während er über den Kaffee blies, und nahm dann einen Schluck. Als er wieder hochblickte, schien er überrascht zu sein, dass sie noch da waren. »Das ist alles.« Er zuckte die Schultern. »Entschuldigen Sie mich, ich bin ein sehr beschäftigter Mann. Also …«

»Wissen wir, wer es ist, Sir?«

»Wenn ich es wüsste, bräuchte ich dann Sie, um sie davon abzubringen? Um sie zu drängen, sich zu bessern? Oder ihnen ein Messer in den Balg zu stoßen?«

»Wie kommen Sie darauf, dass jemand versucht, Sie umzubringen, Sir?«

»Glauben Sie mir einfach.«

»Entschuldigen Sie, Sir, aber das ist nicht gerade viel als Ausgangspunkt …«

»Niemand hat behauptet, dass es einfach sein wird, Friborg.«

»Ich bin Mason, Sir.«

»Mason, Friborg … was soll's.«

»Was sollen wir für Sie tun, Sir?« Friborg brachten diese kleinen Diskussionen mit dem Direktor immer ganz durcheinander.

»Das ist Ihre Sache«, entgegnete der Direktor. »Ich versuche nur, Sie ins Bild zu setzen. Das scheint mir das Mindeste zu sein, was ich tun kann.«

»Aber, Sir …«

»Tun Sie, was Sie wollen. Aber wie Sie vielleicht wissen, hätte mein vorzeitiger Tod Konsequenzen für uns alle …«

»Das wollen wir selbstverständlich vermeiden, Sir.«

»Das will ich wohl meinen.« Der Direktor nickte, wobei sein Doppelkinn leicht schwabbelte. »Also, ich bin wirklich sehr beschäftigt. Vielen Dank, dass Sie gekommen sind.«

Mason und Friborg standen auf.

Der Direktor nahm einen rechteckigen grauen Umschlag, der neben der Kaffeetasse lag.

»Sie werden zweifellos in Kürze den General treffen. Darf ich Ihnen das hier anvertrauen?«

»Selbstverständlich, Sir.« Mason nahm den Umschlag und sah ihn an, als ob er tödlich wäre. Bei diesem Gedanken musste der Direktor lächeln: Mason konnte unmöglich wissen, *wie* tödlich er war.

»Was ist das, Sir?«

Der Direktor schwang sich in seinem Stuhl herum und blickte durchs Fenster auf die Vögel, die unschuldig am Bewässerungsgraben herumhüpften. »Es ist eine Floppy Disk, Friborg.«

»Mason«, erwiderte der Mann im grauen Anzug leise, als ob sein Name irgendeine Rolle spielte.

Sobald er allein war, rief der Direktor seine Frau an. Er hatte in diesen Tagen gern ein Auge auf sie. Wenn man alles recht betrachtete, war das keine schlechte Idee.

Während er dem Freizeichen im Hörer lauschte, dachte er selbstgefällig an den General. Sie waren so etwas wie Rivalen, Konkurrenten. Der gute alte General glaubte, dass Mason und Friborg für ihn arbeiteten. In Wirklichkeit arbeitete einer von ihnen für den Direktor. Und der Direktor wusste verdammt gut, welcher von beiden.

Im Hörer erklang immer noch das Freizeichen. Wo zum Teufel war sie?

Charlie Cunningham lag in seiner vom Sex fleckigen *Bill-Blass*-Bettwäsche und ließ den Blick müde durch sein Wohnstudio schweifen. Ein vernachlässigter Schwertfarn war vertrocknet und ganz braun. Ein Zebrakraut stand am Rande des Todes. Kleidungsstücke hingen am Türknauf und über Stuhllehnen, und überall auf Tisch und Boden sowie in den übervollen Bücherschränken lagen Stapel von Büchern. Er musste die Bücher loswerden, die er nicht brauchte oder nicht gelesen hatte. Unbedingt. Ein Besuch beim *Strand Book Store*, dem riesigen Antiquariat und Buchladen am Broadway, Ecke Zwölfte Straße, war das Richtige.

Er hatte einen Entschluss gefasst, und dann war sein Blick auf die offene Badezimmertür gefallen, auf das unglaubliche Chaos, das sie drinnen angerichtet hatte. Er schloss die Augen. Er roch ihr Parfüm auf dem Kopfkissen, den Schweiß und den Sex und erkannte, dass sie trotzdem ihre Vorzüge besaß und dass er noch immer nicht zu viel von ihr hatte.

Es war fast zwei Jahre her. Es hatte ihn erregt, sie nur anzusehen, während sich Idioten aus der Literaturszene um sie drängten und die Veröffentlichung der Memoiren irgendeiner Ex-Mafiabraut bejubelten. Das rabenschwarze Haar mit der Tolle über der Stirn, die fast durchscheinende Blässe ihrer Haut, die schweren Brüste, die wogten und schwangen, als sie durch die Algonquin-Suite zu ihm kam und sich vorstellte.

»Sie sind groß und gut aussehend und sehen ein bisschen zerstreut aus«, sagte sie und lächelte ihn an, während sie ihn taxierte. »Intellektuell, als ob Sie gerade über die Philosophie von Descartes und Malthus nachdenken. Aber das tun Sie gar nicht, stimmt's?« Er schüttelte den Kopf. Sie lächelte die anderen an, beobachtete sie, lächelte und winkte dem Ehrengast zu, die alles verraten hatte und nun sagte, dass sie um ihr Leben fürchtete – der merkwürdige Unfall auf dem Roosevelt Drive, die Gasexplosion, der verirrte Eindringling. Während sie lächelte, ohne ihn anzusehen, fuhr sie fort: »In Wirklichkeit haben Sie erschreckend schmutzige Gedanken. Genauer gesagt, sie wären schmutzig, wenn man mich noch schockieren könnte. Aber da man das nicht kann, will ich Ihnen sagen, woran Sie gerade denken. Erstens an meine Titten. Zweitens an meine Titten. Und drittens an meinen Hintern. Sie sind irgendwie unschuldig, Sie können nicht anders. Sie denken an sehr unartige Sachen, die Sie gern mit mir machen würden.« Sie blickte mit ihrem strahlendsten Lächeln in sein verblüfftes Gesicht. »Ist das ungefähr richtig?« Er nickte und spürte, wie ihm die Röte ins Gesicht stieg. »Okay«, sagte sie. »Abgemacht. Besser als jetzt wird es sowieso nicht. Verschwinden wir von hier.« Er folgte ihren runden, schwingenden Hüften, als wäre er auf dem Weg zur ewigen Erlösung.

So hatte alles angefangen. Er hatte noch nie etwas Ähnliches gehört. Selbst jetzt, wo er die Nase voll hatte von ihrem Ego und ihrer verwegenen Art und dem Ehrgeiz und der Ungeduld und Gier und Reizbarkeit und Menschenverachtung, so sehr er es leid war, dass sie all die endlosen Notizen und Instruktionen für ihn daließ, all die Anweisungen und Rücknamen dieser Anweisungen … so sehr er das alles satt hatte, musste er doch gestehen, dass es besser als alles andere war, ihr dabei zuzusehen, wie sie langsam ihren Slip auszog und ganz heiß zu ihm kam. Viel besser. Aber er würde sich daran gewöhnen müssen, ohne das alles auszukommen. Oder nicht? Es war das perfekte Beispiel einer Folie à deux, einer sexuellen Besessenheit, die sie nährte, indem sie ihn verzehrte.

Er kroch aus dem Bett, stieß einen Stapel Bücher um und türmte sie neben der Tür wieder auf, um sie später zu *Strand* zu bringen. Er sah nach, ob sie ihm irgendwelche Anweisungen hinterlassen hatte, und wankte unter die Dusche. Er rasierte sich, aß trockene Cornflakes, da er schon lange nicht mehr daran gedacht hatte, solche einfachen Aufgaben wie das Einkaufen von Milch zu erledigen, trank eine Tasse löslichen Kaffee, den er mit heißem Leitungswasser angerührt hatte, und zog ein blaues Button-Down-Hemd, frische Chinos und seinen blauen Blazer an. Er griff sich den Bücherstapel, steckte die Bücher in eine *Strand's*-Tüte, verließ das Gebäude und ging los. Er legte einen Zwischenstopp beim Buchhändler ein, um das schnelle Geschäft zu erledigen, und ging dann weiter in Richtung Midtown Manhattan. Es war kurz nach Mittag.

Als ihre Affäre angefangen hatte, hatte sie einen Plan gehabt, den sie ihm erst enthüllte, als sie schon einen Monat lang ein Liebespaar waren. Zu dem Zeitpunkt war er schon süchtig nach ihrer Begierde, ihre wildesten Fantasien mit ihm auszuleben. Ihr Plan hatte einen gewissen Reiz. Sie war Romanschriftstellerin mit Zugang zu einigen streng geheimen Informationen. Er selbst schrieb Sachbücher. Sie hatte einige davon gelesen. Das hatten nicht viele Leute getan. Er fühlte sich geschmeichelt. Er wäre für sie vom Chrysler Building gesprungen. Am Ende wäre ein Kopfsprung vom Chrysler Building ihm wie ein Tag am Strand erschienen. Sie hatten zusammengearbeitet und ein Buch geschrieben, das sein Leben in eine ganz neue Art von Horrorshow verwandelt hatte.

Sein Blick fiel auf sein Spiegelbild in einem Schaufenster von *Saks Fifth Avenue*. Er war überrascht, dass man ihm äußerlich keines seiner Probleme wirklich ansehen konnte. Es war seine Wohnung, die widerspiegelte, was in ihm vorging; sozusagen seine eigene Version vom Bildnis des Dorian Gray. Du lieber Himmel ...

Inmitten der Leute, die sich St. Patricks Cathedral und die Atlas-Statue im Rockefeller Center anschauten, wartete er auf grünes Licht. Er musterte ihre Gesichter. Wahrscheinlich hätte nicht einer von ihnen seine Geschichte geglaubt. Er war ein langweiliges, schüchternes Mitglied am Rande der literarischen Welt gewesen … und jetzt war er ein angsterfüllter Racheengel, Verteidiger der Gerechtigkeit, überdrehter Sexsüchtiger, von einer Muschi angetriebener Sex-Junkie und Möchtegern-Mörder. Es waren zwei ziemlich unheimliche Jahre gewesen. Seine Mutter glaubte, dass er an einem Buch über Yogi Berra schrieb, den legendären Baseballspieler mit seinen skurrilen Sprüchen.

Er seufzte und überquerte die Fifth Avenue.

Wieder sah er auf die Uhr. Er ging an den riesigen Blumenkübeln voller Frühlingsblumen vorbei, blieb stehen und schaute auf die gelben Sonnenschirme des Terrassencafés unterhalb der Merkur-Skulptur hinunter. War es überhaupt Merkur? Wen interessierte das? Er zündete sich eine Camel an und hustete. Scheiße. Er war eine Beleidigung für den Frühling, ging es ihm durch den Kopf. Er tastete die Zigarettenschachtel nach dem Umriss des kleinen Stücks festes Papier in der Zellophanhülle ab.

In wenigen Minuten würde er etwas tun, das ihm das Leben retten würde, wenn alles so lief, wie es sollte – was natürlich nicht der Fall sein würde, weil nie etwas so lief wie geplant. Aber man musste versuchen, sich selbst zu schützen. Man musste sich seine eigene Horrorshow ausdenken und sie dann für sich selbst einsetzen. O Mann.

Wenn *sie* es herausbekam, würde sie ihn umbringen.

Jesse Lefferts war vierunddreißig und wollte zwei Dinge. Er wollte heiraten, und er wollte zum Cheflektor bei *Pegasus House* befördert werden. Da er seit seiner »Großen Herpesangst« von 1984 Furcht vor Rendezvous hatte, sah es so aus, als wäre seine Karriere der Weg seiner Wahl.

Er saß unter dem flatternden Rand des gelben Schirmes

und trank ein großes Glas von etwas, auf dem ein Papier-hütchen steckte. Die Kellnerin war dunkel und hübsch, und ihre Jeans hatte bestimmt eine Schrittlänge von 36. Er fragte sich müßig, ob sie wohl Virusträgerin war. Man konnte nicht vorsichtig genug sein, und das war ein Problem. Punkt.

Dieses Mittagessen war seine beste Chance, Cheflektor zu werden. Selbst nach dem Reinfall mit dem letztendlich doch nicht so witzigen Romanerstling über die Schlange – der sich nicht nur als Ladenhüter, sondern schließlich auch noch als Plagiat erwiesen hatte – rechnete er sich aus, dass er noch eine letzte Chance hatte. Akquirieren, so hieß das Spiel unter dem neuen Management bei Pegasus. Schaff ein heißes Buch heran, das überall in der Werbung und sogar in den Fernsehnachrichten auftaucht, und du bist der Goldjunge. Nun, jetzt war seine Chance gekommen, und er hatte ein gutes Gefühl bei der Sache. Alles wie im Mantel-und-Degen-Film. Das Buch würde im *Publishers Weekly* ganz groß rauskommen, sobald es auf den Bücherlisten auftauchte. War irgendwie richtig versaut, wie *Deep Throat*. Er musste nur das verdammte Manuskript in die Finger kriegen.

Mann, wer hätte gedacht, dass es ausgerechnet Charlie Cunningham sein würde? Das machte Lefferts Sorgen, denn er hatte Charlie nie für besonders zuverlässig gehalten. Andererseits kannte er ihn seit Jahren, seit der Zeit bei *Scribners*, wo Charlie immer versucht hatte, Rezensionsexemplare bei ihm zu schnorren. Nun war Charlie aus Loyalität zu ihm gekommen, in Erinnerung an die Zeiten, als sie in der Upper Eastside durch die Lokale gezogen waren, um Mädchen abzuschleppen – und doch immer wieder allein nach Hause gegangen waren. Die guten alten Zeiten. Man sollte meinen, dass einem Typen, der mit solch einem Schatz auftauchte, die Frauen scharenweise nachliefen. Lefferts fragte sich, ob Charlie jemals flachgelegt worden war ... was ihn dazu brachte, an die tristen, moosbewachsenen Ruinen seines eigenen Sexuallebens zu denken, was ihn wiederum veranlasste, noch ein Getränk mit Hut zu bestellen.

Ah, da war Charlie ja endlich.

Charlie gab sich nicht mit hübsch garnierten Drinks ab. Nur ein Martini. Keinen Firlefanz, keinen Hut, kein Schirmchen, nichts dergleichen. Er sah schrecklich müde aus, als ob der Druck ihm zusetzte. Grau um die Augen.

Sie tranken, und dann aßen sie riesige Sandwiches und sprachen über die Yankees und die Mets. Als Lefferts auf Frauen zu sprechen kam, schien Charlie nicht besonders interessiert zu sein. Hatte er seinen Lebensmut verloren?

»Du weißt, warum wir hier draußen sitzen?«

»Weil heute ein schöner Tag ist?«, riet Lefferts auf gut Glück.

»Hier draußen ist es für sie schwieriger, uns abzuhören. Zu viel Lärm, Verkehr, alle schwatzen durcheinander. Das sind sehr böse Leute, Jess. Einen abzuhören ist noch das Netteste, was sie mit einem machen. Kapierst du, Jess? Die Sache ist todernst.«

»Das nehme ich in Kauf«, sagte Jess tapfer.

»Okay. Schön für dich. Mir aber macht es eine Scheißangst. Also, ich geb dir jetzt eine Camel ...«

»Nein, danke. Ich bin jetzt sechs Wochen Nichtraucher, Charlie. Führe mich nicht in Versuchung ...«

»Du wirst jetzt die Schachtel nehmen, eine Zigarette rausnehmen und aus der Hülle einen Gepäckschein ziehen. Stell dich nicht so an.«

Der Austausch wurde vollzogen.

»Steck sie an, Jess.«

»Oh, Charlie, bitte …«

»Steck sie an, zum Teufel.« Er hielt Lefferts ein Feuerzeug vors Gesicht.

Lefferts zündete die Zigarette an und inhalierte. Ein breites Lächeln erschien auf seinem jungenhaften Gesicht. »Ah, das ist wunderbar, einfach wunderbar.«

»Geh wieder in dein Büro. Gegen vier Uhr schickst du einen von euren Boten zur Gepäckaufbewahrung der Hafenbehörde. Dort soll er gegen Vorlage dieses Scheines eine Aktentasche abholen. Du wirst feststellen, dass die Aktentasche abgeschlossen ist. Lass sie abgeschlossen. Gib mir dein Ehrenwort.«

»Ach, komm schon!«

»Dein verdammtes Pfadfinderehrenwort, Jess!«

»Okay, okay …«

»Sag es.«

»Pfadfinderehrenwort.«

»Lass die Aktentasche in deinem Büro. Mach keine große Sache daraus. Ignoriere sie einfach. Der Schlüssel kommt später.«

»Das gefällt mir nicht …«

Charlie Cunningham fiel ihm ins Wort: »Das ist mir egal.« Er stand auf. »Danke fürs Mittagessen, Jess. Hoffen wir, dass wir lange genug leben, um es irgendwann zu wiederholen.« Er ging und schlängelte sich zwischen den weißen Tischen unter den gelben Sonnenschirmen hindurch.

Obwohl ihm nicht gefiel, wie die Dinge sich plötzlich entwickelten, beschloss er, noch einen Kaffee zu trinken und die Zigarette bis zum letzten Zug zu rauchen, tief zu inhalieren, zu genießen.

Während

1.

Celia Blandings stand in den muffig riechenden Kulissen und wartete darauf, dass Billy Blumenthal seine Plauderei mit dem Autor von *Missverständnisse* beendete, einem neuen Kriminalstück über eine Frau, die jeder für schwanger hält, die es aber gar nicht ist. Celia hatte die Kopie des Skripts übers Wochenende gelesen und wusste, dass es noch bearbeitet werden musste. Aber nach einer Überarbeitung könnte vielleicht tatsächlich ein kommerzieller Erfolg dabei herauskommen. Billy hatte sie – ebenso wie ihren Agenten – angerufen und sie gebeten, ins Theater zu kommen und das Stück zusammen mit Deborah Macadam, dem Filmstar, der die nicht schwangere Schwangere spielte, zur Probe zu lesen. Celia würde Macadams Schwester spielen, eine kesse, witzige, sexy Lady, die in der Mitte des ersten Akts erledigt wird, aber nach der Hälfte des zweiten Akts auf mysteriöse Weise wieder zurückkehrt. Vorausgesetzt, dass sie die Rolle bekam.

Celia kannte Debbie Macadam mit Unterbrechungen seit beinahe zwanzig Jahren, seit der Zeit an der University of Minnesota, als sie beide unter Doc Whiting in *Showboat* gearbeitet hatten. In Los Angeles hatten sie sogar sechs Monate lang zusammen in einer stucküberladenen Erdbebenfalle in den Hügeln über dem Château Marmont und dem

Sunset Boulevard gewohnt, bevor Debbie in dem Film mit Michael Caine ihren großen Durchbruch hatte. Jetzt hatte Debbie sie entdeckt und kam zu ihr, um sie herzlich zu umarmen. Sie trug ein T-Shirt und eine weiße Anstreicher-Latzhose. Debbie war ein hübsches Mädchen, und sie wusste, dass sie für die Rolle wie geschaffen war. Ihre Brüste sahen größer aus als je zuvor, als würde sie Drillinge stillen. Debbie hatte sie immer »die Molkerei« genannt, als ob sie die Firma der Familie wären. Und irgendwie, vermutete Celia, waren sie das wohl auch.

»Bei Gott«, seufzte Debbie, »ich hoffe, dass du die Rolle kriegst. Ich könnte dich dann immer umbringen!«

»Aber ich würde immer wieder von den Toten auferstehen und dich erschrecken, dass dir das Herz in die Hose rutscht …«

»Passiert mir dauernd«, sagte Debbie lachend.

»Aber was bringt dich dazu, in dieser Bruchbude zu arbeiten?« Das Off-Off-Broadwaytheater war im dritten Stock eines heruntergekommenen Bürogebäudes in Chelsea versteckt. Der Staub auf den Kulissen war selbst schon verstaubt.

»Das zeigt allen, wie sehr ich mich der Kunst verschrieben habe.« Sie knabberte am Daumennagel, wobei der letzte Rest vom Lack abblätterte und auf ihrer Unterlippe landete. »Und weißt du, diese Sache mit der Produktion …«

»Die Sache mit der Produktion?«

»Universal Pictures produzieren das hier. Sie haben die Filmrechte. Wenn es läuft, krieg ich den Film. Und das lohnt sich für einen Star aus der zweiten Reihe mit großen Titten und unglaublichen Beinen.« Sie klimperte mit den langen Wimpern, die sich wie ein Gitter über ihre großen braunen Augen legten.

»Ein Star, der aber auch nicht jünger wird«, ergänzte Celia.

»Ha! Da irrst du dich. Vor drei Jahren war ich vierunddreißig, und du warst auch vierunddreißig. Und wie alt bist du jetzt?«

»Siebenunddreißig. Au weia.«

»Richtig. Aber ich bin einunddreißig! Lies Liz Smiths Kolumne von gestern in der *News*. So geht das, wenn du William Morris auf deiner Seite hast. Du hast einen Pakt mit dem Teufel geschlossen, aber plötzlich wirst du jünger. Bald bin ich wieder ein Schulmädchen, dann trage ich wieder Kniestrümpfe und eine Zahnspange, und danach Windeln … ich kann's dir nur empfehlen, Schatz.«

Der Inspizient brachte ihnen heißen Kaffee, und plötzlich plauderten sie munter über die alten Zeiten in Hollywood, über die Ehen, die sie beide in der Vergangenheit vergraben hatten, und wie es ihnen heute erging. Celia meinte: »Manchmal denke ich über die Schauspielerei nach und habe wirklich meine Zweifel.«

»Ach, das ist nichts Besonderes«, erwiderte Debbie. »Es ist nun mal das, was wir machen, mein Schatz. Für mich ist es zu spät, ich bin mittendrin. Ich will mich nicht beklagen, damit das klar ist, aber es wird nicht ewig dauern. Du aber könntest noch aussteigen. Du könntest etwas anderes machen.«

»Kann ich das?«

»Linda Thurston«, flüsterte Debbie rätselhaft.

»Du lieber Himmel! Daran erinnerst du dich noch?«

»Machst du Witze? Wenn ich eine Linda Thurston hätte, wäre ich sofort weg. Ich würde so viel Nudeln essen, wie ich will. Es gäbe immer nur Linda und mich …«

»Das bezweifle ich.«

»Mein Wort darauf.«

Dann rief Billy Blumenthal ihren Namen und küsste sie auf die Wange. »Celia, Celia, als ich dich das letzte Mal gesehen habe, warst du im Schnee am Flughafen von Anchorage in einen Parka mit Pelzkragen eingemummelt. Du warst richtig darin versunken! Und jetzt bist du da, voller Schwung, und trägst – tataa! – einen Rock! Habe ich dich jemals im Rock gesehen? Und überhaupt, hab ich meine Gucker jemals auf dieses appetitliche Fahrgestell gerichtet?« Celia hatte ihre eigenen Gucker seit dem *Lockruf Alaskas* vor drei Jahren nicht mehr auf Billy gerichtet, und er hatte sich überhaupt nicht verändert.

»Gucker? Appetitliches Fahrgestell? Bäh!« Debbie Macadam verzog das Gesicht.

»Dein Busen, Schatz, und Celias Beine sind wirklich Meisterstücke der Natur! Und jetzt komm, Celia, ich stelle dir unseren Autor vor, Mr. Levy. Hattest du schon Zeit, einen Blick in den Text zu werfen, Liebes? Gut, wunderbar. Morris, ich möchte Ihnen Celia Blandings vorstellen, die in der Lage und bereit ist, im ersten Akt ihr Leben auszuhauchen …«

Und so versammelten sie sich alle um einen Spieltisch unter einer einzelnen, nackten Glühbirne und begannen, Celias Seiten zu lesen. Die Lacher kamen, vielleicht noch nicht ganz textsicher, aber doch nahe dran. Levy las einige Regieanweisungen, und Billy streckte den Kopf, die Augen geschlossen, und lauschte dem Rhythmus und der Sprache. Er brauchte nur die richtigen Kontraste. Die körperlichen waren schon an ihrem Platz: die dunkle, aktive, schlanke Celia würde eine perfekte Gegenspielerin für die vollbusige, einherstolzierende, blonde Debbie sein.

Sie lasen und lasen und lasen. Die Probleme lagen eher in der Struktur als in den Dialogen, sodass Levys Probleme zwar beträchtlich, aber nicht unlösbar waren. Es war etwas, das den Aufwand lohnte.

Celias Gedanken schweiften ab, da die Zeilen schon in ihrem Kopf steckten. Unglaublich – Debbie war jetzt einunddreißig statt siebenunddreißig. Was hatte das alles zu bedeuten? Vielleicht war ihr Leben gar nicht so toll, vielleicht hatte sie wirklich darüber nachgedacht. Aber dass sie sich an Linda Thurston erinnerte! Wie hatte sie das fertig gebracht? Debbie schien nie besonders aufzupassen, und plötzlich, ein Jahrzehnt später, in einem tristen, staubigen Theater, zaubert sie Linda Thurston aus dem Hut. Ganz klar, Wunder gibt es immer wieder.

Celias Agent Joel Goldman wartete auf sie und blickte gerade auf seine extraflache goldene Uhr, als sie im *Gotham Bar and Grill* in der Zwölften Straße eintraf. Es war ein riesiger, hoher, zurückhaltend ausgestatteter Raum in Grau und Beige und Mauve, mit stoffbespannten Sitzbänken und Blumen. Es lag gegenüber von *Fairchild Publications,* nur ein Stück die Straße hinunter von Malcolm Forbes' Zeitungsimperium und in Augenhöhe von *Asti's,* dem beliebten Treffpunkt nach der Oper. In der Gegend hatten sich Antiquitätengroßhändler eingenistet, und das Kino in der Mitte des Blocks zeigte Filmklassiker. Es war New York in Reinkultur. Und es war nur fünf Minuten zu Fuß von ihrer Wohnung im nördlichen Teil von Greenwich Village entfernt.

Joel hatte schon einen Gin Gimlet auf Eis für sie bestellt, und sie trank begierig. »Wie ist es gelaufen?«, fragte er.

»Okay. Gut, würde ich sagen. Ich weiß nicht. Es läuft immer gut, du kriegst nur den Job nicht. Ich brauche noch einen.«

Joel winkte einem Kellner und deutete auf Celias Glas. »Billy war auf jeden Fall entschlossen, dich dabeizuhaben«, sagte er. »Ich glaube, es sieht sehr gut aus, ehrlich.« Er bestellte eine Portion Muscheln, die sie sich teilen konnten.

Ihr war danach, sich zu beklagen, und sie jammerte die ganze Muschelmahlzeit lang und unterbrach sich nur einmal, um einen Jerry's Enormous zu bestellen, medium.

»Der Punkt ist, ich bin siebenunddreißig und sie nur einunddreißig, Joel, und vor drei Jahren waren wir beide vierunddreißig. Der Punkt ist, dass das einfach nicht funktionieren wird …«

Joel nippte an seinem Perrier und schüttelte den Kopf. Mit seinem blauen Nadelstreifenanzug, dem Hemd von *Turnbull & Asser* und dem frischen Kurzhaarschnitt sah er wie ein erwachsener New Yorker aus. Er war besser maniküriert als sie. Er lebte im West End mit einem Gürteldesigner namens Bruno zusammen und bestand darauf, dass es sich um eine Beziehung ohne Sex handelte. Er war ordentlich und gewissenhaft und alles in allem das perfekte Beispiel eines Mannes, der seinen Laden zusammenhielt. Wahrscheinlich war er genauso alt wie Celia, doch in seiner Gegenwart fühlte sie sich immer wie ein undankbares, launisches, marmeladenverschmiertes Kind.

»Der Punkt, Celia – bitte lass mich dich daran erinnern –, der Punkt ist, dass es sehr wohl funktionieren wird. *Du* wirst funktionieren. Im Moment gibt es eine Masha, die du haben könntest …«

»Wo?«

»Pittsburgh.«

»Ha!«

»In Seattle gibt es eine Medea«, sagte er geduldig.

»*Eine* Medea in diesem Leben war genug, wirklich, vielen Dank.«

»Du hast schlechte Laune, Celia. Ich kann nicht mit dir reden.« Er öffnete eine letzte Muschel und verspeiste sie. »Sieh mal, du bist eine Schauspielerin mit Energie, Präsenz, Stil, sogar mit Geist, wenn du richtig motiviert bist. In Denver inszenieren sie *Lebenspläne*. Da könntest du Wunder vollbringen – jetzt schmolle nicht. Bruno ist heute Morgen schon mit einem Dauerschmollen aufgestanden, alles nur wegen irgendwelcher Schnallen, die durchs Leder schneiden oder so. Ich bin ein Mann mit einem Berg von Problemen, Celia. Mach mir nicht noch weitere.«

»Ich liebe dich, wenn du deine Clifton-Webb-Nummer abziehst.«

Joel nickte. »Meine Mutter ist durch *Laura* in Angst und Schrecken versetzt worden, während sie mit mir schwanger war. Ich verstehe deinen Frust … glaub ich wenigstens. Aber du musst auch verstehen, dass ich begabte Klienten habe, die *nie* arbeiten …«

»Ich weiß, ich weiß. Ich bin eine undankbare Person, die gar nicht weiß, wann es ihr gut geht. Andererseits gehe ich auf die vierzig zu und hab es satt, über Provinzbühnen zu tingeln. Ich habe die Nase voll davon, am *Guthrie* zu überwintern, und mir steht es bis hier, den Sommer am *Alley Theater* in Houston zu verbringen und ein halbes Dutzend Mal am Tag die Kleider wechseln zu müssen. Man schwitzt wie eine Sau in Houston. Ich habe meinen Auftritt in Louisville, Cincinnati, in der *Arena* und am *Anchorage City Theater* in Alaska gehabt … Ich kann all diese komischen kleinen Apartments nicht mehr sehen, und auch nicht die Mäusescheiße, die irgendjemand vor mir nicht weggemacht hat. Ich will Mäusescheiße von meiner eigenen Maus. Ich bin es leid, ewig Autos von *Avis* oder *Hertzanfall* zu mieten …«

Er lachte auf. »Das ist sehr gut. Avis und Hertzanfall. Das muss ich mir merken. Sprich weiter, ich bin dir mitten in der Nörgelei ins Wort gefallen.«

»Ich hab's satt, eine Zigeunerin zu sein.«

»Aber du bist auch die Kladstrup-Hustenbonbonfee,

eine sehr schöne Aufgabe. Hier, verschling erst mal deinen Jerry's Enormous.«

Das war ihr Lieblings-Hamburger. Für zehn Dollar bekam man einen richtig vollen Teller, mit kleinen, gebratenen Zwiebeln, Mais-Relish und allen möglichen Leckereien, die Joel ihr ruhig spendieren konnte. Er stocherte in seinem kalten Lachs herum, betrachtete ein wenig bekümmert ihre Vorbereitungen und sagte: »Bitte, nimm doch einen Hamburger zu deinem Ketchup.«

»Ich meine es wirklich ernst, Joel«, entgegnete sie. »Ich hab das Gefühl, ich sollte eine Weile aussetzen ...«

»Fein. Wenn du's dir leisten kannst. Kannst du?«

»In Manhattan? Mach keine Witze. Hier kann sich eigentlich keiner was leisten. Das ist Teil der Falle.«

»Na ja, du könntest zum Beispiel heiraten.«

»O Gott.«

»Einen netten Arzt vielleicht. Einen Investor, einen Anwalt, sogar einen Produzenten – nur keinen Schauspieler. Lass dich einfach als Ehefrau anheuern.« Er streckte den Arm über den Tisch und tätschelte ihre Hand. »Ich wäre mehr als bereit, mich freiwillig für die Stelle als Ehemann zu bewerben, wäre ich nicht in frühen Jahren von einer äußerst verhaltensgestörten Tante, die meine Mutter für sich haben wollte, kastriert worden. Schade.«

Während Celia den Rest Sauce von Jerry's Enormous mit Brot auftunkte, erklärte sie: »Ich hatte daran gedacht, sechs Monate freizunehmen und mich an mein Lebenswerk zu setzen ...«

»O nein, das ist nicht das, woran ich denke ...«

»Joel, ich will das schon mein Leben lang. Ich habe eine Menge recherchiert. Vielleicht ist jetzt der richtige Zeitpunkt. Ich sollte es wenigstens versuchen.«

»Mein Gott, nicht Linda Thurston ...« Er suchte in ihrem Gesicht nach einer Antwort. »Doch, es ist Linda Thurston. Meine schlimmsten Befürchtungen werden wahr.« Er seufzte dramatisch, fischte die Zitronenscheibe aus seinem Perrier und verzog das Gesicht, während er sie auszuzelte.

2.

Celia schlenderte über die Zwölfte Straße in Richtung *Strand's* und seine berühmten acht Meilen gebrauchter Bücher und blieb einen Augenblick stehen, um die Monstermasken im Schaufenster von *Forbidden Planet* zu bestaunen, einem Buchladen für Sciencefiction. Die Masken waren realistisch und faszinierend abstoßend zugleich, mit Augäpfeln, die blutunterlaufen aus ihren Höhlen quollen, und Gesichtern, die völlig aus Tentakeln oder rohem Fleisch bestanden. Celia stand gerade an der Ecke, als Vanessa Redgrave und, wie sie annahm, ihr Sohn aus dem Laden kamen. Der Junge blätterte in Comic-Heften, und der Filmstar blickte mütterlich und ein wenig zerstreut. Während Celia sie beobachtete, fragte sie sich, wer wohl der Vater des Jungen war. Franco Nero? Nun ja, wer auch immer es sein mochte, Mrs. Redgrave hatte eine bewundernswerte Karriere, einige unpopuläre Auftritte in der Politik und einen großen Namen am Theater überlebt ... und sie hatte einen Sohn. Wenn die Schauspielerei wirklich nicht so toll war, hatte sie immer noch diesen Sohn. Womit sie Celia meilenweit voraus war.

Celias Ehemann, Paul Landover, war schon lange verschwunden, auch wenn er ein Freund in der Ferne geblieben war, und er kam ihr während der wenigen Sekunden, die sie brauchte, um die Straße zu überqueren, kurz in den Sinn – im Wams, denn er hatte irgendwie immer Kostümrollen gehabt. Aber einen kleinen Paul Landover gab es nicht.

Sie war noch auf einen zweiten Kaffee im *Gotham's* sitzen geblieben, nachdem Joel gegangen war, um größere und zweifellos bessere Geschäfte zu betreiben. Sobald er weg war, fielen ihr natürlich eine Menge Dinge ein, die sie hätte sagen sollen, solange er dummes Zeug über ihre wundervolle Karriere von sich gegeben hatte. Sie hätte all die Rollen aufzählen können, die sie in den letzten Jahren haben wollte, aber nicht bekommen hatte, weil sie zu alt, zu jung, zu hübsch, zu durchschnittlich, zu dunkel, nicht exotisch genug, zu verdammt exotisch, zu groß, zu klein, zu dünn, nicht mütterlich genug, viel zu mütterlich, nicht hausfraulich genug oder zu glamourös war. Eine *Katze auf dem heißen Blechdach,* ein *Mörderspiel,* ein *Tod eines Handlungsreisenden,* ein *Sommernachtstraum,* ein *König Lear* – die Liste ging endlos weiter, alles Produktionen in oder in der Nähe von New York, wo sie ein normales Leben hätte führen können.

Sie dachte an all die schlagfertigen Antworten, die sie Joel hätte geben können, aber recht betrachtet waren auch die zu gewöhnlich, zu offensichtlich, das A und O jedes Schauspielerlebens. Na und?, hätte Joel geantwortet, im Grunde geht es immer nur um die Arbeit – und du hast gearbeitet. Das stimmte. Warum war sie dann nicht dankbar dafür? Und warum hielt sie nicht die Klappe?

Wahrscheinlich, weil sie endlich ein geregeltes Leben führen wollte.

Hieß das, sie wurde langsam alt?

Natürlich.

Aber nicht *so* alt. Du kommst gerade erst in deine besten Jahre, dachte sie und erinnerte sich daran, wie sie und

Debbie Macadam damals als Schülerinnen von Miss Jean Brodie an der University of Memphis gespielt hatten.

Vielleicht war sie es satt, immer eine Rolle auszufüllen, die Worte von jemand anderem zu sprechen, den Körper eines anderen Wesens zu bewohnen. Im Gegensatz zu einigen Schauspielern hatte sie sich nie in einer Rolle versteckt, hatte diese Art von Refugium nie gebraucht. Sie hatte die Arbeit gemacht und Spaß dabei gehabt, fertig. Aber vielleicht verlor sie in all den Verwandlungen, die sie im Laufe der Jahre vollbracht hatte, etwas von Celia Blandings. Vielleicht war das der Grund, warum so viele Schauspieler malten und bildhauerten und Geschichten zu Papier brachten und Tagebuch führten und an Gedichten arbeiteten. Um sich daran zu erinnern, dass sie auch noch existierten, nachdem die Lichter erloschen und der Vorhang gefallen war.

Der schöpferische Akt hatte etwas an sich, das für den Schauspieler niemals völlig gegenwärtig war. Jedenfalls kam es ihr so vor. Man war an die Rolle gebunden, so wie sie aufgeschrieben war, an die Vision des Autors; man war an die Auffassung des Regisseurs gebunden. Man wurde durch die Notwendigkeit kontrolliert, das eigene Spiel auf die Schauspielkollegen einzustellen. Man wurde sogar durch das Publikum kontrolliert, das man aufs Stichwort zum Lachen oder Weinen bringen musste oder dem der Atem stocken sollte.

Bei Linda Thurston war nichts von alledem von Bedeutung.

Im *Strand's* fiel sie wie ein Hunne über ein wehrloses Dorf mit schönen Jungfern über die Tische mit Büchern aus zweiter Hand und Remittenden her. Der Nachmittag war halb vorbei, und nur ein paar Bücherwürmer blätterten in den neu eingetroffenen Büchern zum halben Preis auf den drei großen Tischen. Glücklich ließ sie ihre Blicke über die leuchtend bunten Schutzumschläge und die relativ jungfräulichen Seiten wandern. So hatte sich Debbie Macadam genannt, als sie sich als Studentinnen im zweiten Studienjahr kennen gelernt hatten: *relativ jungfräulich*. Und so hatte Celia schließlich die letzten paar Jahre ihres Lebens gesehen – relativ jungfräulich. Unkompliziert, nur Arbeit. Was genauso war, wie sie es geplant hatte. Nur dass sie jetzt nicht mehr glaubte, dass es sie irgendwo hingeführt hatte. Jedenfalls nicht dorthin, wohin sie unbedingt gewollt hätte.

Nachdem sie sich einen kurzen Überblick über die Tische verschafft hatte, konzentrierte sie sich auf die einzelnen Titel und Autoren. Sie suchte nur nach Kriminalromanen. Wenn sie auf Reisen war, schleppte sie mehr davon mit sich herum als Kleidung, und das nur aus Angst, ihr könnte der Lesestoff ausgehen. Krimis waren für sie wie für andere Leute Schokolade. Sie konnte einfach nicht genug davon bekommen, obwohl sie streng urteilte. Kein Schund. Nicht einmal viel von dem Zeug, das sich hauptsächlich auf die Handlung oder die Lösung des Falles konzentrierte. Aus diesem Grunde war sie nie eine Verehrerin von Agatha Christie geworden. Die Charakterzeichnung der Personen war meistens zu dünn, zu oberflächlich. Ihre Favoriten aus dieser klassischen Periode waren Dorothy Sayers, Josephine Tay – die allerdings ein wenig später kam –, Edmund Crispin, Anthony Boucher, Ngaio Marsh, Michael Innes … Das waren weniger Schriftsteller einer bestimmten Ära, sondern Autoren von gleicher Geistesart. Wie genial oder fantasievoll ihre Handlungen auch konstruiert sein mochten, vor allem ging es um die Charaktere.

Heute hatte sie Glück. Jemand musste früher am Tag eine ganze Ladung eingeliefert haben, und sie war die

Erste, die darin herumstöberte. Sie fand ein Buch von Donald Westlake, der immer so witzig war; eines von Ross Thomas, so präzise und ironisch und verwirrend; eines von Martha Grimes, die beste der neuen Autoren der Achtziger, die von einem guten Geist besessen war, wenn es um die Beschreibung von Kindern ging und darum, aus ihrem Protagonisten Richard Jury eine Figur mit Tiefe und Komplexität zu machen; von Robert Parker, dessen Konzentration auf Spensers Beziehung mit Susan Silverman eine der besten Abhandlungen über moderne Liebesbeziehungen war, die sie kannte; von Simon Brett, weil der mit so viel Einsicht und Esprit über das Theater schrieb; von Michael Gilbert, weil er ein wahrer Meister war, der die Zeiten überdauert hatte; von Tony Hillerman, weil man so viel über die Kultur der Navajos und, wenn man darüber nachdachte, auch über die eigene erfuhr; von James McClure aus dem gleichen Grund, obwohl sein Revier Südafrika war; und mehrere Bücher von Autoren, von denen Celia wusste, dass sie deren Bücher einmal lesen sollte, es aber nie getan hatte – unter anderem Rick Demos und Sandra Elliott und Miles Warriner.

Ihre Einkaufstüte war voll, dreizehn Bände. Leicht wankend verließ sie die Tische und stieg die Treppe hinunter, wo zwischen dem Staub und dem Labyrinth der Regale und der unzähligen tausend Bücher der größte Teil der Angestellten ihre seltsame unterirdische Existenz fristeten. Im Untergeschoss von *Strand's* gab es mehr Exzentriker pro Quadratmeter als an irgendeinem anderen Ort in New York. Das Erste, was sie sah, war ein schwarzer Gentleman, der an einem abgenutzten, voll gepackten Schreibtisch saß, sorgfältig Nadeln in eine winzige Stoffpuppe stach und dabei einen Doughnut mit Geleefüllung mampfte.

»Ist Claude heute da?«, erkundigte sie sich nach einem

Freund, der einmal mit ihr im *Guthrie* auf der Bühne gestanden hatte, bevor er seinen Verstand zurückgewonnen hatte und wieder ganztägig am wahren Leben teilnahm.

Langsam drang eine Nadel in die wattierte Brust der Puppe ein und trat dann auf der Rückseite wieder aus. Die Puppe hatte keinen wirklichen Kopf, nur einen abgebundenen Haarknoten und komische kleine Arme. »Einen Augenblick noch, Lady«, sagte der Mann. Er steckte eine weitere Nadel in die Puppe. In den Unterleib. Das dunkle, rötlich schwarze Gesicht sah hoch, grinste. Die Zähne waren spitz zugefeilt. »Claude?«

»Sagen Sie mal«, fragte Celia, »wen soll diese Puppe eigentlich darstellen? Baby Doc Duvalier?«

Das Gesicht wurde mürrisch. Der Mann trug ein blaues T-Shirt, auf dem in weißer Schrift seine Rechte abgedruckt waren. »Der Mann«, sagte er. »Der Mann, dem der Laden hier gehört. Wir aus dem Niemandsland, aus der Unterwelt, suchen die Befreiung aus der Gefangenschaft. Tod diesem Mann. Er ist nicht da.«

»Was?«

»Claude. Er ist um Mittag gegangen. Hat gesagt, dass er zum Bowling geht.« Er zuckte die Achseln. »Auch eine Methode. Also, wenn ich heute hier weg könnte, würde ich mir ein schönes Huhn kaufen. Wissen Sie, eins mit Federn, das noch lebt, das gackert. Dann würde ich ein richtig nettes kleines Opferritual machen. Wenn ich den Göttern so ein verdammtes Huhn gebe, liefern sie mir vielleicht den Arsch aus, dem der Laden hier gehört.«

»Genau. Was immer Sie sagen.«

Sie ging einen der Gänge entlang, um zu sehen, was vielleicht aussortiert worden war, bevor es in der Etage darüber auf den Tischen landete. Zwei Angestellte füllten die Regale auf und schwatzten.

»Du sagst, dieser Typ ist berühmt?«

»O ja, wirklich berühmt.«

»Kennst du den Typen?«

»Weißt du, der hat da so eine Sammlung. Essen. Der sammelt richtiges Essen. Aber das ist schon alt.«

»Altes Essen?«

»Das sag ich doch die ganze Zeit, Mann. Einen sieben Jahre alten Cheeseburger …«

»Ekelhaft. Kann er das beweisen?«

»Guck es dir an, und du glaubst es. Ekelhaft, aber echt stark. Also, weißt du«, er senkte seine Stimme zu einem Flüstern, »ich fange meine eigene Sammlung an.«

»Was für eine Sammlung?«

»Essen. Wovon reden wir denn die ganze Zeit, Mann? Ich meine, wenn das diesen Typen berühmt gemacht und ihn zu Letterman aufs Talkshow-Sofa gebracht hat, warum nicht auch mich? Ich hab ein Stück von Ray's Pepperoni-Pizza, das ist schon eine Woche alt. Das könnte man den Grundstein meiner Sammlung nennen. Damit fange ich meine Sammlung an und baue sie auf diesem einfachen Stück Pizza auf …«

»Du kennst diesen Typen also wirklich?«

»Na ja, ich kenne einen, der seinen Zimmergenossen kennt. Wir gehen irgendwann mal zu ihm hin und sehen uns seine ganze Sammlung an. Er hat ein schönes Stück neun Jahre alte Hochzeitstorte.«

»Echt? Neun Jahre alt?«

»Ja, er sagt, es hält sich schon fünf Jahre länger als die Ehe …«

Celia ging wieder ins Erdgeschoss zurück, wo sie die dreizehn Bücher auf die Theke stellte.

»Wow, die wollen Sie alle haben?«

»Hier ist meine Visa-Karte.«

Der junge Mann hinter dem Ladentisch kämmte sich mit den Fingern die langen schwarzen Haare aus dem Gesicht. Celia hatte einmal einen Schreibmaschinenlehrer gehabt, der genau dieselbe Geste machte.

»Sie müssen ein echter Krimi-Fan sein.«

Celia sah die Gesamtsumme steigen, während der Mann in den Büchern blätterte und die Hälfte der üblichen Preise in die Kasse tippte.

»Ja, das bin ich wohl.«

»Ich auch. Ich hatte immer vor, auch mal 'nen Krimi zu schreiben, hatte aber nie die Zeit dafür.«

»Dazu braucht man mehr als Zeit«, erwiderte sie.

»Meinen Sie?«

»Es ist schwer, einen Krimi zu schreiben.« Dann, ohne wirklich darüber nachzudenken, platzte sie heraus: »Ich schreibe selbst gerade einen.«

»Hey, wirklich? Das ist großartig. Ich glaube, Sie haben Recht. Ich könnte mich nie so lange konzentrieren, so wie dieser Verrückte, den wir da bei uns im Untergeschoss haben. Sie werden's mir nicht glauben, aber der sammelt altes Essen. Wie Kunstwerke. Also, wenn man sich da nicht konzentrieren muss … also, sehen wir mal, da landen Sie aber bei deutlich über hundert Mäusen.«

Sie verließ den Buchladen, stand blinzelnd in der Sonne und wartete darauf, dass sie die Straße überqueren konnte. Sie konnte es nicht glauben, aber sie hörte immer noch ihre Worte.

Ich schreibe selbst gerade einen.

Sie fühlte sich, als ob sie den falschen Gang eingelegt hätte und der Motor aufheulte. In Wirklichkeit hatte sie es noch nie gesagt, ohne es überall mit Wenn und Aber und Bedingungssätzen zu garnieren. Aber jetzt, aus heiterem Himmel, hatte sie es einfach so gesagt.

Sie verstaute ihre Bücher in der rot-weißen Tüte von *Strand's* und ging zu einer Drogerie, wo sie Zahnpasta und eine neue Zahnbürste erstand. Ein etwa zehnjähriges Mädchen mit blondem Haar, das mit blauer Wolle zu zwei Zöpfen geflochten war, zupfte am Rock ihrer Mutter und zeigte auf Celia. Celia lächelte zu ihr hinunter. Ihr stand noch immer ihre melancholische Stimmung ins Gesicht geschrieben.

»Du bist die Hustensaftfee!«

Die Frau lächelte Celia an. »Sie sind es ja wirklich …«

Celia schüttelte den Kopf und lächelte. Ich nicht, dachte sie und erprobte im Geiste die Wirkung der Worte: Ich bin Schriftstellerin.

Das Mädchen sah zu ihr hinauf und duckte sich hinter Mutters Rockzipfel.

»Louanne, sie sieht nur wie die Fee aus. Aber sie weiß, wer das ist. Oder nicht?« Die Frau zwinkerte Celia zu.

»Ich bin mir nicht ganz sicher«, sagte Celia.

Sie verließ die Drogerie und ging auf der Sonnenseite der Straße entlang. Sie fühlte sich zu allem entschlossen, frisch und sogar ein wenig albern.

Es war Zeit, sich endlich mit Linda Thurston an einen Tisch zu setzen.

3.

Celia wohnte in zwei Zimmern, eines winzig, eines riesig, in einem Gebäude in der Zehnten Straße nahe der Fifth Avenue. Es stand auf der Denkmalschutzliste – das Gebäude, nicht ihr Apartment, das in den späten Sechzigern entstanden war, indem man ein paar Mauern herausgeschlagen, ein Badezimmer verlegt und die Decke höher gelegt hatte, die unerklärlicherweise in den Fünfzigern abgesenkt worden war. Kein Jahrzehnt hatte das Unerklärliche unter Kontrolle.

Celia hielt sich fast die ganze Zeit in dem großen Zimmer auf. Und der größte Teil ihres Lebens konzentrierte sich auf den verzierten Billardtisch, bei dessen Transport wegen seiner Schieferplatte die Dienste von vier Männern und einem Kran benötigt worden waren, was einen hübschen Verkehrsstau verursacht hatte, als er in die Wohnung gehievt wurde. Die Männer, die später in derselben Woche auf Wunsch des Vermieters vorbeikamen, hatten das Haus mit Stethoskopen abgehört und waren zu dem Schluss gekommen, dass wahrscheinlich kein struktureller Schaden entstanden war. Dennoch täte sie, Celia, gut daran, auf übermäßiges Knirschen in Wänden und Böden zu achten. Am Ende lernte sie damit zu leben, wie die Leute in San Francisco mit ihren Erdbeben.

Ein Schreiner hatte ihr eine Abdeckung gebaut, die genau auf den Billardtisch passte, und ihn so zu ihrem Schreibtisch, ihrem Esstisch und, indem man eine Luftmatratze darauf legte, zu ihrem Gästebett gemacht. Es gab eine paar breite, tiefe Couches, einen Kamin, weiß mit Ziegelmauern, ein kleines bisschen weniger als acht Meilen Bücher, einen riesigen imitierten Perserteppich und irgendwo weit hinten in einer Ecke eine Kochnische. Über dem Tisch hing an einem langen Kabel eine Lampe, ganz aus Messing mit drei Lampenschirmen aus grünem Glas. Wie der Tisch war auch die Lampe sehr alt; sie hatte Celias Großvater väterlicherseits gehört, der im Loop, dem Stadtzentrum Chicagos, einen Poolbillardsalon besessen hatte.

Als sie die Tür zuschlug, weckte sie den Gemeinen Ed, und ein purpurblaues Monster schoss durch die Luft hektisch auf sie zu wie ein besonders Angst einflößender Spezialeffekt oder ein Dämon aus den unendlichen Weiten des Alls. Das hatte sie schon früher durchgemacht. Sie hielt die Stellung.

»Ed, du bist nicht nur gemein, du bist auch ein Dummkopf. Und jetzt geh mir aus dem Weg.«

Sie setzte die Tragetasche mit den Büchern auf dem Tisch ab.

Sie beobachtete Ed, der jetzt still neben einem Bücherregal saß, das seinen Inhalt auf den Boden entleert hatte.

Irgendwann würde Ed bei dem Falschen Krach schlagen und am nächsten Tag auf dem Müll enden.

Sie legte ihr *Gilda*-Video in den Recorder ein und startete das Gerät. Es war nicht ihr absoluter Lieblingsfilm, aber er war nahe dran, zusammen mit anderen Klassikern der Schwarzen Serie wie *Späte Sühne* und *Die blaue Dahlie* und *Mord, mein Liebling* und *Tote schlafen fest* und *Der Tod tanzt auf den Straßen*. Am Abend zuvor war sie eingeschlafen, hatte den Film mit der Fernbedienung ausgeschaltet. Jetzt setzte er kurz vor dem Ende wieder ein, wo Glenn Ford sieht, wie sich das mysteriöse Fenster mit den Läden im Büro des Nachtclubs schließt, und wo er weiß, dass George Macready gar nicht tot, sondern aus seinem nassen Grab zurückgekehrt ist und an Rita Hayworth denkt ...

Sie sah bis zum Ende zu, spulte das Video dann zurück und startete es erneut. Dann ging sie zum Schrank in ihrem winzigen Schlafzimmer, holte eine große Pappschachtel heraus und trug sie zur Couch.

In der Schachtel lebte Linda Thurston.

Der Gemeine Ed legte den Kopf schief und spähte vom Kaminsims herunter, als Celia die Schachtel leerte und Linda überall auf dem Perserteppich ausbreitete. Celia lehnte sich auf der Couch zurück und ließ den Blick über die Aktenmappen schweifen, über die Notizbücher, die losen Blätter, die Zeitungsausschnitte, die Karteikarten, drei mal fünf und zehn mal fünfzehn Zoll groß, in allen Regenbogenfarben – und das alles addierte sich zu einer einzigen Linda Thurston.

Linda Thurston, die Heldin der ungeschriebenen Kriminalromane, die sie schon so lange im Kopf hatte. Die Heldin so vieler Inkarnationen über die Jahre hinweg. Celia hatte nicht mehr als einem halben Dutzend Menschen von Linda erzählt: Hilary Sampson, Debbie Macadam, Paul Landover im ersten Rausch der jungen Ehe, wo man auch die letzten Geheimnisse teilt, Joel Goldman, vielleicht noch ein paar anderen ...

Sie schenkte sich ein Glas Chablis ein und sah den Gemeinen Ed mit einem Blick an, der sagte: ›Wenn du auch nur daran denkst, auf den Boden zu scheißen, bist du tot.‹ Dann wandte sie sich wieder Linda zu.

Celia hatte sie sich in einer ganzen Reihe von Rollen vor-
gestellt, während die Jahre kamen und gingen und sich die
Sitten und Gebräuche wandelten. In den Sechzigern war
sie eine zähe, freche, ehrgeizige Marschiererin für die Bür-
gerrechte und Anti-Vietnam-Demonstrantin gewesen; in
den Siebzigern eine zähe, freche, ehrgeizige Reporterin wie
Jane Fonda im *China-Syndrom,* eine zähe und so weiter Ent-
hüllungsjournalistin; eine zähe blablabla Anwältin, die die
rechtlosen Außenseiter verteidigte; dito eine Schauspielerin …

All diese Lindas hatten ihren Platz in der Pappschachtel
eingenommen, und schließlich war eines Tages die wahre
Linda erschienen, als hätte sie die ganze Zeit auf den richtigen Moment gewartet, um aus den Karteikarten aufzustei-
gen wie Botticellis Venus aus der Muschel. Sie tauchte aus
Celias eigenem Leben und ihrer eigenen Fantasie auf, aber
war nicht Celia selbst, aus der Welt des Theaters, war keine
Schauspielerin.

Linda hatte als Feuilletonistin begonnen und wurde dann
aufgrund ihrer Bildung – wie auch aus Neigung – Theater-
kritikerin. Von dort war sie auf eine Stelle als Theaterkriti-
kerin im Fernsehen gewechselt, hauptsächlich wegen ihres
persönlichen Stils. Anschließend, wegen ihrer Liebe zu der
verschwitzten, geschminkten, schonungslos offenen Welt
des Theaters, wechselte sie in die Verwaltung einer der großen Regionalbühnen – zunächst in der Presseabteilung,
dann als Assistentin des Direktors, dann als Spendensamm-
lerin, und dann sprang sie sogar ins kalte Wasser und lei-
tete eine Sommertournee, eins nach dem anderen.

Und mit jedem neuen Job würde sie auf einen Kriminal-
fall stoßen, manchmal einen Mord, manchmal etwas Subti-
leres: finanzielle Machenschaften im Vorstand, die allmähli-
che Kaltstellung des exzentrischen Theatergründers, einen

Briefeschreiber, der mit giftiger Feder einen bekannten Gaststar in den Nervenzusammenbruch treibt. In den Theatergruppen, in denen sie gearbeitet hatte, hatte Celia außer Mord so ungefähr alles gesehen, und diese neueste Version von Linda Thurston erschien ihr perfekt.

Celia hatte den ersten Linda-Roman bereits vor einigen Jahren entworfen, die folgenden beiden Jahre dann aber fast vollständig damit verbracht, an ihrer Schauspielerei zu arbeiten, sodass ihr nicht genug Energie zum Schreiben blieb. Aber nun konnte sie die Zeit dafür aufbringen, während die Kladstrup-Hustenbonbonfee ihre Rechnungen bezahlte. Sie hatte bereits die Handlung und den Titel, *Mord mit Applaus*. Es war die Geschichte einer Frau, die ein Theater gegründet hatte und dafür bekannt war, den Männern in ihrem Leben – Schauspielern, Direktoren, Autoren, Kritikern, Geldgebern – auf die merkwürdigste Art und Weise die Hölle heiß zu machen. Celia hatte die Frau mehr oder weniger oft in Aktion gesehen und kannte sie auswendig. Es sah nach einem viel versprechenden Anfang aus.

Sie arbeitete an dem abgedeckten Billardtisch, auf einem Küchenschemel hockend, über einen Block mit Millimeterpapier gebeugt, und zeichnete den Entwurf ihres Romans ein, notierte die Geschehnisse in den ersten Kapiteln, die Aspekte der Charaktere und Schauplätze, die darin enthüllt werden sollten, den Zweck, den jede Einzelhandlung zu erfüllen hatte. Es war eine befriedigende, aber anstrengende Arbeit, und nach drei Stunden sah sie auf, mit roten Augen und steifem Rücken, und ihre Gesichtsmuskeln schmerzten vor wilder Entschlossenheit. Sie lehnte sich zurück, streckte sich und stand auf, um die längst abgelaufene *Gilda* aus dem Videorecorder zu nehmen.

Sie ging zur Küchentheke, mahlte Kaffeebohnen, braute sich eine frische Kanne auf und redete beim Warten mit dem Gemeinen Ed.

Ed war ein *Anodorhynchus hyacinthinus*, besser bekannt als Hyazinthara, und mit rund einem Meter vom Schnabel bis zur Schwanzspitze der größte verdammte Papagei im bekannten Universum. Zufällig war Ed nicht nur faul, sondern auch wild, besonders in Anwesenheit von Unbekannten oder Unvorsichtigen. Zugleich war er ein so schönes Geschöpf, dass Celia fast weinen musste, wenn sie ihn nur ansah – sofern sie nicht gerade wütend auf ihn war.

Sein Gefieder war fast vollständig in einer einzigartigen Mischung aus tiefem Blau und Purpur gefärbt, und er hatte einen goldgelben Ring um die Augen; am Ansatz des Unterschnabels zog sich ein schmaler hellgelber Streifen entlang. Ed war im westlichen Bolivien geboren. Die Vogelbücher beschrieben seine Rasse als »nicht scheu«, was in Eds Fall eine derartige Untertreibung war, dass es an ein Verbrechen grenzte. Normalerweise wird der Hyazinthara für ungewöhnlich sanftmütig, intelligent und liebevoll gehalten, aber das Standard-Nachschlagewerk bemerkt auch, dass er »Fremden gegenüber ausgesprochen ungestüm« sein kann. Ha! Auftritt: der Gemeine Ed.

Der grauschwarze Schnabel ist nicht einfach nur groß. Bei einem Beißdruck von rund 20 Kilo pro Quadratzentimeter ist die Amputation eines menschlichen Fingers ein Kinderspiel. Ein kleiner Happen. Ed vergnügte sich oft damit – zur Übung, nahm Celia an –, Billardqueues in hübsche kleine Kienspäne zu zerlegen. Er war auch ein spitzbübischer Freigeist. Sein Käfig, ein enormer Trum aus geschweißtem und genietetem Stahl, das siebenhundert Dollar gekostet hatte – was aber nur ein Teil dessen war, was Ed selbst gekostet hatte –, war nur ein Spielzeug. Ed ließ sich regelmäßig selbst morgens heraus und schloss sich abends auch selbst wieder ein, wenn ihm danach war. Als Kamerad an einsamen Abenden war er fast ideal: Er sagte nicht viel, war aber ein guter Zuhörer. Während Celia nun auf den Kaffee wartete, kam er her und stupste gegen ihre Hand, wie eine Katze, die gestreichelt werden wollte.

Celia sagte liebevoll zu ihm: »Du bist ein großer böser Vogel, eine Schande für deine sanftmütige, intelligente und liebevolle Rasse. Natürlich liebe ich dich, aber es ärgert mich ziemlich, dass du mich überleben wirst.« Ed gackerte glücklich. »Ich liebe dich, es sei denn, du machst Aa auf meine Küchentheke. In dem Fall bringe ich dich um.« Ed gackerte spöttisch, denn er wusste, dass sie es nicht fertig bringen würde und keine Chance hätte, wenn es zum Nahkampf käme. Sie war nur eine Frau, und Ed schien ganz genau zu wissen, dass sie schon Mühe hätte, einen Sektquirl durchzubeißen.

Sie setzte sich mit ihrem dampfenden Kaffeebecher hin und leerte die Bücher aus der Tasche auf dem Boden um sich herum aus. Sie hatte eine *Rockford*-Kassette eingelegt, was bedeutete, dass sie sieben oder acht Folgen ohne Unterbrechung abspielen konnte. Sie liebte *Rockford*. Tatsächlich hatte sie selbst in einigen Folgen mitgespielt, einmal als Mädchen, in das sich der gute alte Jimbo ein wenig verknallt hatte. In dieser Folge trat jedenfalls Jill Clayburgh auf, und wie üblich machten ein paar Dorfschurken Jimbo das Leben schwer.

Schließlich begann Celia, sich die Bücher anzusehen, und las in jedem die erste Seite oder auch zwei, um so ein Gefühl für die Geschichte und den Ansatz des Autors zu bekommen. Sie ließ es sich gerade richtig gut gehen, als sie Miles Warriners *Littlechild geht aufs Ganze* in die Hand nahm. Sie hatte noch nie eines von Inspector Littlechilds Abenteuern gelesen, und ihre Freunde versicherten ihr, dass es an der Zeit sei. Celia schlug den Buchdeckel auf und sah, wie ein weißes Stück Papier herausglitt und zwischen ihren ausgestreckten Beinen zu Boden fiel.

Wahrscheinlich war es wieder eine Pressemitteilung, die dem Rezensionsexemplar beilag. Allein in diesem Stapel Bücher hatte sie bereits mehrere gefunden. Sie nahm sie auf und warf einen flüchtigen Blick darauf.

Es war keine Pressemitteilung.

Es war ein Brief. Oder etwas in der Art.

Sie las das Blatt. Legte es hin. Schauerte. Nahm es wieder in die Hand und las es noch einmal. Es dauerte nicht lange. Das Schreiben war kurz.

Sie sah Ed an, der auf dem Kaminsims saß und gerade einschlief.

»Verdammte Scheiße«, sagte sie. Ihre Stimme zitterte.

Ed blinzelte schläfrig.

Sie ging zur Kochnische, um ihren Kaffeebecher aufzufüllen, kam zurück, las das verdammte Ding noch einmal und versuchte sich einzureden, dass es nur ein Scherz war. Sie versuchte, so viele Interpretationen wie möglich zu finden, aber es gab nicht viel Spielraum.

M. M.

In Sachen Ermordung des Direktors.

Tür ist aufgeschlossen.

Arbeitet im Westflügel.

D. im Arbeitszimmer. Dan Rather.

Herumtreiber schießt.

Kofferraum.

Rolls.

Saubere Flucht.

Mach keine DUMMHEITEN!
21. 7. Nicht vergessen.
Z.

Celia fühlte sich, als hätte Linda Thurston soeben Gestalt angenommen und würde über ihre Schulter hinweg mitlesen. Es war unheimlich und natürlich vollkommen absurd, doch Celia brauchte eine volle Minute, um dieses Gefühl loszuwerden. Sicher, sie war allein. Aber Linda war wie ein Flaschengeist: Wenn sie erst einmal heraus war, wurde es ziemlich schwierig, sie wieder reinzubekommen.

Was würde Linda Thurston tun, wenn sie solch eine Mordankündigung fände?

Zuerst einmal würde sie dafür sorgen, dass ihre Hände nicht mehr zitterten.

Dann würde sie versuchen herauszufinden, was das alles bedeutete.

Wer war M. M.?

Wer war der Direktor?

Was hatte Dan Rather damit zu tun?

Was für ein Herumtreiber?

Was für ein Kofferraum?

Was für »Rolls«? Wer brauchte das englische Brötchen? Das klang nicht nach einer Frühstückspause …

Was war 21? Und was 7?

Wer war Z.?

Und wer klopfte da gerade an die Tür?

4.

Hilary Simpson, eine schlaksige Rothaarige mit perlgrauen Augen, auf Daumenlänge geschnittenen Haaren und sommersprossiger Nase, stand in ihrer dunkelblauen Hilfspolizistenuniform in der Tür, die Schirmmütze tief in die Stirn gezogen. Sie trug eine gelbe Plastiktasche vom *Hunan Royal* in der Hand. Abendessen.

Sie hatte ihre Abendpatrouille beendet und machte wie üblich bei Celia ihren letzten Halt, obwohl Celia diese Gewohnheit in ihrer Aufregung über Linda Thurston entfallen war. Hilary benutzte immer den Schlüssel, den Celia ihr für Notfälle gegeben hatte.

Bei Notfällen war Hilary in ihrem Element, ob man nun einen Schlagstock, die Sanitäter oder den Heimlich-Handgriff brauchte. Sie hatte einmal einem Betrunkenen, der draußen vor *Steve's Ice Cream* in der Zehnten Straße, Ecke Sixth Avenue im Vollrausch zusammengebrochen war, eine Mund-zu-Mund-Beatmung verabreicht, ohne hinterher zu kotzen. Einmal hatte sie Ed eins mit ihrem Schlagstock übergezogen, woraufhin seine Begrüßungen merklich weniger überschwänglich wurden. Eine Freundin hatte ihr einmal eine gerahmte Stickerei mit Osterglocken und Häschen geschenkt, die um die Worte *Verarsch Mich Nicht* gestickt waren. Hilary hängte sie an die Schranktür in ihrer winzigen Diele.

»Kalte Sesamnudeln, Hühnchen in Knoblauchsauce, Rindfleisch mit Orangensauce«, sagte Hilary und ging zum Billardtisch. »Schönen Abend, Ed. Wie sieht's aus?«

Während Celia die Flasche Chablis aus dem Kühlschrank und ein zweites Glas holte, blickte Hilary auf das Durcheinander auf dem Fußboden und schüttelte den Kopf. »Täuschen mich meine Augen, oder hast du wieder beschlossen, Schriftstellerin zu sein?«

Celia ging zur Küche zurück, um Stäbchen zu holen. Hilary öffnete die kleinen weißen Pappschachteln. Celia ging noch einmal zur Küche, während ihr ganz andere Dinge durch den Kopf schossen, und kam mit Tellern und Papierservietten zurück.

»Eher so was wie Kriminalbeamtin«, antwortete Celia.

Hilary verdrehte die perlgrauen Augen. »Ach, Ed, was hat sie jetzt wieder angestellt?«

»Du isst erst mal«, entschied Celia. »Ich rede. Es ist etwas wirklich Verrücktes passiert.«

Sie erzählte ihr die Geschichte des Tages, wie Debbie Macadam sie dazu gebracht hatte, darüber nachzudenken, dass sie in der Falle saß und einen Ausweg brauchte, und über Linda Thurston. Sie erzählte ihr, wie Joel versucht hatte, sie davon zu überzeugen, dass ihre Karriere ganz toll lief und einen Sinn hatte und dass sie wirklich irgendwo weit weg dies oder jenes tun müsste, und immer so weiter, wie in unendlich vielen Spiegeln. Sie erzählte Hilary, wie sie die Straße entlanggeschlendert war und Vanessa Redgrave gesehen hatte und wie sie dann zu *Strand's* gegangen war und ganz unerwartet einem völlig Fremden erklärt hatte, sie schreibe einen Kriminalroman. Und dass sie ein kleines Mädchen praktisch angelogen hatte, als es in ihr die Hustensaftfee erkannt zu haben glaubte.

Hilary hörte aufmerksam zu, während sie tapfer mit den Stäbchen gegen die Sesamnudeln kämpfte und ab und zu den Finger nahm, wenn nötig. Ed beobachtete den Finger, während er vorgab, einen Flügel zu putzen, und schätzte seine Chancen ein, wobei er genau wusste, dass er dem verdammten Knüppel, mit dem Hilary ihm einmal eins übergebraten hatte, unterlegen war.

Nachdem sie sich wegen der anderen Dinge beruhigt hatte, kam Celia schließlich zu dem Mordbrief. Sie gab ihn Hilary. »Jetzt liest du, und ich esse.«

Hilary las. Langsam wanderten ihre Augenbrauen in die Höhe. Sie trank einen großen Schluck Wein. Schließlich hob sie Warriners *Littlechild geht aufs Ganze* am Buchdeckel und schüttelte das Werk, um zu sehen, ob vielleicht noch mehr schöne Sachen zum Vorschein kämen. Taten sie aber nicht. Sie blätterte die Seiten durch, blieb einen Augenblick an der Titelseite hängen und klappte das Buch dann zu.

»Sieht wie ein Fall für Mrs. Thurston aus«, bemerkte sie.

»Mmm«, stimmte Celia zu und schob sich einen Bissen Hühnchen in Knoblauchsauce in den Mund.

»Es sei denn, es ist nur der Plot aus dem perversen Hirn eines anderen Möchtegern-Kriminalschriftstellers ...«

»In Form eines Briefes an M. M.? Lies es noch mal. Das sind Anweisungen von Z. an M. M. Keine Notizen für einen Roman. Ich hab schon Notizen in allen erdenklichen Formen gemacht, aber noch nie so etwas wie das da.«

»Irgendjemand will also den Direktor umbringen«, überlegte Hilary.

»Also, ich würde sagen, M. M. und Z. wollen den Direktor abmurksen ...«

»Zwei arbeitslose Schauspieler nehmen sich vor, jemanden umzubringen … einen wichtigen Direktor, einen Regisseur … vielleicht Mike Nicholas?«

»Schauspieler *reden* nur davon, ihren Regisseur umzubringen. Sie tun es fast nie. Und wenn, dann nur, wenn sie wütend sind. Extrem wütend. Niemals im Arbeitszimmer mit Dan Rather.«

»Das zeigt, wie viel du weißt«, sagte Hilary. »Wenn Colonel Mustard es in der Bibliothek mit einem Kerzenleuchter tun kann, könnte ein Schauspieler es in Mike Nichols Arbeitszimmer tun, und Dan Rather macht eine Livereportage …«

»Ach, komm schon! Das ist lächerlich, und das ist kein Witz.«

»Ed ist lächerlich, aber er ist da. Ganz bestimmt kein Witz.«

»Okay, okay, jetzt mal im Ernst. Erstens wissen wir nicht, wer M. M. ist, und wir werden es heute Abend auch nicht mehr rausfinden. Und es gibt auch keine Möglichkeit herauszubekommen, wer der Direktor ist – wir wissen nur, dass er das Opfer ist. Und was ist mit der Tür, die nicht abgeschlossen werden soll? Vielleicht lässt der Direktor die Tür immer unverschlossen?«

»Oder vielleicht wird Z. sie für M. M. unverschlossen lassen. Wir stochern im Nebel, Celia.«

»Bleiben wir einfach mal dabei. Irgendjemand arbeitet im ›Westflügel‹. Während die Tür unverschlossen ist. Der Direktor? Westflügel. Klingt schrecklich groß …«

»Nein, der Direktor … falls D. für den Direktor steht … ist mit Dan Rather im Arbeitszimmer. Könnte es irgendein *anderer* Dan Rather sein?«

»Irgendwie hätte ich da meine Zweifel, meinst du nicht auch?«

»Ich glaube schon«, pflichtete Hilary bei, die gerade mit dem Hühnchen kämpfte.

»Dann ist da der ›Herumtreiber‹ – ist das ein dritter Mörder oder was?«

»Das frage ich mich auch. Ich nehme an, es könnte M. M. sein. Ich glaube, Z. würde M. M. nicht ermahnen, wenn Z. der Herumtreiber ist. Oder doch? Ich fürchte, wir können es nicht mit Bestimmtheit sagen.«

»›Kofferraum‹ ergibt auch keinen Sinn. Vielleicht ist da was in dem Kofferraum, das sie haben wollen. Irgendein Schatz. Und ›Rolls‹ – englische Brötchen? Man braucht kein Arsen in den Brötchen, wenn man eine Waffe hat. Kofferraum und englische Brötchen. Vielleicht haben sie vor, sich erst Appetit zu holen. Das ist alles sinnloses Zeug. Wenigstens ›Saubere Flucht‹ spricht für sich selbst.«

»Der nächste Satz lässt den Schluss zu, dass Z. diesen M. M. nicht gerade für besonders helle hält …«

»Sehe ich auch so.«

»Aber 21 und 7 sind mir ein Rätsel.«

»Könnte ein Datum sein, aber in der englischen Reihenfolge geschrieben«, sagte Hilary. »Der einundzwanzigste Tag im siebten Monat. Das wäre Juli.«

»Aber heute ist erst der neunzehnte Mai. Warum diese Notiz für M. M., diese detaillierte Checkliste? Das klingt eher so, als wäre es ganz eilig und schon fünf vor zwölf …«

»Dan Rather«, überlegte Hilary und wischte sich ein Stückchen Rindfleisch in Orangensauce vom Mundwinkel. »Herrgott, ich wünschte, du würdest mich eine Gabel benutzen lassen!«

»Was ist mit Dan Rather?«

»Die Abendnachrichten kommen um sieben. Das ist Dan Rather. Er ist nicht im Arbeitszimmer beim Direktor. Der Direktor ist um sieben Uhr im Arbeitszimmer und *sieht* Dan Rather in den Nachrichten. Und er ist immer um sieben da, weil der Direktor ein Mann mit festen Gewohnheiten ist. Je regelmäßiger dein Tagesablauf, umso leichter ist es, dich umzubringen. Also …«

»Du willst also sagen … Mensch, das bedeutet, dass der Mord am einundzwanzigsten dieses Monats um sieben Uhr abends stattfinden wird!«

»Und heute ist der Neunzehnte!«

Zum zweiten Mal an diesem Abend sagte Celia: »Verdammte Scheiße.«

»Wir wissen noch etwas«, sagte Hilary, nachdem die Teller abgespült und zum Trocknen neben der Spüle aufgestellt waren. Der Wein ging langsam zur Neige. »Du hast dir nicht das Titelblatt angesehen.«

»Was meinst du damit? Ich war so verblüfft über den Brief …«

»Na ja, da gibt es noch eine weitere Verbindung. Das Titelblatt ist vom Autor signiert.« Sie griff nach dem Buch und gab es Celia.

Celia sah es an. Mit Kugelschreiber geschrieben standen quer über der Seite über und unter dem Titel die Worte:

Für MM mit lieben Grüßen und mehr
Miles

»M. M. kennt also Z. und Miles Warriner«, folgerte Celia. »Würde ein Mann für einen anderen Mann ›mit lieben Grüßen und mehr‹ schreiben?«

»Schon möglich. In Greenwich Village jedenfalls.«

»Hmmm. Könnte sein. Ich frage mich, warum jemand ein signiertes Buch bei *Strand's* verkauft.«

»Also, das ist offensichtlich ein Versehen«, sagte Celia. »M. M. hatte nicht vor, das Buch zu verkaufen. Nicht eines mit Widmung. Nicht eines mit einem Mordplan darin. Das ist alles ein großer Irrtum ...«

Hilary zeigte mit dem Finger auf Celia und fiel ihr ins Wort.

»Wir haben jetzt einen Namen! Miles Warriner muss wissen, wer M. M. ist. Wir müssen also nur Warriner finden und ihn fragen.«

Celia schüttelte den Kopf. »Das ist vielleicht nicht so einfach, wie du denkst. Sieh dir die Anführungszeichen bei seinem Vornamen an. Was haben die wohl zu bedeuten?«

Hilary zuckte mit den Achseln. »Ein Spitzname?«

»Ein Pseudonym«, erklärte Celia. »Ich wette, Miles Warriner ist ein Pseudonym.« Sie drehte das Buch auf die Rückseite, die ganz mit Pressezitaten über die Littlefield-Serie gefüllt war. Auf der Innenklappe des Schutzumschlages war kein Foto, sondern nur eine Liste der einzelnen Littlefield-Titel, insgesamt sieben, und der rätselhafte Satz: *Miles Warriner lebt in New York, aber ist eng vertraut mit den Dörfern Englands, über die Inspector Littlefield alles zu wissen scheint.* Hilary las den Satz und sah verärgert aus. »Clever. Schmeichlerischer Bastard. Wenn es also ein Pseudonym ist, was bleibt uns dann noch übrig?«

»Hängt davon ab, wie streng das Geheimnis gehütet wird. Manchmal ist es allgemein bekannt – zum Beispiel, wenn ein literarisches Schwergewicht auch noch Unterhaltungsliteratur schreibt. Könnte ein Professor sein, der irgendwo seine Ferien damit ausfüllt, Krimis zu schreiben. Oder es könnte ein dunkles Geheimnis sein – aus einer Million Gründen. Aber worauf es ankommt, wer immer es ist, er kennt M. M. Ich frage mich, ob Miles Warriner auch Z. kennt.«

»Wie können wir den richtigen Namen herauskriegen?«

»Einfach fragen«, sagte Celia. »Den Verleger, den Verband der Kriminalautoren von Amerika ... vielleicht könnte Otto es wissen.«

»Otto?«

»Otto Penzler vom *Mysterious Bookshop*, dem Krimibuchladen. Er weiß die verrücktesten Sachen. Wo die Leichen im Keller liegen, sozusagen.«

Celia hatte das Licht gedämpft und ein paar Kerzen angezündet. Rockford raste in seinem Firebird in wilder Fahrt über eine Bergstraße, die bösen Jungs, deren Wagen in eine Staubwolke gehüllt war, dicht auf den Fersen. Hilary saß am anderen Ende der Couch. Die Ungeheuerlichkeit des Briefes wurde ihr erst jetzt richtig bewusst. Ein Mann sollte ermordet werden, und sie waren nur durch einen unglaublichen Zufall hinter dieses Geheimnis gekommen. Nun war es auch eine Frage der Moral. Celia hatte eigentlich überhaupt nichts damit zu tun. Sie war die perfekte unschuldige Zuschauerin wie in Hitchcocks Filmen – der Jimmy Stewart, der über eine Leiche stolpert. Die Frau, die zu viel wusste. Aber konnte sie die Tatsache ignorieren, *dass* sie es wusste? Gab es nicht eine Verpflichtung, etwas zu unternehmen? Zu versuchen, das Leben des Mannes zu retten?

Celias erste Reaktion war gewesen, den Brief zu nehmen und ihre Geschichte der Polizei zu erzählen. Hilary – die alles faszinierte, was mit der Polizei zu tun hatte, die seit fünf Jahren freiwillige Hilfspolizistin war, im Village auf Streife ging und mit Polizisten herumhing – lachte nur.

»Sie würden glauben, dass wir total übergeschnappt sind«, sagte sie, »und es würde nichts passieren. Wo sollten sie denn ansetzen? Es ist einfach zu abwegig. Es ist kein Verbrechen begangen worden, es gibt keine Namen und Adressen, nichts. Wäre der Mord schon begangen worden, dann wäre der Brief ein Beweisstück, das wir versaut hätten, indem wir damit herumhantiert haben … nee, keine Chance.« Ihre Argumente waren überzeugend.

Hilary seufzte. »Was ich jetzt sage, wird mir noch Leid tun, lass mich das von vornherein klarmachen. Was, frage ich mich, würde Linda Thurston tun? Ich frage nur, weil ich mal eine Therapeutin hatte, die immer vorschlug, dass man sich in die Perspektive einer dritten Person versetzen sollte – sie hat mir immer wieder gesagt, ich soll ein Rollenbild benutzen und herauszufinden versuchen, was dieses Rollenbild tun würde. Sie sagte, dass fiktive Rollenbilder genauso gut sind wie echte, eigentlich sogar besser, weil ihre Persönlichkeit oft eindeutiger ist. Überhaupt, ich erwarte sowieso von dir, dass du wie Linda Thurston denkst …«

»Ich komme mir blöd vor.«

»Das würde Linda nicht so ergehen. Also brauchst *du* das auch nicht. Sieh es mal so: Wenn du eine Linda-Thurston-Geschichte schreiben würdest, was käme als Nächstes? Sie findet den Brief und … was dann?« Sie zündete sich eine Zigarette an und nahm einen tiefen Zug.

»Also, das ist ein wenig anders, weil Linda – in der ersten Geschichte, die ich schreiben will – eine Affäre mit einem Schauspieler in der Theatertruppe hat, der Sherlock Holmes spielt und Karriere mit Detektivrollen in Film und Fernsehen gemacht hat. Sie geht mit dem Problem zu ihm, und sie lösen es auf sehr romantische Weise, weißt du, wie im Film. Aber ich habe keinen Freund, und wenn, dann wäre er bestimmt kein …«

»Aber ich«, unterbrach Hilary sie und grinste wie eine Irre, »ich hatte einen Freund, der Polizist war. Er ist immer noch Polizist ... das heißt eigentlich nicht. Aber er zählt trotzdem als Ermittler, auch wenn er außer Dienst ist.«

»Ist er schon alt?«

»Nein, aber behindert. Hat nur noch ein Auge.«

»Toll.«

»Ist aber trotzdem ein cleverer Bursche. Ich würde sagen, er ist deine beste Chance.«

»Hat er einen Namen?«

»Greco. Peter Greco. Ich rufe ihn jetzt gleich an.«

Aber er war nicht zu Hause, und so ließ sie eine Nachricht auf seinem Anrufbeantworter, die praktisch garantierte, dass er zurückrufen würde.

Nachdem Hilary gegangen war, legte Celia sich ins Bett und lauschte dem schwachen, ununterbrochenen Rauschen der Stadt. Sie hörte, wie Ed im anderen Zimmer lärmend herumflog, in seinen Käfig kletterte und ihn für die Nacht schloss.

Allein in der Dunkelheit, fragte sie sich, wo in aller Welt sie da hineingeriet. Zuerst hatte es wie ein prickelndes Spiel ausgesehen, aber als die düsteren Fakten eines Mordplans deutlicher wurden, verlor es seinen Reiz. Mord war extrem, ernst, brutal, nichts für Spiele.

Dennoch versuchte sie sich darin. Als ob sie nur Linda Thurston wäre, sicher in den Seiten eines Buches, mit einem wohlwollenden Schöpfer, der auf sie aufpasste.

Wer würde auf Celia Blandings aufpassen, die immer ein wenig stolz darauf gewesen war, ihre Feigheit zu gestehen? Worin lag das Vergnügen, etwas zu tun, bei dem man am Ende tot war?

Und was, dachte sie, konnte sie überhaupt gegen den Mordplan unternehmen? Würde sie es schaffen, den Mord zu verhindern? Sie hatte nur ein paar Tage Zeit, und in

Wirklichkeit wusste sie eigentlich gar nichts über den drohenden Mord. Vielleicht den Zeitpunkt. Wahrscheinlich die Mittel. Aber das war nicht genug.

Trotzdem gab es noch eine unbekannte Größe, die nicht im Brief stand.

Peter Greco.

5.

Das Spiel war gegen halb zwölf außer Kontrolle geraten, als der einäugige Typ einen leichten Stoß vermasselt und die Neuner-Kugel über drei Banden nur knapp verfehlt hatte. Diese Kugel hätte ihn in die Lage versetzt, sämtliche anderen Kugeln einzulochen und bis auf ein paar Hundert Mäuse seine Schulden zu begleichen. Stattdessen rutschte er vier Dollar weiter ab, dann fünf … je größer sein Defizit wurde, desto entschlossener schien er zu sein, sich selbst an den Bettelstab zu bringen. Manche Typen sind so; sie machen immer weiter, wenn sie eine Pechsträhne haben, so lange es geht, in der Hoffnung, dass das Glück sich wendet. Vielleicht auch in der Hoffnung, dass es ihnen eine Lehre erteilt.

Ein großer Schwarzer namens Slick hatte ihn mit voller Absicht reingelegt und dabei die ganze Zeit gelächelt, nett und freundlich. Slick stand auf der Lohnliste von ein paar schmierigen Latinos in italienischen Anzügen. Slick war ihr Mann, und während der Punktestand registriert und die Kugeln auf dem Tisch ausgerichtet wurden, unterhielten sie sich – Slick, seine Förderer und der Typ, der das ganze Geld hatte. Dem stämmigen Einäugigen schien es nichts auszumachen, dass er verlor. Er besaß das Selbstvertrauen eines Mannes, der sich für verdammt viel besser hielt, als er war. Ein geborener Loser.

Er war vielleicht eins zweiundsiebzig groß, und sein dichtes, gelocktes schwarzes Haar zog sich bereits hinter einer runden Stirn zurück, die einige narbige Beulen aufwies. Wo sein Haar sich noch nicht auf dem Rückzug befand, war es grau meliert. Seine breiten Schultern füllten das graue Sweatshirt aus. Die Ärmel hatte er fast bis zum Ellbogen hochgeschoben. Aus seinen Muskeln wuchsen jede Menge drahtige schwarze Haare. Vor Jahren hatte er Gewichte gestemmt.

Sein Poolbillard war völlig unberechenbar. In einem Augenblick war es brillant und kreativ, im nächsten vermasselte er einen ganz leichten Stoß. Ein geborener Loser. Unangebracht selbstsicher und unbeständig. Außerdem war er tatsächlich auf einem Auge blind und trug eine schwarze Klappe an einem schwarzen Gummiband, das in einer Rille über seine Stirn und weiter durch sein Haar verlief. Slick machte der Spruch auf dem Sweatshirt des Opfers Spaß: »Unter den Blinden ist der Einäugige König.« Slick fand das ziemlich cool und sagte es auch.

Der Loser sagte: »Ich kann's mir nicht leisten, den Humor zu verlieren, Mann. Nimm nie etwas zu ernst, besonders nicht dein eigenes Unglück.«

»Genau«, stimmte Slick zu und fuhr sich mit seiner dicken rosa Zunge über die Unterlippe, während er die Punkte notierte. Slick trug einen purpurnen Anzug, ein schwarzes Hemd und eine zitronengelbe Krawatte. Der Einäugige fand, dass Slick ganz schön komisch aussah. Doch alle vier kamen sehr gut miteinander aus.

Der Poolsaal befand sich im ersten Stock in einem Gebäude der Lower East Side. Er stank nach Rauch und Kreide und altem Schweiß. Der Saal war schon lange dort, und er sah nach nichts aus, aber es war die Art trister, dunkler Orte, wo eine Menge Geld den Besitzer wechselt.

An der Hälfte der Tische wurde gespielt, und einige unangenehme Typen und kleine Ganoven hingen herum und beobachteten, was los war, immer bereit, auf Typen wie Slick, auf Typen mit Glückssträhne, die Rente zu verwetten.

Der einäugige Bursche kam vom Pinkeln zurück und sagte: »Scheiße, ich hab nur noch fünf Scheine. Die kann ich auch noch verlieren und dann nach Hause ins Bett gehen. Arm, aber ehrlich.« Er gab die Scheine dem Alten mit dem erloschenen Zigarrenstummel zwischen den gummiartigen Lippen. Himmelherrgott, dachte der einäugige Mann, das ist hier wie eine illegale Billigversion vom *Hustler*. Ich sollte mich besser in Fat Jack Gleason verwandeln. Stattdessen sagte er: »Spielen wir noch eine Runde Pool, Slick.« Slick gab dem Alten fünfhundert.

Slick versenkte vier Kugeln in Folge und vermurkste dann einen schwierigen Stoß, den er den ganzen Abend ohne Probleme gespielt hatte, lächelte breit wie ein Honigkuchenpferd und überließ den Tisch dann dem Loser.

Der Looser hatte keine große Auswahl, aber er schob die Siebener geschickt in eine Ecktasche. Dann räumte er den Tisch ab und hatte dabei nur Stöße, die auch seine Großmutter geschafft hätte. Das war gegen halb elf.

Es war komisch, doch in den nächsten anderthalb Stunden hatte der Loser keinen einzigen schwierigen Stoß. In dieser Zeit verfehlte er nur drei Stöße, drei von den leichtesten. Wann immer der gute Slick einen Stoß vermasselte, räumte der einäugige Kerl den Tisch ab. Jedes Mal leichte Stöße. »Meine Glücksnacht«, sagte er, als könnte er nicht glauben, dass er so viel Glück hatte.

Es ging alles sehr schnell. Klick, klick, klick, plopp, plopp, plopp. Gegen ein Uhr sah Slick ziemlich müde aus, was komisch war, denn er hatte lange Zeit nichts anderes getan, als herumzustehen, die Spitze seines Queue zu kreiden und dem Einäugigen zuzusehen.

Um halb zwei lag der einäugige Kerl mit 3600 Dollar vorn, und die Burschen mit den schlecht sitzenden Anzügen waren blank. Sie würden sich das Geld für die Heimfahrt borgen müssen. Das Spiel war vorbei.

Einauge hatte das ganze Geld.

Slick saß in einem schweren, weichen Sessel und blickte auf den Tisch, und langsam dämmerte ihm, was passiert war. Die beiden Typen in den Anzügen flüsterten, niemand lauschte. Der Loser streifte eine abgetragene, alte, warme Yankee-Trainingsjacke über sein Sweatshirt. Er zog einen Hunderter aus dem Bündel und gab ihn dem Alten.

»Vielen Dank für das Spiel, Mr. Slick«, sagte er und nickte dann den beiden Modegecken zu. »Das war eine tolle Nacht, Gentlemen. Die war einfach mal fällig.«

Sie machten finstere Gesichter und murmelten etwas. Der Einäugige stieg die knarrende Treppe zur Straße hinunter, blickte in die Nacht hinaus, sah, dass sie gut war, atmete tief ein und sagte sich, dass er ein sehr böser Junge gewesen war. Der Gedanke gefiel ihm. Er grinste. Mit seinem kräftigen Körper, den abfallenden Schultern, einem Hals wie ein Hydrant und dem kugeligen Schädel sah er wie eine Mörsergranate auf zwei Beinen aus.

Sie kamen ihm ohne irgendwelche Tricks direkt hinterher, genau wie er es von den Typen erwartet hatte. Viel mehr hatten sie gar nicht drauf. Er hörte sie hinter sich keuchen. Amateure. Kleine Ganoven, die jemandem Druck machten, weil es ihnen gefiel, jemandem Druck zu machen, egal wem. Er blieb neben einem von Müll verdreckten, unbewachten Parkplatz stehen. Die Penner, die hier hausten, hatten vielleicht ihren Spaß an dem, was jetzt passieren würde. Er drehte sich um und sah die Burschen näher kommen.

Slick war nicht dabei; er betrachtete zweifellos noch den Schauplatz seiner Niederlage. Die Anzüge hatten Slick gegen einen hünenhaften Muskelberg eingetauscht, der mit schweren Schritten neben ihnen hertrottete.

»Hört gut zu«, sagte der einäugige Mann und nahm die Hände aus den Taschen seiner Yankee-Trainingsjacke, »ihr werdet euer Geld nicht zurückkriegen. Ihr habt es ehrlich und fair verloren. Das ist eine Tatsache. Euer Freund in dem purpurnen Anzug hat versagt, und ihr bleibt auf der Rechnung sitzen. So spielt das Leben. Geht nach Hause, lernt was daraus und denkt über euren Fehler nach. Auf diese Weise wird es einfacher, glaubt mir.« Er sprach mit freundlicher, leiser Stimme. Beruhigend. Nehmt meinen Rat an, schien diese Stimme zu besagen.

Einer der Anzüge fragte: »Hast du eine Waffe, Mann? Zeig sie lieber, wenn du 'ne Kanone hast.«

Der Mann schüttelte traurig den Kopf. »Ich brauche keine Waffe. Ich bin zäh.«

Der andere Anzug lachte. »Ja, klar. Du wirst dir noch wünschen, du hättest 'ne Knarre, Mann.«

Er zog ein Klappmesser. Es machte das leise Klickgeräusch, das der einäugige Mann seit Jahren immer wieder gehört hatte.

»Ich gebe euch eine letzte Chance, in Frieden nach Hause zu gehen, Jungs«, erklärte der Einäugige.

»Leck mich!«

Sie waren eine traurige Truppe. Er hatte beinahe Gewissensbisse bei dem, was jetzt kommen würde. Beinahe, aber nicht ganz.

Der Anzug mit dem Messer nickte dem Hünen zu, der den Schädel senkte wie ein Stier und angriff.

Der Einäugige packte den Arm des Hünen und brach ihn mit einem raschen Schlag, an den sich hinterher niemand richtig erinnern konnte. Dann schwang er den Muskelberg ganz herum und rammte ihn gegen den Kerl mit dem Messer. Das Messer fuhr mit einem schwachen, reißenden Geräusch durch den Stoff seiner Kleidung und in sein Fleisch, und der große Mann knickte ein und legte sich in eine Pfütze im Kies.

Der Typ mit dem Messer ließ selbiges im Körper des großen Mannes stecken, und während er auf ihn hinunterstarrte, brach ihm der Einäugige den Kiefer, wobei er den Unterarm wie eine Brechstange benutzte. Der andere Typ im Anzug griff sich einen Ziegelstein von dem Geröllhaufen neben dem Zaun des Parkplatzes.

»Warum rufst du nicht einen Krankenwagen für deine Kumpels?«

Der Typ mit dem Ziegelstein holte aus und schlug in großem Bogen zu. Der Einäugige rammte dem Mann eine Faust in den Brustkorb und spürte, wie eine Rippe brach. Er nahm ihm den Ziegel aus den nachgebenden Fingern. Der Mann versuchte, den Einäugigen zu treten, verfehlte ihn und fiel auf den Hintern. Der Einäugige ging in die Hocke wie ein Catcher und brach ihm mit dem Ziegel die Kniescheibe, weil sie gerade am nächsten war. Die Nacht war voller Geschrei und Gegurgel und dem Heulen von Sirenen in der Ferne.

Der Einäugige beugte sich über den Hünen, der noch immer im Wasser lag. »Bist du tot oder was?«

»Ich glaub nicht. Aber sicher bald.«

»Ich hole jemanden. Hast du 'nen Vierteldollar? Ich hab kein Kleingeld.«

»In der Hosentasche«, stöhnte der große Mann.

Einauge wühlte in der Tasche, brachte einen Quarter zum Vorschein und zeigte ihn dem großen Mann.

»Okay. Mach schnell.« Der große Mann stöhnte stärker.

Der einäugige Mann ging zur Ecke, wo er eines der wenigen öffentlichen Telefone der Stadt entdeckte, das noch funktionierte. Er überquerte die Straße und wartete in einem dunklen Hauseingang, bis die Rettungssanitäter kamen und sich um die Verwundeten kümmerten. Ein Streifenwagen traf ein. Seine Sirene verklang, als er langsam zum Stehen kam.

Der einäugige Mann wartete, bis die Straße wieder leer war. Dann schlenderte er zu einem Café am Rande des Village, das die ganze Nacht geöffnet war, aß einen Cheeseburger, trank einen Kaffee und plauderte mit der Kellnerin, bis es Zeit war, nach Hause zu gehen.

6.

Der General wusste nicht, was er von der Sache halten sollte.

Andererseits war schon der ganze Tag beschissen gelaufen. Admiral Malfaison hatte ihn eingeholt, als er gerade seinen Golfball am elften Loch aus dem Rough schlug, und keiner von beiden hatte gewusst, was er sagen sollte. Heikle Situation. Dann hatte der General entdeckt, dass seine Frau den Abend mit dem Besuch einer Dinnerparty zum Abschied eines Staatssekretärs auf dessen gottverlassener Farm verplant hatte. Farm! Großspuriger kleiner Bastard. Der ganze Abend war unglaublich, weil der Kurier aus New York die verdammte Diskette gebracht hatte, auf welcher der Direktor im Palisades Center ihn, den General, dringend bat, die Sache so schnell wie möglich zu erledigen.

Der Kurier, ein Kerl namens Friborg, hatte über den Direktor gesagt: »Er hat irgendetwas vor, General. Er spielt irgendein seltsames Spiel. Behauptet, dass jemand ihn umzubringen versucht, will aber nichts Genaues sagen und flüstert versteckte Drohungen.« Der General hatte Friborgs Beobachtungen nicht besonders erhellend gefunden.

Die Dinnerparty war noch schlimmer gewesen, als er befürchtet hatte, und wie nicht anders zu erwarten, hatte der Fahrer sich auf der Rückfahrt im Dunkeln verirrt. Farm!

Der Staatssekretär hatte eine Zeit lang in New Delhi Dienst getan, wo er sich eine indische Frau zugelegt hatte, deren Currygericht dem General jetzt, da er wieder in seiner Bibliothek war, eine ganze Reihe deutlich hörbarer Körpergeräusche entlockte. Es war weit nach Mitternacht, fast schon zwei Uhr, und er hatte die letzte Seite der ungefähr hundert Seiten Text umgeblättert, die der Drucker von der Diskette gezogen hatte.

Er stopfte sich zum dritten Mal seine Pfeife. Und er wusste immer noch nicht, was er von der ganzen Sache halten sollte.

Friborg hatte Recht, Emilio hatte irgendetwas Merkwürdiges vor.

Die hundert Seiten waren wie … wie was?

Wie eine MX-Rakete im Arsch. Das war noch der passendste Vergleich.

Das Palisades Center würde die größte und dreckigste Giftmülldeponie in der Geschichte der Geheimdienstaktivitäten des Landes werden, wenn irgendeine von diesen Seiten an die Öffentlichkeit drang. Es würden all die üblichen alten Mauern aufgerichtet und die Prinzipien der Widerlegbarkeit hervorgezerrt werden, aber niemand glaubte mehr diesen Mist. Dafür hatte Nixon gesorgt. Nach Nixon war man so lange schuldig, bis die Fernsehsender einen für unschuldig erklärten. Das hatte Nixon für alle, die nach ihm kamen, unwiderruflich vermasselt. *Das* war sein Verbrechen. Er hatte all den Jungs, die die Drecksarbeit machten, den Job versaut.

Aber es hatte keinen Sinn, das alles noch einmal durchzukauen. Der General bekam immer nur Dünnschiss, wenn er an Nixon und dessen Pack dachte. Spielverderber. Sie hatten alles in den Sand gesetzt. Er spürte seine Eingeweide rumoren und schloss Nixon aus seinen Gedanken aus.

Warum, in Gottes Namen, hatte Emilio ihm dieses Manu-skriptfragment geschickt?

Es war jedenfalls eine Drohung, und keine besonders subtile.

Aber warum? Was wollte Emilio, dass er damit anfangen sollte? Was hatte es zu bedeuten? Welche möglichen Ant-worten gab es? Welche Schlüsse sollte er daraus ziehen?

Und wer konnte das verdammte Ding geschrieben ha-ben? Wer konnte solche Zugangsmöglichkeiten haben?

Oder hatte Emilio selbst es geschrieben?

Wer immer es geschrieben hatte – was anderes konnte es sein als eine Erpressung?

Plötzlich musste der General zum Badezimmer sprinten.

Er saß auf der Toilette und rauchte seine Pfeife. Er konnte immer am besten nachdenken, wenn er auf dem Leibstuhl saß, wie seine selige Mutter ihn immer genannt hatte.

Wenn solch ein Manuskript durchsickert, überlegte der Ge-neral, wenn es publik wird, werden wir alle zu solch feinem Hackfleisch verarbeitet, dass meine Katze es ohne zu kauen schlucken kann. Es würde sie alle erwischen. Den Präsiden-ten, den General, die Italiener, die Latinos und Emilio auch. Und das war es, womit der General nicht klarkam.

Wozu war eine Drohung gut, wenn der Kerl, der die Dro-hung ausstieß, auch die Konsequenzen tragen musste?

Wem würde das nützen?

Niemandem außer den verdammten Gutmenschen, die nicht mal ihren Arsch kannten. Die waren es … und der Autor des Bestsellers.

Vielleicht waren es wieder Woodward und Bernstein, die damals den Watergate-Skandal aufgedeckt hatten. Vielleicht war es wieder die verdammte kommunistische *Washington Post*.

Als der General wieder an seinem Schreibtisch saß, starrte er auf das Manuskript.

Diesmal würde es kein weiteres Fiasko geben wie mit den Pentagon-Papieren, auf keinen Fall, José. Diesmal nicht. Einmal war genug. Irgendetwas konnte man sicher tun. Was genau, würde ihm später noch einfallen. Vielleicht müssten sie wieder die Psychologische Abteilung loslassen. Gut, wenn es denn sein soll.

Zur Hölle damit. Emilio sagte also, dass jemand ihn umzubringen versuchte. Was sollte das nun wieder bedeuten?

Der General hasste Rätsel fast genauso sehr wie die Demokraten.

Es klopfte an der Tür der Bibliothek, und Friborg tauchte auf, gähnend, mit gelockerter Krawatte und einer Flasche Scotch in der Hand. »Einen Drink?«, fragte er.

Friborg war ein guter Zuhörer, und so sprach der General ziemlich lange mit ihm und rauchte drei weitere Pfeifen, und zusammen leerten sie den Scotch. Die Sonne ging langsam über einem grünen, vom Morgentau benetzten Anwesen in Virginia auf, nicht über einer verdammten Farm, als der General schließlich aufstand, ans Fenster trat und den Blick über sein Reich schweifen ließ.

»Es versetzt mich immer wieder in Erstaunen, wie die Leute glauben können, dass unser kleiner Laden alles weiß«, sagte er. »Wo die Wahrheit doch so aussieht, dass wir selten auch nur *annähernd* genug wissen. Wir müssen auf schäbige kleine Informationsbrocken reagieren, die oft falsch sind, aber wir handeln, weil wir handeln müssen. Wir müssen etwas tun. Irgendetwas. Und dann kriegen die Leute immer alles in den falschen Hals und machen sich einen Kopf. Sie verwechseln Handeln mit Informationen. Diese Bastarde denken nicht bis zum Ende. Nur weil wir erbarmungslos sind, nehmen sie an, dass wir etwas *wissen*.«

Er öffnete das Fenster, nachdem er den Sicherheitsmelder abgeschaltet hatte, der an der Wand befestigt war. Die frische Morgenbrise ließ die Vorhänge flattern und füllte den Raum mit dem frischen Duft des Grases.

»In Wirklichkeit«, sagte der General, drehte sich wieder zu Friborg um und zeigte mit seiner Maiskolbenpfeife auf ihn, »ist es genau umgekehrt. Je mehr man weiß, umso schwieriger wird es, überhaupt zu handeln. Mit dem vollständigen Wissen kommt die vollständige Lähmung des Willens. Je weniger man weiß, umso klarer erscheint alles. Je weniger man weiß, umso entschlossener kann man Entscheidungen treffen. Man kann selbstsicher sein, man kann rücksichtslos sein. Das ist die wahre Lehre unseres Geschäfts, Friborg.«

Friborg unterdrückte ein Gähnen. »Sie meinen, ein bisschen zu wissen könnte gefährlich sein, Sir?«

»Gut gesagt. Ich sehe, Sie haben das Wesentliche erfasst.« Der General sah auf die Uhr. »Meine biologische Uhr ist aus dem Takt, junger Mann.«

»Meine auch«, sagte Friborg. »Was soll ich dem Direktor erzählen, Sir?«

»Nicht eine einzige verdammte Einzelheit«, antwortete der General. Er klopfte die Asche aus seiner Pfeife in einen großen, gläsernen Aschenbecher, den der Präsident ihm vor langer Zeit geschenkt hatte, weil er die Republik gerettet hatte oder so ähnlich. Es war ausgerechnet Jimmy Carter gewesen. »Lassen Sie uns den Direktor überraschen, er will doch so schlau sein. Jemand will ihn umbringen ... also gut, sollen sie ihn umbringen, wer immer es ist. Wer braucht den Burschen denn schon? Ohne ihn sind wir besser dran ... Aber wir müssen herausfinden, was es mit diesem Manuskript auf sich hat. Es ist Teil eines Buches, das ist sicher. Also, wer hat es geschrieben? Wo geht es hin? Wird jemand das verdammte Ding veröffentlichen? Nun, das können sie nicht! Ich werde es nicht zulassen. Seine Frau ist die Schriftstellerin in der Familie. Fragen wir sie …«

»Können wir sie *scharf* befragen?«

Der General zuckte mit den Schultern. »Die Einzelheiten überlasse ich euch Jungs. Ihr werdet nicht erleben, dass ich in eurem Revier wildere. Ich mach bloß Politik.« Er streckte sich. »Ich gehe jetzt ins Bett. Und ich werde gut schlafen, wo ich weiß, dass er praktisch ein toter Mann ist. Aber ihr – ihr müsst dafür sorgen, dass niemand demjenigen in die Quere kommt, der den Bastard umbringen will. Einmal, nur ein einziges Mal, haben wir jemanden, der für uns die Drecksarbeit erledigt.«

Er kicherte, als er den Raum verließ.

Friborg blieb noch eine Weile halb benommen sitzen.

Er hätte gern gewusst, was das Palisades Center wirklich war.

Und wer Emilio, der Direktor, wirklich war.

Er gähnte, stand auf und ließ die leere Flasche in den Papierkorb fallen. Er fragte sich, was zum Teufel da überhaupt vor sich ging. Aber die Psychologische Abteilung hatte nicht die Erlaubnis, etwas zu wissen. Die Psycho-Abteilung gehörte zur Einsatzabteilung, nicht zur politischen Abteilung.

7.

Celia war durch einen frühen Anruf geweckt worden. Am anderen Ende der Leitung meldete sich ein Mann, der sagte, er sei Peter Greco. Er klang verschlafen und nicht besonders interessiert, aber er war gerade von Hilary Sampson angerufen worden, die ihm gesagt hatte, er solle Celia anrufen; es sei wichtig. Also, gähn, da war er, und sie könnte ihm ein Frühstück spendieren, wenn sie wollte, weil es sie definitiv eine kleine Bestechung kosten würde, ihn so früh vor die Tür zu locken.

Celia war von dem Angebot »unterwältigt«, wie sie es nannte, und Greco erwiderte, dass das für ihn völlig in Ordnung ging. Sie merkte, dass er kurz davor war, wieder aufzulegen. Es war ihm offensichtlich völlig egal. Ihr aber nicht – da lag das Problem. Schon jetzt konnte sie diesen Kerl nicht ausstehen. Doch auch wenn es ein neuer Morgen war, konnte sie den Brief deswegen nicht weniger ernst nehmen.

So saß Celia nun am Fenster bei *Homer's* in der Zehnten Straße, wo diese an der Sixth Avenue ins Village abbog. Er kam eine Viertelstunde zu spät, und sie war bei ihrer zweiten Tasse verbranntem Kaffee, als sie diesen Kerl hereinkommen sah, der ungefähr ihre Größe hatte, aber wie eine Telefonzelle gebaut war. Er trug eine Trainingsjacke der

74

New York Yankees. Celia seufzte. Sie hatte es geahnt. Sie war schon immer ein Fan der New York Mets gewesen.

Der Bursche war der Typ, der dem Mädchen an der Kasse aus dem Mundwinkel eine witzige Bemerkung zuflüsterte und sie damit zum Lachen brachte. Wahrscheinlich wahnsinnig beliebt bei Kellnerinnen und Politessen. Cool. Er ging direkt zu ihr hin, legte die *Daily News* und seine Sonnenbrille auf den Tisch, schälte sich aus der Jacke und setzte sich.

»Hi, Schätzchen«, sagte er. »Was liegt an?« Er gab dem dunkelhäutigen, schnauzbärtigen griechischen Kellner einen Wink und bestellte – Celia wusste es einfach – eine Tasse Java.

»Wie haben Sie mich erkannt?«, fragte sie. »Oder gibt es einen Funken Hoffnung, dass Sie bloß irgendein Aufreißer sind und nicht der Mann, auf den ich eine halbe Stunde geduldig gewartet habe …«

»Hey, seien Sie ein bisschen sanfter zu einem Mann mit nur einem Auge. Hör mal, Demetrios, war das die frische Kanne oder das verbrannte Zeug, das du ihr gegeben hast?«

»Ganz frisch gemacht, Greco, extra für die Kleine.«

»Na, schön wär's, mein Lieber. Schreib mal auf: Ein Omelett mit Zwiebeln und Käse, einen getoasteten Bagel und ein großes Lächeln. Wie ist es mit Ihnen, Schätzchen?«

»Zwei pochierte Eier und …«

Greco unterbrach sie mit einem Ächzen. »Und trockenen Vollkorntoast, sagen Sie nichts. Aber Diät bringt nichts, wissen Sie. Wenn Sie dran sind, sind Sie dran.«

»Und trockenen Vollkorntoast«, sagte sie mit zusammengebissenen Zähnen.

Er schüttelte den Kopf. Celia ertappte sich dabei, wie sie auf die Augenklappe und die Spuren von Narben auf seiner

Stirn und Nase starrte. Es war nicht entstellend, nur interessant, als ob man einen Oldtimer betrachtete, der viel mitgemacht hatte. Er hatte dichte schwarze Augenbrauen, und das einsame Auge funkelte wie ein Stück harter, glänzender Kohle.

»*Das* ist ein Gesicht, was? Hat schon einiges gesehen.« Er schaufelte Zucker in seinen milchigen Kaffee.

»Sieht ein bisschen angegriffen aus«, bemerkte sie.

»Sie sollten den Typ sehen, der neben mir gestanden hat. Natürlich müssten Sie ihn ausgraben. Was von ihm übrig war, haben sie in einem Schuhkarton beigesetzt. Es war das Hustenbonbon.«

»Bitte?«

»Im letzten Winter hatte ich einen ziemlichen Husten, und da hab ich das Zeug aus dem Fernsehen ausprobiert. Die hübsche Hustenbonbonfee. Hilary hat gesagt, dass Sie das sind. So habe ich Sie erkannt – die Hustenbonbonfee.«

»Hat es gewirkt?«

»Sie machen wohl Witze. Also, was ist das für eine Geschichte mit dem Mord?« Er genoss seinen Kaffee. Sie merkte es an den Geräuschen, die er produzierte.

Celia erzählte ihm die ganze Geschichte, und bis sie fertig war, waren sein Omelette und der Bagel verschwunden, und Demetrios hatte seine Tasse dreimal nachgefüllt. Ihre Eier waren kalt und unberührt. Sie atmete tief durch und brach eine Ecke vom Toast ab, steckte sie in den Mund und zerteilte ein Ei. »Also, was meinen Sie?«

»Hilary hatte Recht. Die Cops würden sagen, dass Sie ihre Zeit verschwenden.«

»Und was sagen Sie?«

»Ich sage, Sie sind eine Schauspielerin mit dem Talent, die Dinge zu dramatisieren. Es ist gut möglich, dass es gar keinen Mordplan gibt. Irgendjemand macht sich Notizen für ein Buch. Vielleicht für eine Rezension. Ich weiß es nicht. Vergessen Sie's, *das* würde ich dazu sagen.« Das Auge streifte über Celias Gesicht wie ein Suchscheinwerfer. Er steckte sich eine Zigarette an.

»Bitte nicht.«

»Was?«

»Rauchen. Warten Sie wenigstens, bis ich mit dem Essen fertig bin.«

»Na, wunderbar.« Er drückte die Zigarette aus.

»Hilary hatte Unrecht.«

»Womit?«

»Mit Ihnen. Sie sagte, Sie wären clever.«

Er lachte. »Dafür, Schätzchen, rauche ich jetzt eine.« Er steckte sich eine neue *Lucky* an. »Und lassen Sie das Süßholzraspeln. Sie sind nicht mein Typ. Ich stehe mehr auf schnuckelige kleine Blondinen …«

»Abscheulich!«

»Ganz im Gegenteil. Die meisten sind sehr nett. Okay, ab und zu ist auch mal 'ne Abscheuliche darunter. – Was ist los, mögen Sie Homers Eier nicht?«

»Nein, ich brauche Hilfe.«

»Wissen Sie was? Ihre Ohren sind niedlich. Bis jetzt das Niedlichste an Ihnen.« Er grinste und blinzelte mit seinem Auge.

»Das ist alles furchtbar witzig. Warum gehen Sie nicht einfach? Auf dieses Schuljungenniveau kann ich gut verzichten …«

»Okay. Aber ich sage Ihnen, Sie haben mich gerade in Bestform erlebt. Wollen Sie immer noch, dass ich Ihnen bei dieser Mordsache die Hand halte?«

»Ist verdammt unwahrscheinlich.«

»Sie sollten die Bettelei sein lassen. Ich mach es auch so. Sie haben Eigelb am Kinn, Schätzchen.«

Sie wischte sich das Kinn ab. »Sie haben noch einen verdammt langen Weg vor sich.«

»Ungefähr bis zur Zwölften und Broadway, wie wäre das?« Er machte sich auf jede erdenkliche falsche Weise über sie lustig. Sie konnte es nicht ausstehen.

Man wusste nie, was einen bei *Strand's* erwartete.

Der Mann, der hinter dem Ladentisch stand, wohin man die Bücher brachte, die man verkaufen wollte, sah aus, als wäre er aus der wirklichen Welt gekidnappt worden. Er trug eine Brille mit Goldrand, hatte ordentliches, kurz geschnittenes, sandfarbenes Haar und trug eine Krawatte. Er hörte aufmerksam zu, als Celia ihm die Bücher beschrieb, die sie gekauft hatte, und einige Titel herunterleierte, und plötzlich nickte der Mann. Peter Greco blätterte in der Nähe in den Büchern, halb beobachtend, halb zuhörend.

»Das muss Charlie Cunningham gewesen sein, der ist hier Stammkunde. Netter Junge, dieser Charlie. Kommt hier schon seit Jahren her.« Ein Lächeln erschien auf dem Gesicht des Einkäufers. »Wissen Sie, ich glaube, er hat die Bücher, die Sie gefunden haben, am selben Tag hergebracht, so um die Mittagszeit. Ich habe sie sofort auf die Tische gelegt.«

»Wer ist denn dieser Typ, dieser Cunningham?« Greco blickte nicht von dem prächtigen Buch über Luxusdampfer aus versunkenen Zeiten auf.

Der Käufer zuckte mit den Schultern. »Charlie Cunningham. Bloß einer, der viele Krimis in seiner Post hat, nehme ich an. Ich habe ihn nie gefragt, und er hat es mir nie erzählt. Was soll ich sagen? Warum suchen Sie ihn eigentlich?«

»Ach, ist nicht so wichtig«, erwiderte Celia. »Er hat in einem der Bücher einige Papiere zurückgelassen, und ich würde sie ihm gerne wiedergeben. Sie wissen nicht, wo ich ihn erreichen könnte?«

Er schüttelte den Kopf. »Er kommt bestimmt irgendwann in den nächsten Tagen wieder. Er ist Stammkunde. Ich kann die Papiere gerne für ihn aufheben, wenn Sie wollen. Mehr kann ich nicht tun.« Er strich sich übers Kinn. »Vielleicht ist er bei den Büchern. Sie könnten es ja mal versuchen.«

»Vielen Dank. Das machen wir. Sie waren sehr hilfreich. Und seltsam normal«, fügte sie mit einem Grinsen hinzu.

»Ich weiß«, sagte er, ohne zu grinsen. »Das habe ich schon öfter gehört.«

Peter Greco ging zur Straßenecke, klopfte auf seine Hosentaschen und kehrte zu Celia zurück. »Haben Sie einen Quarter? Ich hab kein Kleingeld.« Sie reichte ihm den Vierteldollar, und er rief die Auskunft an, aber dort gab es keinen Eintrag für Charlie Cunningham. »Zum Teufel, für wen hält der sich eigentlich?«

»Charlie Cunningham«, sinnierte Celia, während sie im Morgensonnenschein dahinschlenderten. »C. C. ist nicht M. M.. Aber aus irgendeinem Grund hatte C. C. M. M.'s Buch. Warum?«

Greco schob die Hände in die Taschen seiner verblichenen Jeans. »In Ihren Augen ist M. M. also ein Mordverschwörer. Dieser Miles Warriner …«

»*Wenn* Miles Warriner sein richtiger Name ist.«

Greco sah sie verärgert an. »Alles, was wir im Moment kennen, ist der Name auf dem Buch, also lassen Sie mich ihn Miles Warriner nennen, ohne mich jedes Mal zu unterbrechen, okay? Mein Gott, also wirklich. Dieser Warriner signiert M. M.'s Exemplar des Buches. Aber irgendwie wird dieses Buch, dieses … wie heißt das noch mal?«

»Rezensionsexemplar.«

»Es wird von Cunningham an *Strand's* verkauft. Also, wie zum Henker ist Cunningham an M. M.'s Buch gekommen? Oder andersherum, warum sollte Warriner Cunninghams Rezensionsexemplar für M. M. signieren? Das ergibt keinen Sinn.« Er starrte Celia so mürrisch an, als wäre es ihr Fehler.

»Nun, für mich sieht es so aus, als ob Cunningham wahrscheinlich Warriner *und* M. M. kennt. Und Z. ist noch ein unbeschriebenes Blatt.«

»Das gefällt mir nicht«, sagte Greco.

»Seien Sie doch nicht bockig. Oder wollen Sie den Krempel hinschmeißen?«

»Ich lasse mir Zeit bis zum Mittagessen, okay? Sie zahlen.«

»Was sind Sie für ein Typ!«

»Wir haben kein Rendezvous, Blandings …«

»Gott sei Dank.«

»Gehen wir absichtlich in diese Richtung?«

»Ich glaube immer noch, dass wir Cunningham suchen sollten, den Typ, der das Buch direkt vor mir besessen hat. Technisch gesehen gehört der Brief ihm. Vielleicht finden wir ihn und können ihm sagen, was los ist.«

»Er *weiß,* was los ist. Er muss den Brief gelesen haben.«

»Hören Sie, ich will ihn finden. Sie können ja verschwinden. Ich werde diesen Mann trotzdem aufspüren.« Sie warf ihm ihren besten herausfordernden Blick zu, den sie aus einer schlechten Inszenierung von *Agnes – Engel im Feuer* hatte.

»Ja, sicher. Okay«, sagte er. »Wo gehen wir hin?«

Das Logo war dem fliegenden roten Pferd erstaunlich ähnlich, das einst Symbol eines riesigen Ölunternehmens mit

Tankstellen an jeder Ecke gewesen war. Nun war das fliegende Pferd weiß vor schwarzem Hintergrund. Es zierte die Rücken sämtlicher Bücher in der Empfangshalle. Es hing an der Wand hinter dem Empfangsschalter. Es war in den Teppich geknüpft. Peter Greco bemerkte: »Nun sehen Sie sich all diese Pferde an. Sieht aus wie *Mr. Ed* und seine ganze Familie.«

Die junge, sehr hübsche Empfangsdame sah von ihrem leeren Tisch hoch. »Sie sind bei Pegasus Books«, sagte sie mit einem gequälten, aufgesetzten Lächeln. »Das Pferd ist nicht Mr. Ed …«

»Ach ja, der gute alte Mr. Ed.« Greco sah sehr zufrieden aus. »Der konnte sprechen. Hatte sogar seine eigene Fernsehserie. Stimmt's, Blandings?«

»Dieses Pferd hier ist Pegasus, das geflügelte Ross aus der griechischen Mythologie. Vielleicht sollten Sie lieber lesen statt fernzusehen.« Das Lächeln der Empfangsdame ließ keinen Augenblick nach. »Wie kann ich Ihnen helfen?«

Celia kam Greco zuvor, da sie vorausahnte, was er vielleicht noch sagen würde.

»Wir würden gern mit Susan Carling sprechen. Charlie Cunninghams Büro schickt uns.«

Die Rezeptionistin telefonierte, und ein paar Augenblicke später erschien eine untersetzte, rundliche Schwarze mit einer riesigen Brille, die ganz vorne auf ihrer spitzen Nase saß.

»Charlies Büro hat Sie geschickt?«, fragte die Schwarze. »Kommen Sie rein, Charlies Büro können wir nicht warten lassen.«

Ihr Büro war ein einziges Durcheinander, das aussah wie Peter Ustinovs Wohnzimmer. Überall, auch auf den Besucherstühlen, lagen Bücher, Aktenordner, Stapel mit Biografien und Fotos von Autoren, Rundschreiben, Presseerklärungen, Entwürfe für Buchumschläge, leere Kaffeetassen. Das Fenster im dreißigsten Stock bot einen Blick nach Norden in Richtung Columbus Circle und Richtung Süden zum Times Square, Chelsea, dem Empire State Building und der Freiheitsstatue. Glaubte man dem Schild an der Tür, welche die Frau nun schloss, war sie die Chefpublizistin.

»Also, Leute, jetzt mal zur Sache«, sagte sie und nahm eine brennende Zigarette von dem Aschenbecher, wo sie sie abgelegt hatte. »Was soll dieser Auftritt? Charlie Cunningham hat ein *Büro?* Überhaupt, wer sind Sie eigentlich?«

»Der Tierschutzverein«, sagte Greco und kam Celia zuvor. »Wir nehmen Ihnen das Pferd weg.«

»Keine Witze über Pferde«, entgegnete Susan Carling. »Wir kennen alle alten, und neue gibt es nicht. Kommen Sie wirklich von Charlie?«

»Genau genommen nicht«, antwortete Celia. »Wir suchen ihn …«

»Und da kommen Sie zu mir? Zu *mir?* Was weiß ich schon von Charlie? Warum ausgerechnet ich?«

»Weil Charlie Rezensionsexemplare von Pegasus bekommt. Miles Warriners Bücher, zum Beispiel. Wir dachten, Sie wüssten vielleicht, wie wir mit Charlie oder Warriner – oder beiden – in Kontakt kommen können.«

»Da draußen laufen eine Menge Verrückte herum«, erwiderte Susan und wies mit ausladender Geste auf die Stadt, die sich unter ihnen ausbreitete. »Gehören Sie beide dazu?«

»Mein Name ist Celia Blandings …«

»Die Hustenbonbonfee«, warf Greco ein.

»… und ich habe etwas von Charlie. Das möchte ich ihm gern zurückgeben.«

»Warriner ist ein Pseudonym«, sagte Susan Carling, »und

ich weiß nicht, wer der Schriftsteller ist. Und Charlie? Ich habe nicht die Erlaubnis, Ihnen seine Adresse zu geben. Aber was immer es ist, ich kann es ihm schicken. Ist es kleiner als ein Brotkasten?«

»Viel kleiner«, sagte Celia. »Aber ich muss es ihm persönlich aushändigen.«

»Dann tut es mir Leid.« Sie neigte den Kopf und zuckte hilflos die Schultern. »Andere Vorschläge habe ich nicht.«

Greco nickte. »Verstanden. Perfekte Sicherheitsmaßnahmen. Aber vielleicht könnten Sie uns einfach sagen, wer Charlie Cunningham ist. Warum bekommt er Rezensionsexemplare?«

»Ach, dieser Charlie!« Ihr Lachen war voll und warm und sexy. »Charlie Cunningham ist der letzte der Unabhängigen. Er hat mehrere Bücher geschrieben, glaube ich, aber wer er wirklich ist ...? Charlie Cunningham ist niemand anders als Mr. Mystery.« Sie wartete auf ein verstehendes Nicken ihrer Besucher. »Sie wissen nicht über Mr. Mystery Bescheid?«

»Mit einem Wort«, entgegnete Celia, »nein.«

»Der letzte Unabhängige wovon?«, fragte Greco.

»Oh, Charlie hat immer seinen eigenen Blickwinkel, und überhaupt hält er sich Arbeit möglichst vom Leibe ... ich zitiere da übrigens Charlie selbst. Er hatte die Idee, eine Kolumne zu schreiben, die nur Krimis gewidmet ist ... Büchern, Fernsehkrimis, Kinofilme, alle Arten von Krimis. Er schreibt über sie alle und verkauft seine Kolumne an kleine Zeitungen, Einkaufsführer, Sonntagsbeilagen und so weiter. Die alle brauchen kleine Füllartikel. Er nennt sich Mr. Mystery ... das heißt die Kolumne natürlich.«

»Clever«, sagte Greco. »Aber der letzte der Unabhängigen war ein Typ namens Charlie Varrick, Miss Carling. Vergessen Sie das nie.«

Susan Carling sah einen Augenblick lang beunruhigt aus. »Richtig« sagte sie, als hätte das Wort ungefähr vier Silben.

Während sie im Schatten einer lebensgroßen Pegasus-Statue auf den Fahrstuhl warteten, grinste Peter Greco Celia verschmitzt an, dann winkte er der Rezeptionistin zu, während die Fahrstuhltür sich vor ihnen öffnete.

»Walter Matthau hat Charlie Varrick gespielt. Ich liebe diesen Matthau. Der Mann ist ein Spieler. Das Leben ist ein Risiko, Blandings. Matthau weiß es, ich weiß es, aber wissen Sie es auch?«

Wieder draußen auf der Sixth Avenue, führte Celia sie beide direkt zu einer Hotdog-Bude. »Ich lade Sie ein«, sagte sie. »Das Mittagessen geht auf meine Rechnung.«

»Das ist ein ziemlich billiger Trick«, sagte Greco.

»Ganz meine Meinung.«

Er hatte seinen zweiten Hotdog halb verputzt, als er plötzlich bemerkte: »Nun, jetzt wissen wir, dass Charlie Cunningham ein Mann ist, der mitten im Mord am Direktor steckt.« Er verspeiste den Rest seines Hotdogs mit zwei Bissen und goss seinen Orangensaft hinterher.

»Also, das würde ich ein Dreibandenspiel nennen. Was wollen Sie damit sagen?«

»Hey, Sie spielen Pool?«

»O ja. Sogar ziemlich gut.«

»Klingt, als ob wir ein gemeinsames Spiel spielen. Ein einäugiger Kerl und eine … eine …«

»Frau ist das Wort, nach dem Sie suchen. Und was meinen Sie damit, dass Charlie mit dem Mord zu tun hat?«

»Elementar, Blandings, elementar. Mr. Mystery. *M. M.*«

8.

Charlie Cunningham fühlte sich nicht besonders.

Während der bewusste Tag näher rückte, hatte sie immer eindringlicher darauf bestanden, dass er ihr versicherte, seine Anweisungen zu kennen, bis zum letzten Buchstaben. Und je beharrlicher sie wurde, desto nervöser wurde er. Das bloße Klingeln des Telefons in seiner Wohnung verursachte eine chemische Veränderung in seinem Körper. Sein Mund wurde trocken, seine Stimme zitterte. Die Symptome klangen nach Liebe, doch es war keine Liebe. Es war schrecklich.

Aber nicht annähernd so schrecklich wie sein letzter Anruf. Sie wollte alles noch einmal durchgehen, und als sie zum tausendsten Mal wiederholte, dass er sich seiner selbst, seiner Handlungen und – ganz wichtig – seiner Nerven absolut sicher sein musste, begann er, nach dem letzten Blatt der zusammengefassten Anweisungen zu suchen, die sie bei ihm gelassen hatte. Er wusste, dass er das Blatt irgendwo hierhin gelegt hatte. Er klemmte das Telefon zwischen Schulter und Kiefer und starrte stumm in den Raum mit seinem verstreuten, aufgestapelten und hingeworfenen Inhalt. Er war so vorsichtig gewesen und hatte es an einen Platz gelegt, wo er es unmöglich vergessen konnte.

Aber *wo*, um Himmels willen?

Er hatte zu viel im Kopf gehabt, das war das Problem. Jemanden zu hintergehen war ein kompliziertes Geschäft, viel komplizierter, als er es in seinen Träumen für möglich gehalten hätte. Die Sache war die, dass *sie* offensichtlich für Mord wie geschaffen war. Sie schien das Pläneschmieden, die Details, die Recherche, den spielerischen Aspekt zu genießen. Als ob am Ende, nachdem man es getan hatte, nicht ein blutüberströmter Kerl vor einem läge. Nun, das war nichts für Charlie Cunningham, sagte er sich, auf keinen Fall, und er warf Unterwäsche und Handtücher und Papiere und Bücher aufs Bett. Er fand eine ihrer Sonnenbrillen, die sie vor Wochen als Verlust abgeschrieben hatte, und ein verschrumpeltes Stück Pizza zwischen den Wollmäusen unter dem Bett, aber nicht ihre Liste mit den Arrangements für den Mordtag.

Er stammelte krampfhaft Antworten auf ihre Fragen und wirbelte den ganzen Zeitplan durcheinander. Ihre Stimme verwandelte sich in ein tiefes, giftiges Wispern, ein Zischen, das er nur zu gut kannte. Er solle sich zusammenreißen, warnte sie ihn; bei dem Gedanken an die Konsequenzen, wenn ihm das nicht gelang, brach ihm der kalte Schweiß aus. Was tut ein Mann nicht alles für einen hübschen Hintern, lamentierte er im Stillen.

Als er den Hörer aufgelegt hatte, ließ er sich in einen Sessel fallen und versuchte sich zu erinnern. Und wie durch ein Wunder fiel es ihm ein: *Littlechild geht aufs Ganze!* Er hatte ihren Brief zwischen die Seiten des Romans gesteckt, um ihn sicher aufzubewahren. Er lächelte selbstgefällig. Der alte Charlie war noch immer am Ball. Und es war nicht einfach, ihren Plan klar im Kopf zu behalten, während er gleichzeitig seinen eigenen ausarbeitete.

So, und jetzt musste er das Buch finden.

Es dauerte weniger als einen Viertelstunde, bis sich eine

neue, unendlich viel schrecklichere Panik in ihm breit machte. Die Wohnung war klein. Es gab nur eine bestimmte Zahl von Plätzen, wo das Buch sich befinden konnte.

Doch der Roman von Miles Warriner war an keinem dieser Plätze zu finden.

Himmel, er war wieder klatschnass geschwitzt. Er ging alle logischen Möglichkeiten durch und machte sich dann hastig über die unlogischen her. Hinter dem Kühlschrank und unter der Badezimmermatte nachsehen, zum Beispiel.

Er sah gerade im Kühlschrank nach, zwischen einem Stück lange vergessener Pastete, die man jetzt rasieren konnte, und einem Zellophanbeutel mit Karotten, die die Konsistenz weich gekochter Linguini angenommen hatten, als er sich an den Bücherstapel erinnerte, der umgefallen war, den er ungeduldig wieder aufgestapelt und sich in letzter Minute in einem Anfall untypischer Effektivität gegriffen hatte, um ihn im *Strand's* zu verkaufen …

Oh, verdammt! War das Buch dabei gewesen?

Es musste dabei gewesen sein.

Es war sonst nirgends.

Das war schlimm. Schlimmer als schlimm. Das gewöhnliche Schlimme war Teil seines täglichen Lebens. *Katastrophal* traf es besser. Wenn jemand die Pläne fand …

Warum zum Teufel musste sie ihn auch mit schriftlichen Anweisungen und Ermahnungen bombardieren? Er nahm ein Bier aus der Kühlschranktür, nuckelte hastig daran und fragte sich, wie viel Sinn ihre Anmerkungen wohl für jemanden ergeben würden, der sie zufällig fand. Was genau hatte sie noch mal geschrieben …?

Er fragte sich, ob das, was ihn gerade am ganzen Körper zittern und schwitzen ließ, ein Nervenzusammenbruch sein könnte.

Und wenn sie herausfand, dass er das verdammte Ding

bei *Strand's* verkauft hatte? Sie würde explodieren wie eine Wasserstoffbombe.

Nein. Sie würde sich seine Eingeweide auf einem Tablett servieren lassen.

Aber niemand konnte ihn irgendwie zu ihr zurückverfolgen. Und damit blieb nur er. Konnte er zu ihm zurückverfolgt werden?

Murphys Gesetz, das immer sein Leben bestimmt zu haben schien, sagte ja, natürlich, warum nicht, mit Sicherheit, du Trottel! Es war nicht wichtig, wie. Es konnte geschehen, und wenn es geschehen *konnte,* dann *würde* es auch geschehen, so sicher wie das Amen in der Kirche.

Er musste den Brief zurückbekommen. Es gab keine andere Möglichkeit.

9.

Celia ging die Sixth Avenue bis zur Sechsundfünfzigsten Straße, wo sie links abbog und weiterging. Irgendwie war es mit Peter Greco – der immer noch über das billige Mittagessen nörgelte und zugab, dass er noch ein paar Stunden dabeibleiben würde, da sie ja tatsächlich gewisse Fortschritte gemacht hatten – nicht ganz so beängstigend. Es hatte auch seinem eigenen Selbstbewusstsein sehr gut getan, Mr. Mystery und M. M. in Verbindung zu bringen, bevor sie es getan hatte. Diesen Punkt hatte *er* gemacht: Z. hatte die Mordanweisungen an Charlie Cunningham geschrieben.

Otto Penzlers *Mysterious Bookshop* befand sich direkt hinter der Carnegie Hall, gleich bevor man zur *Carnegie Tavern* gelangte. Sie stiegen ein paar Stufen hinauf ins Erdgeschoss, dessen Wände vom Boden bis zur Decke voller neuer Taschenbücher standen, ausschließlich Krimis. Mitten im Raum stand ein großer Tisch voller Spiele, Schreibwaren, Puzzles und einer Menge anderem Krimskrams, der mit den großen Kriminalschriftstellern zu tun hatte, zum Beispiel Kopien des *Malteserfalken* und Baseballmützen, auf deren Schirm »Nero Wolfe« und »Spenser« und »Nick Charles« geschrieben stand. Neben dem Tisch führte eine schmale eiserne Wendeltreppe in den ersten Stock, dessen Wände ebenfalls von Romanen gesäumt waren. Aber hier standen, alphabetisch nach Autoren geordnet, die gebundenen Bücher, sowohl seltene gebrauchte Bände als auch die neuesten Titel. Der Raum sah wie ein gemütliches Arbeitszimmer aus, das seinen Reiz aus Kriminal-Memorabilien bezog, die von einem Buntglasfenster reichten, das Sherlock Holmes zeigte, bis zu einem bunten Filmplakat mit Edward Arnold als Nero Wolfe und Lionel Stander als Archie Goodwin.

Hinter dem Schreibtisch saß ein bulliger, grauhaariger, aber jugendlicher Mann, der in ein Telefon brüllte. »Okay, Gifford, diesmal sind Sie zu weit gegangen! Westlike behandelt mich nie so ... Ja, ich weiß, er hat siebzehn Pseudonyme ... Garfield behandelt mich nie so, niemand hat mich jemals so behandelt ...« Er brach in ein entzücktes Gekicher aus. »Ja, ja, ich weiß, ich lass mich gerne missbrauchen ... aber das bleibt unser kleines Geheimnis, okay?«

Die Unterhaltung endete, und der Ladenbesitzer sah auf. »Celia, sagen Sie jetzt nicht, dass Sie gekommen sind, um Ihre Rechnung zu bezahlen. Mein Herz würde diesen Schock nicht aushalten. Oder hat mein Drohbrief gewirkt?«

»Otto, wir brauchen Ihre Hilfe ...«

»Das ist das Problem mit euch Liberalen mit den blutenden Herzen. Ihr kommt immer vorbei, sucht nach Almosen und bittet um Gefallen.« Er stand auf und küsste sie auf die Wange. »Was ist dieses ... wer ist diese Person, die Sie da angeschleppt haben? Ein *Yankee*-Fan?« Penzler betrachtete Greco mit einem Hauch von Neugier. Vor langer, langer Zeit war er Sportreporter gewesen.

»Greco ist der Name, und das Spiel ist Poolbillard.« Er sah sich in dem eleganten Raum um. »Können Sie wirklich davon leben? Vielleicht ist es ein Tarngeschäft ...«

»Ob ich davon leben kann oder nicht, tut nichts zur Sache, mein Lieber. Ich habe beide Augen und einen guten

Teil mehr Haare als so mancher von uns – Celia, belästigt dieser Mann dich? Wenn ja, hole ich jemanden zu Hilfe, und wir setzen ihn in einem Kreuzfeuer aus stürmischem Sarkasmus gefangen.«

»Seltsamerweise gehört er zu den Guten«, sagte Celia. »Otto, wir suchen jemanden. Genau genommen zwei Personen. Und wenn Sie nicht wissen, wo die beiden zu finden sind, lege ich mich gleich hier auf den Boden und weine. Greco ist übrigens einer von New Yorks besten …«

»Besten was?«, fragte Penzler zweifelnd. »Falschspieler beim Pool?«

»Auf Anhieb richtig«, bemerkte Greco verblüfft.

»Nein«, erwiderte Celia. »Cops.«

»Mein Gott, ist es wirklich so weit mit Ihnen gekommen? Nun ja, ich bin nicht überrascht, dass sie Sie schließlich erreicht haben, Celia. Es musste einfach passieren. Sie schulden mir sechsundfünfzig Dollar seit Weihnachten vor zwei Jahren …«

»Otto, bitte, es ist ernst …«

»Sie sagen es. Nächstes Mal schicke ich den Zahl-oder-stirb-Brief. Aber genug davon. Wen suchen Sie?«

»Charles Cunningham und Miles Warriner«, sagte sie.

»Charlie? Den habe ich seit der letzten Edgar-Party nicht mehr hier im Laden gesehen. Aber ich weiß, wo er wohnt. Da unten in Ihrem Teil der Stadt.« Er lehnte sich an ein Bücherregal und zupfte mit Daumen und Zeigefinger an seiner Unterlippe. »Miles Warriner habe ich nie kennen gelernt. Ich kenne auch niemanden, der ihn kennt. Er steht natürlich in unserem Adressenverzeichnis … aber er ist ein wirklicher Mystery Man, wenn Sie diesen Ausdruck entschuldigen. Sein Verleger ist natürlich Pegasus, aber was soll's? Die würden Ihnen nie seine Adresse geben. Worum geht es eigentlich?«

Peter Greco sagte: »Es kann sein, dass Cunningham in etwas hineingeraten ist, das gefährlich sein könnte, für ihn und für andere. Miles Warriner ist vielleicht auch darin verwickelt. Wir wissen es nicht, aber wir müssen unbedingt mit ihnen reden. Sie werden verstehen, dass ich keine Einzelheiten preisgeben kann.«

Penzler wandte sich an Celia. »Ist er ein Cop?«

»Ich habe nur als Freund von Miss Blandings mit der Sache zu tun«, warf Greco ein. »Nichts Offizielles. Noch nicht. Sie dachte, Sie könnten uns vielleicht weiterhelfen.«

Penzler runzelte die Stirn. »Machen wir Folgendes. Ich gehe jetzt nach unten, um einige Lieferungen zu überprüfen, die ich erwarte. Wenn Sie über irgendwelche Adressen in meiner Rollkartei stoßen, während ich weg bin, ist das Ihre Sache. Und wenn mir Celia kein Geld schulden würde … wenn ich nicht befürchten würde, sie könnte aus der Stadt verschwinden, wenn ich pampig werde, würde ich nicht einmal im Traum daran denken, Sie beide in diesem Raum allein zu lassen. Alles klar?«

»Sie sind ein Schatz«, sagte Celia. »Ich könnte Sie küssen.«

»Komisch«, sagte Penzler und stieg die Wendeltreppe hinunter, »das sagen die Frauen immer, aber warum tun sie es dann nicht auch?«

Miles Warriner wohnte in Sutton Place, was gut zu wissen und sicherlich sehr schön für ihn war, aber im Augenblick war Charlie Cunningham wichtiger. Er lebte in der Perry Street im West Village, nicht mehr als einen Spaziergang von einer Viertelstunde von Celias Wohnung entfernt.

Greco winkte an der Ecke ein Taxi heran. Als sie wieder ausstiegen, hielt er Celias Arm fest, und sie blieb stehen.

»Warten Sie, Lady. Was haben Sie hier jetzt eigentlich vor?«

»Na ja, ich … ich weiß es eigentlich selbst nicht. Hingehen und Charlie fragen, was er eigentlich vorhat, so in der Richtung.« Ihr fiel auf, dass sie ihren Kopf nicht wie Linda Thurston gebrauchte.

Greco, der immer noch ihren Arm festhielt, führte sie über die Seventh Avenue. »Sehen Sie«, sagte er mit sanfter Stimme, ließ die Pose fallen und wirkte plötzlich ganz normal auf sie. »Wir haben bei dieser Sache gerade erst den Punkt erreicht, ab dem es kein Zurück mehr gibt. Es besteht die Chance, dass das, was Sie gefunden haben, wirklich etwas mit einem Mord zu tun hat, oder wenigstens mit der Planung eines Mordes. Aber jetzt haben wir es nicht mehr mit einem Namen auf einem Stück Papier zu tun. Dieser Cunningham, dieser Mr. Mystery, ist ein Mensch aus Fleisch und Blut. Und wenn er daran denkt, jemanden umzubringen … ach, zur Hölle, malen Sie sich das selbst aus. Wenn Sie zu ihm raufgehen und ihm sagen, dass Sie wissen, was er vorhat, könnte er sich verdammt schnell aufregen. Leute, die einen Mord planen, sind oft schlecht drauf. Deshalb müssen wir vorsichtig sein.«

»Okay, was also tun wir? Nachdem Sie mir eine Heidenangst eingejagt haben?« Sie dachte wieder so über die Sache wie in der vergangenen Nacht. Immerhin war das Ganze kein Spaß, selbst wenn im Augenblick Greco bei ihr war. Und überhaupt, sie *kannte* Greco doch gar nicht. Linda Thurston hatte eine Affäre mit *ihrem* Schauspieler/Detektiv. Andererseits, Greco war ein echter Bulle … Sie fragte sich, was ihm zugestoßen war, was ihm das Auge geraubt und sein Gesicht mit Narben entstellt hatte.

»Ich denke gerade darüber nach …«

»Die Zeit ist nicht auf unserer Seite.«

»Ich weiß. Aber das ist auch nicht unser Problem. Wir sind ganz und gar freiwillig hier.«

»Wir können ein Menschenleben retten!«

»Vielleicht, vielleicht auch nicht. Wir wissen ja nicht einmal, wer der Direktor ist – wir sind verdammt weit davon entfernt, jemandem das Leben zu retten.« Er sah nach den Hausnummern. »Fassen wir zusammen. Jetzt sind Sie sicher, wir sind die beiden Einzigen, die wissen, wer Sie sind, die Einzigen, die wissen, dass Sie Bescheid wissen. Dass Cunningham herausfindet, dass Sie etwas über ihn wissen, können wir jetzt am wenigsten gebrauchen.«

Cunningham lebte in einem kleinen, umgebauten Mietshaus mit Ziegelmauern, das vor nicht allzu langer Zeit aufgemöbelt worden war, um von den hohen Mieten im Village zu profitieren. Die Straße war ruhig und sonnig. Einen halben Block weiter lehnten zwei Männer am Kotflügel eines unscheinbaren braunen Chevrolets. Sie schienen in das Studium einer Straßenkarte vertieft zu sein.

»Wir bleiben einfach hier stehen?«

»Und warten«, bestätigte Greco. »So machen die Cops es nun mal.«

»Ist das jetzt eine Observierung?«

»Fühlen Sie sich dann besser?«

»Ein bisschen.«

»Blandings, Sie sind, was man unter Boxern einen Kampfhahn nennt.«

»Igitt!«, sagte sie. Sie hätte sich ohrfeigen können, dass ihr das, was vielleicht ein Kompliment sein sollte, tatsächlich gefiel. Er war nur ein gescheiterter, einäugiger Cop. Na und?

Charlie Cunningham kam aus der Haustür und stieg die Stufen hinunter. Er kämpfte mit dem Ärmel einer braunen

Cordjacke und war außer Atem, bevor er überhaupt losgegangen war. Er sah zerknittert und zerzaust aus und hatte einen irritierten Gesichtsausdruck, als wollte er gleich seinen Schnauzbart abkauen. Er bewegte sich schnell, und Celia und Greco folgten ihm. Er überquerte bei Rot die Seventh Avenue, wobei er mit einem Sprung einem Rettungswagen auswich, und eilte weiter über die Sixth und Fifth Avenue.

»Der Typ ist in Panik.« Greco schien nicht in Eile. »Fällt Ihnen dazu etwas ein?«

Celia war außer Atem. »O ja.« Sie würde Greco nach der Pleite mit Mr. Mystery/M. M. nicht noch einen zweiten Punkt überlassen. »Er hat gemerkt, dass er den Brief verloren hat, und nun hat er sich überlegt, was passiert sein könnte. Er geht zu *Strand's*.«

»Gut gemacht«, sagte Greco. »Gehe ich zu schnell für Sie?«

»Überhaupt nicht«, erwiderte sie grimmig.

Greco lachte.

Sie folgten ihm die Zwölfte Straße entlang; dann sahen beide, wie er in den Buchladen eilte, bevor sie die Straße überquert hatten. »Warten Sie«, sagte Greco. »Wir können nicht direkt hinter ihm da reingehen …«

»Warum nicht?«

Greco seufzte. »Wir können nicht das Risiko eingehen, dass Sie beide zusammengebracht werden. Man kennt Sie da drinnen, verstehen Sie? Mein Gott, Sie versuchen es ja nicht mal! Sie sind sehr gefährlich für diesen Kerl, und der hat eine Scheißangst. Bleiben Sie einfach hier und schauen Sie durchs Fenster.«

Sie konnte Cunningham sehen, wie er gerade im Flügel neben dem Tresen verschwand. Er hatte rasch einen Blick auf die Tische vor dem Tresen geworfen, konnte *Littlechild geht aufs Ganze* aber nicht finden, und war davongegangen, um jemanden zu suchen, mit dem er sprechen konnte. Celia bemerkte, dass sie den Atem anhielt. Plötzlich stürmte er wieder aus dem Flügel.

Greco schob sie hinüber zu den Büchertischen vor der Tür. »Schauen Sie auf die Bücher, Kopf runter. Beachten Sie ihn nicht.«

Cunningham kam aus der Tür, so dicht neben ihr, dass sie sein Kölnisch Wasser riechen konnte. Er sah sich um, bis er das Telefon an der Ecke entdeckte. Bei Rot lief er über die Straße, schlug den anfahrenden Verkehr nur knapp und telefonierte in der Zelle an der Ecke. Er brauchte nicht lange. Einmal konnte Celia sehen, wie er heftig gestikulierte, als ob die Person am anderen Ende ihn sehen und er sie durch die Gesten zu irgendetwas überreden könnte. Dann knallte er den Hörer auf die Gabel, blickte auf die Uhr, griff wieder nach dem Hörer, hielt inne, fischte eine Karte aus der Brieftasche, machte einen weiteren Anruf, der sehr viel ruhiger war, legte auf, sah wieder auf die Uhr und ging in Richtung Zwölfte Straße. Beim *Gotham Bar and Grill* blieb er stehen und ging hinein.

»Wollen Sie einen Drink?«

»Und was ist, wenn er uns sieht, Sie Schlauberger?«

»Da drinnen macht das keinen Unterschied. Die Angestellten bei *Strand's* waren das Problem. Kommen Sie schon, mir ist heiß und ich bin durstig.«

Die Mittagsgäste waren größtenteils verschwunden. Sie setzten sich an die Bar oberhalb der Restaurant-Ebene und entdeckten Cunningham auf einer Sitzbank auf der anderen Seite des Raumes. Greco bestellte einen Gin Tonic, Celia einen Eistee.

»Die meisten Beschattungen dauern Tage und Tage«, sagte er. »Sie wissen gar nicht, was für ein Glück wir haben. Prost.« Er nahm einen großen Schluck von dem kalten Getränk und genoss es mit geschlossenem Auge. Dann öffnete er es. »Unser Mann beißt gleich ins Tischtuch. Wen hat er angerufen?«

»Ist das ein Test?«

»Darauf können Sie wetten.«

»Ich würde sagen, er ruft seinen Komplizen an. Mr. Z.«

»Vielleicht. Wen noch?«

»Was?«

»Er hat zwei Anrufe gemacht. Für einen hat er seine Kreditkarte benutzt. Wer was das?«

Sie zuckte mit den Schultern. »Keine Ahnung. Wer?«

»Woher soll ich das wissen?«

Celia bemerkte die Frau, die hereinkam, schon allein deswegen, weil sie so auffällig war. Sie blieb neben einem riesigen Blumentopf auf der Treppe zur Restaurant-Ebene stehen. Sie trug ein graues Seidenkleid mit einer Schärpe, die sie tief um die Hüften geschlungen hatte. Ihre Schultertasche war aus weichem Naturleder, ihr Haar schwarz und zerzaust, ihre Gesichtszüge entschlossen und hübsch. Sie suchte den Raum mit Blicken ab, schickte die Oberkellnerin fort, ging direkt zu Cunninghams Tisch und setzte sich, bevor er auch nur ein Wort sagen konnte.

»Wow. Wer ist das denn?«, fragte Greco.

»Sie ist nicht Ihr Typ.«

»Frauen wie die sind jedermanns Typ.«

»Die würde sich nicht mal tot mit einem Kerl in einer Yankees-Trainingsjacke sehen lassen. Aber sie ist nicht Mr. Z.«

»Ich könnte den Schneider wechseln. Vielleicht ist sie Miss Z. Trinken Sie Ihren Tee, und beobachten Sie.«

Die Frau war herrisch und missbilligte offensichtlich die Situation. Ihre Hände machten fahrige Bewegungen; sie verschränkte die Arme vor ihrem schweren Busen, setzte sich unbeweglich in Positur, während sie zuhörte, und explodierte dann förmlich, als sie selbst sprach, so als müsste sie ihre überschüssige Energie freisetzen. Cunningham machte alles noch schlimmer, indem er ein Wasserglas umstieß, als er den Arm über den Tisch ausstreckte, um ihr Feuer zu geben. Sie blickte bewusst zur Seite und tat so, als hätte sie nichts damit zu tun, als die Kellnerin kam, um das Malheur mit einem Schwamm zu beseitigen. Cunningham war rot geworden und lächelte nervös. Als sie wieder allein waren, wandte die Frau sich erneut Cunningham zu und zeigte mit dem Finger auf ihn. Ihre Lippen waren so sehr zusammengepresst, dass es wie ein Wunder erschien, dass sie überhaupt sprechen konnte.

»Vielleicht ist sie der Direktor«, sagte Greco. »Ich würde ihm helfen, sie umzubringen, falls sich das als richtig herausstellt. Trotzdem, sehen Sie die Frau nur an ...«

Celia schüttelte den Kopf. »Sie ist nicht der Direktor. Die beiden sind ein Liebespaar. Keine Frau würde es wagen, jemandem so die Hölle heiß zu machen, mit dem sie nicht schläft. Glauben Sie mir, ich kenne mich da aus. Wahrscheinlich ist sie mit jemand anders verheiratet, und ihre Affäre bereitet ihr irgendein Problem. Vielleicht hat es gar nichts mit dem Mord am Direktor zu tun ...«

»Es muss damit zusammenhängen. Glauben Sie mir, alles, was der gute Charlie jetzt macht, hat etwas mit dem Mord am Direktor zu tun. Die Zeit läuft. Er kann an nichts anderes mehr denken. Damit kenne ich mich aus.«

Plötzlich schob die Frau den Stuhl zurück, stand auf und schüttelte dabei ihre schwarze Mähne. Cunningham wurde nicht gestattet, seinen Drink auszutrinken, und sie hatte gar keinen bestellt. Wieder schüttelte sie den Kopf, diesmal für die sich nähernde Kellnerin, stieg die wenigen Stufen hinauf, lief dann hinunter zur Garderobe und hinaus auf die Straße, wobei sie Cunningham gerade weit genug hinter sich ließ, dass er nicht die Tür aufhalten konnte.

Sie stellte sich breitbeinig hin und hörte ihm zu. Sie nickte, ging über die Straße zu einem weißen Rolls Royce Corniche, einem Kabrio mit braunem Verdeck, das mit seiner teuren Polsterung ziemlich luxuriös aussah.

»Wenn ich jetzt darüber nachdenke, sieht die Frau genau so aus«, sagte Greco und beobachtete sie durch das breite Fenster am Ende der Bar. »Sie muss einfach das perfekte Auto fahren. Der Stärkste überlebt, stimmt's?«

»Machen Sie mal Pause. Und überhaupt, was ist damit, wie sie sich verhält?«

»Von einer Frau, die so aussieht, lässt ein Mann sich 'ne Menge gefallen.«

Celia machte ein Gesicht, das Greco entging.

Die Frau ging um den Kühlergrill mit der berühmten Emily herum, stieg in den Wagen, schlug die Tür zu. Cunningham beugte sich hinunter, um ihr etwas durch das Seitenfenster zu sagen, aber sie ließ den Motor an, fuhr los und beschleunigte in Richtung Zwölfte Straße.

Cunningham stand am Bordstein und starrte ihr hinterher. Er fluchte, ballte die Fäuste und blickte sich um, um festzustellen, ob es Zeugen seiner Demütigung gab. Dann entspannte sich sein Gesicht und zeigte seine normalen, sanften Züge. Er schüttelte wie ein Philosoph den Kopf und trottete davon.

»Kein besonders Furcht erweckender Mörder«, sagte Celia.

Greco ging seinen eigenen Gedanken nach. »Echte Männer würden sie hart rannehmen. Es würde ihr gefallen.«

»Greco«, seufzte sie. »Sie können mich wirklich durch nichts überraschen.«

»Das weiß man nie«, entgegnete er. »Kommen Sie, wir können genauso gut noch einen anderen Stopp einlegen.«

»Wo?« Sie lutschte den letzten Eiswürfel aus ihrem Glas.

»Miles Warriner. Wir werden ihn überraschen.«

10.

Das Taxi brachte sie die First Avenue hinauf, kurvte um die Schlaglöcher, fuhr am Gebäude der Vereinten Nationen vorbei und entließ sie in Höhe der Siebenundfünfzigsten Straße. Sie gingen zum Sutton Place und machten sich auf die Suche nach der Hausnummer. Einer der Portiers, der aussah, als trüge er eine Admiralsuniform aus einem Stück von Gilbert und Sullivan, missbilligte eindeutig Grecos Jacke und Jeans, was Greco glücklich machte.

An Miles Warriners Haus hingen Kästen voller bunter Blumen, die um Aufmerksamkeit rangen, eine Orgie in Rot und Gelb und Rosa. Die verzierte Ziegelfassade sah alt und ehrwürdig aus, so wunderschön und von perfekter Anonymität wie ein Londoner Club in St. James. Es gab ein gusseisernes Sicherheitstor mit geschmiedeten Blüten, das einen Panzer aufhalten könnte. Es verbarg eine schwere Eichentür, die offenbar liebevoll geölt und auf Hochglanz poliert war. Sogar die kleinen bronzenen Nummern, die dort diskret angeschraubt und für die Passanten praktisch unsichtbar waren, sahen leicht verlegen aus, als könnten sie zu viel Aufsehen erregen.

Celia lüpfte ein Gorgonenhaupt und klopfte damit mehrere Male auf die Bronzeplatte. Irgendwo drinnen begann ein Hund zu kläffen, dem Geräusch nach ein kleines, aber wildes Geschöpf. Celia blickte die leere Straße hinunter, die vom Lärm und Trubel der Stadt isoliert war. Sie hatte das Gefühl, beobachtet zu werden.

Greco sagte: »Hallo da oben.«

Er schien mit einer Hängepflanze zu sprechen. Er sah nicht wie der Typ aus, der mit Grünzeug redete, und sicherlich gehörte er auch nicht zu der Sorte. Hinter dem Vorhang aus grünen Weinblättern war ein winziges elektronisches Objektiv in den ausgeblichenen Ziegel eingelassen, das auf sie beide gerichtet war. Eine Überwachungskamera.

Der Wein sprach. Es war ein weiblicher Wein. Der Hund hatte zu bellen aufgehört. »Kann ich Ihnen helfen?«

»Ja«, sagte Celia. »Wir möchten gern mit Mr. Warriner sprechen. Charlie Cunningham hat uns geschickt.«

Greco zuckte zusammen und schloss sein Auge.

»Einen Augenblick, bitte«, sagte der Wein.

»Wie kann man nur gleich seine Karten aufdecken?«, murmelte er.

»Wir mussten ihm doch einen Grund geben, uns reinzulassen, oder etwa nicht? Hören Sie auf, an mir herumzunörgeln. Und überhaupt – glauben Sie vielleicht, dass ein berühmter Kriminalschriftsteller wie Miles Warriner in Cunninghams lausigen Mord verwickelt ist? Kommen Sie, Greco, benutzen Sie Ihren Verstand …«

»Er hat Cunningham in seiner Widmung M. M. genannt …«

»Ja, natürlich. So hat Warriner ihn wahrscheinlich kennen gelernt – als Mr. Mystery. Denken Sie nach, Greco, denken Sie nach.«

»Warum?«, fragte Greco. »Wo ich doch solch ein Superhirn wie Sie habe, das mir das Denken abnimmt?«

Er tätschelte ihr den Hintern, und sie sprang zur Seite.

»Hat Sie wohl überrascht, Süße, was?«

Vom Türschloss kamen Geräusche, und die Tür öffnete sich. Eine Japanerin unbestimmten Alters in einem schwarzen Dienstmädchenkostüm trat zur Seite und bat sie hinein. Sie musterte sie mit einem raschen, distanzierten, hochmütigen Blick. »Ein Yankee-Fan«, murmelte sie, als spräche sie mit ihren höchst ehrenwerten Ahnen.

»Ja«, erwiderte Greco und fixierte sie mit seinem funkelnden Auge. »Was dagegen?«

Celia blieb beinahe die Luft weg, aber sie tat so, als hätte sie nichts gehört.

»Ganz im Gegenteil. Ich stamme noch aus den Zeiten des mächtigen Joe DiMaggio, junger Mann, des glorreichen Gehrig, des rasenden Rolfe, des cleveren Crosetti und des bravourösen Babe Ruth, der sogar die Sonne verblassen ließ …«

»Dann haben Sie die älteren Rechte. Kommen wir zur Sache. Ich bin der geniale Greco, diese Bohnenstange hier neben mir ist die blendende Blandings, genannt Slats, ›die Latte‹, eine gute Spielerin, wie der rennende Rizzuto zu seinen besten Zeiten …«

Die Hausangestellte kicherte wie ein junges Mädchen. Er hatte sie für sich gewonnen.

»Wo ist denn nun der wundervolle Mr. Warriner?«

»Folgen Sie mir bitte«, sagte sie und kicherte wieder, wobei sie ihre winzige Hand vor den Mund hielt. »Blandings, die Latte«, murmelte sie und warf einen Blick auf Celia. »Charmant, charmant …«

Sie führte die beiden durch Räume, die mit opulenten Kunstgegenständen, futuristischen italienischen Möbeln und Aubusson-Teppichen voll gestopft waren, voller Bücherregale, Fernsehgeräte, die sich als Sekretäre aus dem achtzehnten Jahrhundert maskierten, und an einem Esstisch vorbei, dessen fünfzehn Zentimeter dicke Holzplatte auf einem pfirsichfarbenen Marmorblock ruhte. Bevor sie die Verandatür öffnete, sagte sie: »Mrs. Bassinetti ist auf der Veranda.«

»Mrs. Wer?«, fragte Celia.

»Bassinetti«, antwortete Greco.

Als Erstes sah Celia sechs italienische Liegestühle, die sie im vorigen Sommer bei *Jensen and Lewis* bewundert hatte. Elfhundert Dollar das Stück, um draußen im Regen zu sitzen. Dann war da ein Wald aus hohen Palmen sowie ein Glastisch, ungefähr so groß wie eines dieser kleinen europäischen Fürstentümer. Und eine außerordentlich schöne Frau, die sie schon einmal gesehen hatte. Sie stand am Geländer und schaute auf die Kreuzfahrtschiffe auf dem East River, die hell im Sonnenschein des Spätnachmittags strahlten. Die Veranda, ebenso wie die Frau und der missmutige, entschlossene kleine Hund zu ihren Füßen, befanden sich im kühlen, ruhigen Schatten.

Celia sah, dass die Frau mehr als nur schön war. Sie war besessen von einer ungewöhnlichen, strahlenden Sinnlichkeit. Feuer glühte in ihren Augen, und ihre Lippen waren voll und einladend. Sie trug noch immer dasselbe Kleid, nur bemerkte Celia jetzt den Hauch von Lila in der grauen Seide. Die beigefarbene Schärpe war genauso provokativ um die leichte Rundung ihres Leibes geschlungen wie zuvor. Es war dieselbe Frau, und der Corniche stand in einer Auffahrt weit unter ihnen über dem Tunnel des Franklin D. Roosevelt Drive. Celia fühlte sich, als hätte sie mitten im ersten Akt einen Hänger: keine Zeile, kein Wort mehr im Kopf. Ein Schauer lief ihr über den Rücken; es war schlimmer als jedes Lampenfieber, das sie je erlebt hatte. Diese Frau war Charlies Freundin.

»Mrs. Bassinetti«, sagte die Hausangestellte, »dies sind Miss Blandings und Mr. Greco.«

Dann zog sie sich geräuschlos zurück, und Mrs. Bassinetti wandte sich ihren Besuchern zu. Ein neugieriges Lächeln umspielte ihre vollen purpurnen Lippen.

»Guten Tag.« Ihre Stimme war tief und sanft, aber mit einem leicht rauen Timbre. »Was kann ich für Sie tun? Charlie Cunningham hat Sie zu mir geschickt?«

Celia sah Greco an. Greco sagte: »Schießen Sie los, Slats.«

Ihre Gedanken rasten. Alles war anders, als hätte sie auf der Bühne mit *Charleys Tante* angefangen und würde sich plötzlich als Lady Macbeth wiederfinden. Was würde Linda Thurston tun? Eine Ohnmacht erschien ihr noch als die vernünftigste Lösung. Sie waren hergekommen, um Miles Warriner zu sprechen, um ihn zu fragen, was er ihnen vielleicht über seinen Kumpel Charlie erzählen könnte – zum Beispiel, ob er wusste, ob Charlie jemanden umbringen wollte. Aber wie üblich, und ganz anders als das Leben auf der Bühne, war nichts geprobt, nichts so, wie es zu sein schien. Miles Warriner war nirgends in Sicht, und sie wurde mit einem geschmeidigen Raubtier namens Bassinetti konfrontiert, das Charlies Freundin war und außerdem eine Furie. Und der heldenhafte Bulle sagt: ›Schießen Sie los, Slats‹, was immer er damit meinte. Linda? Ach, Linda. Sie konnte nichts gegen die Gänsehaut tun, die sich auf ihren Armen ausbreitete. Sie war sicher, dass Mrs. Bassinetti sie gesehen hatte.

»Es tut mir unendlich Leid, dass wir Ihre Zeit verschwenden, Mrs. Bassinetti. Das muss ein Irrtum sein. Man hat uns gesagt … also, das heißt, wir sind hergekommen, um mit Miles Warriner zu sprechen. Der Kriminalschriftsteller? Inspector Littlechild?« Ihre Stimme bebte, und sie kam sich vor, als stünde sie nackt, verwundbar und schrecklich verlegen im Scheinwerferlicht.

Niemand sagte etwas. Greco hatte in eine silberne Schale mit Nüssen gegriffen und kaute, während er mit sanftem Gesichtsausdruck die Schiffe auf dem Wasser betrachtete und der Hund ihm die Finger leckte. Celia beobachtete ihn. Der Mann hatte keine Nerven. Sie fuhr fort:

»Nun, wir kennen Charlie Cunningham nicht *wirklich* ... ich meine, ich komme mir wie ein Dummkopf vor, einfach so in Ihre Wohnung hineinzuplatzen ...« Denk daran, Celia, warnte sie sich selbst, die Frau hat keine Ahnung, dass du über sie und Charlie Cunningham Bescheid weißt. Aber die ganze Situation war unmöglich; sie konnte nicht ernsthaft so weitermachen. Sie schaute zu Greco und fragte sich, ob sie genug geistige Kraft hatte, ihn durch reine Willenskraft dazu zu bringen, sich über das Geländer in einen schrecklichen Tod zu stürzen.

»Entschuldigen Sie, Miss Blandings, aber das war kein Irrtum.« Sie lächelte wie die »Drachenlady«, die letzte Kaiserin von China. Im Augenblick schien sie sich völlig wohl zu fühlen. Entweder das, oder ihre Selbstbeherrschung, nach ihrer Vorstellung im *Gotham's,* war gespenstisch. »Oh, der liebe Charlie hat sich also nicht ganz klar ausgedrückt? Andererseits kennen Sie Charlie ja auch nicht wirklich, nicht wahr? Nun, im wahren Leben bin ich eine schlichte Hausfrau, wie Sie sehen.« Ihre Blicke ruhten einen Moment lang auf Greco. Der wischte gerade die Finger am Fell des Hundes ab.

»Aber Ihr Verleger«, sagte er, »der dachte sich, dass ein Männername sich besser verkauft?«

Sie schüttelte den Kopf. »Nicht ganz. Es hat eher mit meinem Mann zu tun, und Sie wissen, wie starrköpfig Ehemänner sein können. Bassinetti gefiel die Idee nicht, der unbekannte Ehemann der berühmten Kriminalschriftstellerin zu sein, verstehen Sie? Sehr altmodisch, aber«, sie zuckte die Schultern, »Bassinetti ist kein großer Anhänger der weiblichen Emanzipation. Er hat nichts dagegen, dass ich es tue, er möchte nur, dass ich es so still und leise wie möglich tue. Aber genug von mir. Ich bin neugierig, wie Sie herausgefunden haben, wer ich bin ...«

»Ein Freund in einem Verlag, der zufällig Bescheid wusste ...«

»Ist es nicht immer so? Man denkt, man hat ein Geheimnis, und natürlich ist es längst keines mehr.« Sie warf einen Blick auf eine kleine, aber sehr praktische goldene Rolex mit Brillanten. »Ich sollte Sie nicht durch mein Geplauder aufhalten. Sie wollten mich unbedingt sprechen, habe ich das richtig verstanden?«

Celia sagte: »Oh, ich habe wirklich versucht, diesen Cunningham zu erreichen. Ich habe etwas von ihm gefunden und wollte es zurückgeben. Es ist eigentlich nicht so wichtig ...« Ihre Gedanken flogen voraus: Sollte sie dieser Frau etwas verraten? Wie passte sie ins Bild? Sie hörte sich selbst reden, versuchte aufzuhören.

»Was ist es denn?«

»Nur ein Buch ...«

»Ein Buch? Sie haben sich aber eine Menge Umstände gemacht, nur um ein Buch zurückzugeben. Und warum kommen Sie dann zu mir?«

»Es ist ein Buch von Ihnen.«

»Mit einer Widmung für ihn von der Autorin«, ergänzte Greco. »Wir konnten ihn nicht finden und dachten, dass Sie ihn vielleicht kennen.«

»Wie klug von Ihnen! Aber leider, leider kann ich Ihnen nur eine allgemeine Vorstellung geben, wo Sie ihn finden könnten. Ich glaube, er wohnt in der Bank Street, Perry Street oder Jane Street – eine von diesen malerischen, lustigen kleinen Straßen im Village. Oder kann er Sie anrufen? Stehen Sie im Telefonbuch, Miss Blandings?«

»Oh, das muss ich wohl«, antwortete Celia mit einem idiotischen Lachen. Innerlich schauderte ihr.

»Nun, ich glaube, dann sollten wir jetzt gehen«, sagte Greco. »Wir sind schon spät dran und haben Sie lange genug belästigt. Wir müssen die Bahn zum Stadion erwischen. Heute Abend gibt's einen Twi-Nighter zwischen den Yankees und den White Sox.«

Mrs. Bassinetti sah ihn mit fragendem Blick an, als hätte er gerade in einen Urdu-Dialekt gewechselt. »Nancy wird Sie hinausbringen.« Sie drückte auf einen Klingelknopf an einem Kabel, und in der Tür erschien die Hausangestellte.

»Vielen Dank für Ihre Hilfe«, sagte Celia.

»Das Vergnügen ist ganz auf meiner Seite«, erwiderte Mrs. Bassinetti.

Als sie wieder auf der Straße waren, gab Greco einen tiefen, lauten Seufzer von sich. »Also, das war ja ein starkes Stück! Dieser Tag steckt voller Überraschungen. Ich verliere langsam den Überblick über die Einzelheiten, Slats, aber diese Lady gehört zur Oberliga, ob Mord oder nicht.«

»Sie sind ein Bastard! Sie haben mich hängen lassen.«

»Worüber beklagen Sie sich? Sie haben sich selbst da reingehängt. Übrigens, *stehen* Sie im Telefonbuch?«

»Nein«, antwortete sie. Sie bogen um die Ecke und gingen wieder in Richtung Fifth Avenue.

»Das ist beruhigend. Wir dürfen nicht zulassen, dass man Sie findet.«

»Ich kann mir kaum vorstellen, dass Mrs. Bassinetti einen *echten* Mord vorhat.«

»Das spielt keine Rolle, sobald sie Mr. Mystery erzählt, wie er Sie kriegen kann. Aber wenn Sie nicht im Telefonbuch stehen …« Er zuckte die Schultern. »Dann ist es okay.«

»Greco, Sie klingen irgendwie komisch.«

»Ich hab auch ein komisches Gefühl, Slats. Ich habe das verdammte Gefühl, dass wir die ganze Sache noch einmal ganz genau unter die Lupe nehmen müssen. Ich habe das verdammte Gefühl, dass Sie sich ab jetzt lieber aus der Sache raushalten sollten.«

»Nach nur einem Tag? Noch verdächtigt mich keiner.«

»Genau das meine ich ja. Die Sache ist die, wir haben uns viel zu weit aus dem Fenster gelehnt. Spielen Sie Schach? Nun, wir sind hier, und unsere Verteidigung ist verdammt schwach. Wie zum Beispiel Ihr Hintern, Slats …«

»Lassen Sie meinen Hintern aus dem Spiel!«

»Jetzt hören Sie mal genau zu. Wir wollen auf jeden Fall, dass Sie nicht unter Verdacht geraten, egal, was diese Leute vorhaben. Sie wissen immer noch nicht, wer Sie sind. Wir können die Sache fallen lassen, und Sie sind deswegen nicht schlechter dran.«

»Während der Direktor mitten in Dan Rathers Nachrichtensendung ermordet wird.«

»Was ist mit Ihnen los? Was wollen Sie beweisen?« Er winkte ein Taxi heran, das zu ihnen an den Bordstein herüberzog und dabei zwei- oder dreihundert Wagen schnitt, die die First Avenue heraufkrochen.

Sie stiegen in das Taxi. Celia nannte dem Fahrer ihre Adresse. Greco machte keine Witze. Er dachte wirklich, dass sie sich aus der ganzen Sache heraushalten sollte. Vielleicht hatte er Recht; sie konnte immer noch nicht über den Schock hinwegkommen, dass sie Mrs. Bassinetti auf der Veranda gesehen hatte und tief unten den weißen Rolls Royce.

»Wir müssen miteinander reden«, sagte sie.

»Okay. Aber ich habe nicht für Nachtarbeit angeheuert.«

»Gehen Sie wirklich ins Yankee-Stadion?«

»Nee. Das war nur eine Ausrede.«

»Aber Sie haben heute Abend etwas vor?«

»Hören Sie, auf merkwürdige Art und Weise fangen Sie an, mir zu gefallen, Slats. Aber ich bin schon verabredet heute Abend.«

»Ein heißes Date?«

»Ich muss ein bisschen Pool spielen«, murmelte Greco und sah auf die Geschäfte und Lokale, die am Fenster vorbeihuschten.

11.

Da er den ganzen Tag alleine verbringen musste, hatte der Gemeine Ed miese Laune. Er war ein eigensinniges Tier und auch in seinen besten Zeiten nicht übermäßig freundlich. Nichtsdestoweniger war er heikel, wenn es um seine Gefühle ging, und neigte dazu, auch ohne Grund schnell beleidigt zu sein. Vernachlässigung nahm er übel. Als er schließlich das Geräusch des Schlüssels im Türschloss hörte, hatte sein Groll – in Verbindung mit seiner üblichen Abneigung gegen Fremde – bereits jedes Maß überschritten. Als Celia die Tür öffnete, warnte ihn sein sechster Sinn, dass ein Fremder anwesend war. Sein Blut geriet in Wallung. Er schlug zu.

Es gab ein Chaos aus purpurblauen Federn, einen gelben Strich wie der Lichtstreifen eines Leuchtspurgeschosses, ein fürchterliches Flügelschlagen und einen erstickten Schrei.

Als Celia herumfuhr, um zu sehen, was los war, erkannte sie, dass der erstickte Schrei von Peter Greco gekommen war, der wild mit den Armen rudernd in einer Pirouette durch den Türrahmen flüchtete. Im letzten Augenblick schlug er die Tür zu.

Es war zu spät für Ed, um auszuweichen. Er knallte gegen die Tür. Mit dem Geräusch splitternden Holzes hackte sein Schnabel ins Türblatt. Einen Augenblick lang sah er

Celia verwirrt an, während er an seinem schwarzen Schnabel hing. Dann machte er einen Ruck nach hinten und befreite seinen Schnabel, spuckte Holzsplitter aus und plumpste mit wenig Würde – eigentlich gar keiner – auf den Boden. Wie eine Katze, die ihre Selbstachtung zu wahren versucht, rappelte er sich auf und watschelte ins Schlafzimmer, als wäre dies die ganze Zeit seine Absicht gewesen.

»Um Himmels willen, was war denn das?«, fragte eine gedämpfte Stimme von der anderen Seite der Tür. »Slats? Alles in Ordnung?«

Sie öffnete. Grecos Arme flogen hoch, um das verbliebene Auge zu schützen. Er spreizte die Finger und spähte durch die Lücken.

»Ein eifersüchtiger Freund. Ed. Ich hätte Sie warnen sollen. Er hat sich jetzt wieder gefasst. Ich habe ihn beruhigt, er ist im Schlafzimmer. Kommen Sie herein …«

»Sind Sie sicher, dass es jetzt ungefährlich ist? Das ist kein Witz. Ich bin ein Mensch, der sich um sein Augenlicht sorgt. Also lassen Sie den Mist.«

»Nein, es ist sicher, wirklich. Kommen Sie.«

»Oh, Scheiße! Da ist er wieder!«

Ed war in den Flur zurückgetorkelt. Ein Stückchen Tür hing immer noch an seinem Schnabel. Plötzlich schwang er sich in die Luft und flatterte ins Wohnzimmer zurück. Er landete oben auf seinem Käfig, drehte ihnen bewusst den Rücken zu und plusterte sich auf.

»Komisch, manche Frauen stellt man sich in einem Rolls-Kabrio vor. Andere Frauen – ich will jetzt keine Namen nennen – haben verdammte Flugsaurier als Haustiere.« Greco schnaubte verächtlich. »Der bekloppte Vogel gehört in einen Kochtopf. Sie sollten ihn anbinden, wenn Sie ihn schon nicht schlachten und der Sache ein Ende machen wollen. Wirklich, ich meine das ernst. Man könnte Sie verklagen.«

»Sie sind nur eifersüchtig. Ed ist zäher als Sie. Er ist eifersüchtig.«

»Was ist denn das alles?«, fragte Greco und wies mit einer weit ausholenden Armbewegung auf den Karteikasten, die Notizbücher und Aktenmappen, die auf einem Ende der Couch ausgebreitet lagen.

»Das ist ein Buch, an dem ich arbeite«, erklärte Celia, während sie die Sachen zur Seite schob und sich setzte. »Ein Linda-Thurston-Krimi. Manchmal benutze ich sie, um mir zu helfen, mir etwas vorzustellen.«

Greco lief im Zimmer herum und beobachtete dabei Ed aus dem Winkel seines Auges. Er betrachtete die Bücherregale und den Billardtisch. Er trat einen Schritt zurück und bewunderte die massiven, geschnitzten Beine und die Ornamente an den Seiten. Er hob die hölzerne Abdeckung vom Tisch und stellte sie an die Wand. Er pfiff leise.

»Dieses Baby sieht wie ein Orientstein aus, ein altes Exemplar, vor dem Ersten Weltkrieg. In Kansas City hergestellt. Wie spielt er sich denn so?«

»Traumhaft.«

»Haben Sie was dagegen, wenn ich …?« Er nickte in Richtung des Queue-Regals.

»Überhaupt nicht.«

Er sah sich die Queues an, wählte ein zweifarbiges Bradwell aus England und kreidete es. »Wenn der Vogel mich wieder überfällt, ziehe ich ihm eins mit dem Queue über.«

»Spielen Sie einfach.«

»Okay, okay.« Er betrachtete die zufällige Konstellation der Kugeln auf dem Tisch und machte ein paar Stöße, um den Filz und das Rollverhalten zu prüfen. »Sie meinen also, dass wir miteinander reden sollten. Je mehr ich denke, desto mehr denke ich. Es ist wie Zen. Also reden Sie mit mir.« Er gab nicht mit dem Queue an, machte keine Spielereien. Er holte sich die weiße Kugel zurück und machte immer wieder den gleichen Stoß.

»Ich versuche, mich klar auszudrücken. Hier geschehen so viele Dinge, es ist einfach frustrierend.« Sie griff sich eine Karteikarte, legte sie auf ein Buch und stellte ein Bic-Feuerzeug darauf. »Charlie Cunningham ist M. M., und er ist in Z.'s Plan verwickelt, den Direktor zu ermorden. Wir wissen, dass er den Plan verloren hat, den Z. ihm gegeben hat, weil wir ihn gefunden haben. Soweit richtig?« Sie beobachtete, wie er sich über den Tisch beugte und geschmeidig die Kugeln anstieß, die mit einem scharfen Klicken gegeneinander prallten.

»Wir wissen, dass er weiß, dass er den Plan verloren hat«, sagte Greco, blickte über den Tisch hinweg und bewegte sich ruhig und rasch um ihn herum, »weil wir gesehen haben, dass er wie ein Irrer zu *Strand's* gelaufen ist. Aber er kommt zu spät, das Buch und der Brief sind weg. Er weiß nicht, wo beides ist. Was also tut er? Und ab hier passt es nicht mehr zusammen. Er ruft seine Freundin an, Mrs. Bassinetti, eine reiche, verheiratete Dame … die auch Miles Warriner ist, Autorin des Buches, das er irrtümlicherweise verkauft hat, das Buch, in das er den Mordplan gesteckt hat. *Warum zum Teufel hat er sie dann angerufen?*« Er machte noch einen Stoß, stützte sich dann auf das Queue und starrte Celia an.

»Das ist allerdings verwirrend«, gab sie zu. Ed nahm eine neue Position auf seinem Käfig ein, sodass er beide beobachten konnte. Celia warf ihm einen warnenden Blick zu.

»Wie passt sie da hinein? Was erzählt er ihr? Dass er gerade seinen Mordplan verloren hat? Wohl kaum. Aber trotzdem, sie rennt zu ihm, so schnell sie kann, und was tut sie? Hat sie Mitleid mit ihm? Nein, sie macht ihm wegen irgendetwas die Hölle heiß, und mit aufgeplusterten Federn

– wenn du mir den Ausdruck verzeihst, Ed, du altes Arsch-loch – haut sie ab. Was ist ihre Rolle? Ich sage Ihnen, Slats, sobald Sie wissen, wie Mrs. Bassinetti ins Bild passt, wissen Sie, was los ist. Sie ist der Schlüssel.«

»Sie grinsen.«

»Tue ich nicht.«

»Sie glauben, dass Sie wissen, wie sie da hineinpasst, richtig?«

Er nickte grinsend. »Es wird Ihnen nicht gefallen …«

»Das habe ich befürchtet.«

»Vorhin im Taxi überkam es mich. Gerade als ich anfing, mir wegen der ganzen Geschichte Sorgen zu machen … es hat mich getroffen wie ein Blitz. Die offensichtliche Lösung, die zu allen Tatsachen passt und vollkommen logisch ist.« Er machte einen ziemlich angeberischen Stoß und drehte dem Tisch den Rücken zu, bevor die Kugel in eine der leder-nen Taschen fiel.

»Ich hasse es jetzt schon.«

»Es ist ein Plan, soweit richtig. *Für einen ihrer Romane.* Es passt. Es passt dazu, dass er Krimi-Kritiker *und* ihr Liebha-ber ist. Es ist ganz natürlich, dass sie sich mit ihm über ihre Romanentwürfe beraten würde … besonders bei einem Ehe-mann, der von ihrer Karriere nicht besonders begeistert ist.«

»Aber …«

»Und dazu ihre kaputte Persönlichkeit. Ganz Freundlich-keit, als wir sie besuchen, aber ein Albtraum für Charlie. Warum? Weil er nicht nur mit den Notizen zu einem ihrer Plots so sorglos umgegangen war, sondern auch noch mit einem Buch, das sie ihm gewidmet hatte. Ihr Mann nimmt ihre Arbeit nicht ernst, und nun gibt auch noch ihr Liebha-ber eine Vorstellung als Trottel … worauf die Lady in die Luft geht, ihr Ego explodiert. Sehen Sie den Tatsachen ins Auge, Slats! Es passt zusammen!«

Er stellte das Queue ins Regal zurück.

»Ich weiß nicht …«, sagte Celia.

»Denken Sie darüber nach. Es passt. Nun, ich muss jetzt wieder los.«

Sie stand auf und brachte ihn zur Tür. Er runzelte die Stirn, als er die splitterige Einkerbung sah, wo Ed seinen Meister gefunden hatte. Er schob seinen Finger in das Loch.

»Dieser Vogel ist einfach unglaublich. Okay, ich rufe Sie morgen an.« Vom Treppenabsatz aus zwinkerte er ihr zu und lächelte. »Schlafen Sie gut.«

Der Gedanke, er könnte Recht haben, nahm ihr den Wind aus den Segeln. Sie saß auf der Couch, während es langsam dunkel wurde. Im Rückblick erschien ihr die Gefahr wie ein Spaß. Gefahr! Sie kam sich wie ein Dummkopf vor. Welche Gefahr? Vielleicht war sie wirklich übersensibel für alles Dramatische. Eben eine Schauspielerin. Vielleicht hatte sie sich von Linda Thurston mitreißen lassen und Wahrheit und Dichtung verwechselt, und, nun ja, es war eine Tatsache, dass Debbie Macadam Linda als Fluchtweg bezeichnet hatte …

Vielleicht hatte Celia Linda für die falsche Art von Flucht benutzt. Sie war nicht Linda. Linda existierte nicht, nur in Celias Fantasie. Je mehr sie darüber nachdachte, umso törichter kam sie sich vor. Vielleicht lag es daran, dass sie Einzelgängerin war. Celia war immer eine Einzelgängerin gewesen, die sich nie glücklicher fühlte, als wenn sie in ein Buch oder einen Film oder in ein Theaterstück versunken war.

Als sie Kaffee kochte, kam Ed mit ihr in die Küche. Sie füllte seine Trinkschale und seinen Futternapf und trug einen Riesenbecher Kaffee ins Wohnzimmer. Sie legte *Frau ohne Gewissen* in den Videorecorder ein, und da war Fred

McMurray im heißen Santa-Ana-Wind und hatte keine Ahnung, wo er gerade hineingeriet. Einfach ein Mann, der Versicherungen verkaufen wollte.

Sie rollte sich an einem Ende der Couch zusammen, nahm eines der Linda-Thurston-Notizbücher und begann, alles aufzuschreiben, was sich in den vergangenen vierundzwanzig Stunden ereignet hatte, seitdem sie den Mordbrief gefunden hatte. Sie nahm den Brief noch einmal in die Hand, brütete über seinem spärlichen Inhalt und versuchte etwas zu sehen, was ihr zuvor entgangen war.

Rolls.

Hmmm. Kein englisches Brötchen. Kein Croissant, keine Brioche, kein Muffin. Aber wie wäre es mit einem *Rolls?* Rolls Royce? Mrs. Bassinetti fuhr einen …

Kofferraum. Ein Rolls hatte einen Kofferraum.

Im Kofferraum eines Rolls konnte man eine »Saubere Flucht« machen.

Wenn man keine DUMMHEITEN machte.

Wie wäre es mit M. M. im Kofferraum des Bassinetti-Rolls?

Sie spürte, wie plötzlich ihr Interesse erwachte, doch sie versuchte, dagegen anzukämpfen. Vergiss das Drama, Celia. Sie hatte wieder Grecos Argumente im Ohr, die alle so vollkommen vernünftig waren. Es passte zusammen. Er musste Recht haben, weil das Leben prosaisch war. Eine gehässige Ehebrecherin wird wütend auf ihren unvorsichtigen Liebhaber. Das passierte jeden Tag in jedem Häuserblock in New York.

Aber eine halbe Stunde, bevor Greco so vernünftig wurde und das Spiel verdarb, schien er ehrlich besorgt gewesen zu sein und faselte von Schach und ungedeckten Stellungen und dass sie sich zu weit aus dem Fenster lehnten. Mrs. Bassinetti hatte ihm Angst eingejagt.

Was war mit ihm?

Hatte er versucht, ihr etwas auszureden, das zu gefährlich für sie war, um damit zu spielen?

In einem war Celia ganz sicher: Linda Thurston wäre nie auf Grecos neue Theorie eingegangen. Sie wäre ihren Instinkten gefolgt. Celia kannte Linda Thurston besser als sich selbst, und kein Mann hätte Linda einfach so bequatscht und von der Bühne komplimentiert. Auf keinen Fall. Linda würde sich nicht *beschützen* lassen ... während woanders ein Mensch getötet wurde. Linda kannte ihren eigenen Verstand; sie würde ihrem Verstand vertrauen. Sie hätte Greco zugehört und darüber nachgedacht und gesagt ... Unsinn!

Unsinn! Sie spürte es in ihrem Bauch, und wie Linda Thurston würde sie ihrem Bauchgefühl vertrauen. Wenigstens ein paar Minuten lang ... Betrachte einfach alles nur ein wenig anders, und was entdeckst du?

Z., unbekannt, war der führende Kopf hinter einem Plan, den ebenfalls unbekannten Direktor zu ermorden.

Charlie Cunningham ist aus unbekannten Gründen wichtig für Z.'s Plan, vielleicht sogar der Glückliche, der ausgewählt wurde, das Töten für ihn zu erledigen. Was bedeutet, dass Z. kein erfahrener Mörder ist, denn Charlie hat alle Kennzeichen eines ausgesprochen unqualifizierten Killers.

Charlie verliert die Mordnotizen, versucht, sie wiederzubekommen, und entdeckt, dass sie einem Unbekannten in die Hände gefallen sind, der in Wirklichkeit unsere Celia Blandings ist.

Charlie ruft seine Freundin an – und eine weitere Person.

Wen?

Die Freundin lässt alles stehen und liegen, trifft sich mit Charlie und macht ihn zur Schnecke. Warum?

Und die Freundin entpuppt sich als Mrs. Bassinetti, die der Kriminalschriftsteller Miles Warriner ist.

Da ist also Charlie, und Charlie hat eine Affäre – da war Celia sich absolut sicher – mit einer reichen Frau, die mit einem reichen Mann mit altmodischen Wertvorstellungen verheiratet war – und diese Frau hatte ein Temperament wie ein Schneidbrenner.

War es nun eine Dreiecksgeschichte oder nicht?

Wen bringen Liebhaber um?

Reiche, altmodische Ehemänner.

Und unschuldige Zuschauer, die zu viel herausfanden.

Sie starrte auf MacMurray und Stanwyck, die sich mit Absicht zufällig in einem Lebensmittelladen trafen.

Gott im Himmel! Und was machten sie da? Sie heckten einen Plan aus, Barbara Stanwycks Mann wegen der Versicherung umzubringen!

Geld. Bassinettis Geld? Vielleicht. Charlie Cunningham sah nicht so aus, als ob er gut betucht wäre. Und wer wusste, was Mrs. Bassinetti gehörte und was ihrem Mann?

Aber Geld war bestimmt eines der Motive für den Mord. Welche gab es noch? Macht? Liebe? Reine Sturheit? Wenn Ed jemanden umbringen würde, dann wäre es aus reiner Sturheit …

Das Telefon klingelte.

Es war Claude, ihr Ex-Schauspielerkollege, der jetzt ganztägig bei *Strand's* arbeitete.

»Hi, Darling. Wie ich höre, hast du mich gesucht. Tut mir Leid, dass ich dich verpasst habe. Du wolltest mich doch sicher zum Essen einladen, nicht wahr?«

»Eigentlich wollte ich nur Hallo sagen, Claude …«

»Tja, meine Liebe, das zeigt dir die Macht des Zufalls.«

»Wovon redest du?«

»Willst du die dramatische Langfassung oder nur die nackten Tatsachen?«

»Die Tatsachen, bitte.«

»Ach, du bist eine Spielverderberin.« Claudes Lispeln wurde schlimmer, je länger er von der Bühne weg war. »Aber ich war gerade oben – noch eine Minute länger im Verlies, und ich fange an, wie eine Beutelratte auszusehen – und habe mich mit Henry unterhalten, als plötzlich dieser Stammkunde hereinrauscht und sagt, dass er offenbar versehentlich ein wertvolles Buch an uns verkauft hat, wertvoll für ihn, meine ich, und er wollte es zurück. Es war erst ein paar Stunden her. Henry sagt, mein Gott, was für eine kleine Welt, sie war gerade da und hat nach dem Typen gesucht, dessen Buch sie hatte. Er hat dich beschrieben, eins fünfundsiebzig, schlank, hübsch, nett ...«

»Das ist die Kurzversion?« Sie spürte einen kalten Wind, der ihr durch die Glieder fuhr: Angst. Verdammt. Das alles war nur allzu wirklich.

»Okay, Schnitt zurück auf die Jagdszene. Ich hörte die Beschreibung und wusste, dass du es bist. Glückliches Mädchen! Und ich konnte diesem Charlie Cunningham sagen, wo er sein Buch finden kann.«

Ihr wurden die Knie weich. Sie wusste, was jetzt kam. »Was sagst du da, Claude?«

»Also habe ich ihm deinen Namen und deine Adresse gegeben. Er sagte, er wollte nicht einfach so bei dir auf der Matte stehen. Er machte einen sehr netten Eindruck, genau dein Typ, Celia. Irgendwie ... intellektuell. Und hundertpro ein Hetero.« Sie konnte sich vorstellen, wie Claude am anderen Ende der Leitung grinste, als ob er ihr schlimmes kleines Geheimnis kannte.

»Celia? Celia? Bist du noch dran?«

»Sicher, Claude. Hör zu, ich hab's eilig.«

»Das ist nun der Dank!«

»Tausend Dank, ehrlich«, und sie legte auf.

Sie starrte auf die *Frau ohne Gewissen,* ohne den Film wahrzunehmen.

Charlie wusste nun Bescheid. Die Wirklichkeit war wieder da, und es gefiel ihr nicht. Vielleicht hatte Greco am Ende doch Recht …

Plötzlich ertappte sie sich dabei, dass sie das hoffte.

Das Problem war nur, dass Linda Thurston das nicht glaubte.

Sobald der Film zu Ende war, rief sie Hilary Sampson an. Sie hatte es immer und immer wieder durchdacht, die verschiedenen Unbekannten betrachtet und für jede eine Reihe von Möglichkeiten durchprobiert. Ein Szenario nach dem anderen. Sie hatte auch ihre eigenen Möglichkeiten und Quellen in Betracht gezogen, als ob sie eine Verteidigungslinie um sich herum aufbauen wollte, mit ihr selbst in der Mitte. Ihre Quellen waren nicht gerade besonders umfangreich. Aber Informationen waren wichtig, besonders im Lichte all der Unbekannten. Und Hilary Sampson verdiente ihr Geld als Rechercheurin für die *New York Times.*

Sie hatte Glück. Hilary war zu Hause. Celia berichtete ihr rasch von den Ereignissen des Tages, was Hilary zu Celias Zufriedenheit mit Ausrufen des Erstaunens und der Aufregung begleitete.

»Was wirst du als Nächstes machen, jetzt, wo er weiß, wer du bist? Ich glaube, du solltest die Nacht lieber bei mir kampieren …«

»Nein, ist schon in Ordnung«, sagte Celia und fragte sich insgeheim, ob das stimmte. »Aber du kannst mir sehr helfen.«

»Und wie?«

»Lass deinen Recherchierzauber wirken. Besorg mir alles, was du über die Familie Bassinetti finden kannst. Ich muss wissen, wer ihr Ehemann ist. Es gibt sicher eine Chance, dass er nicht nur reich ist, sondern auch in irgendwelchen staatlichen Archiven auftaucht. Ebenso Mrs. Bassinetti oder Miles Warriner. Kannst du das machen?«

»Sicher, kein Problem. Suchen wir etwas Bestimmtes?«

»Wenn ich das wüsste! Leider weiß ich es nicht. Wir müssen mit dem zurechtkommen, was wir finden. Aber es gibt noch zu viele Leerstellen in der Gleichung. Ich möchte so viele wie möglich davon füllen. Hilary, uns läuft die Zeit weg. Wir haben nur noch bis morgen Abend, wenn Dan Rather mit den Nachrichten kommt ...«

»Ich weiß, ich hab gut aufgepasst. Sag mal, wie hat dir Greco gefallen?«

»Er ist ein richtiger Schwindler, ein Klugscheißer, und die ganze Zeit nennt er mich Slats ...«

»Das bedeutet, dass er dich mag. Du magst ihn auch, stimmt's?«

»Ich habe nichts dergleichen gesagt.«

»Ich sehe schon, du magst ihn!«

»Hilary, sieh zu, was du über die Bassinettis finden kannst, okay?«

»Ich wusste es! Du magst ihn!«

»Später, Hil. Wir reden später darüber.«

»Und ob!«

Sie zwang sich, den Gedanken zu akzeptieren, dass Charlie Cunningham wusste, wo er sie finden konnte. Wenn Grecos Theorie stimmte, war es nur natürlich, wenn Charlie das Buch mit der Widmung als Andenken sowie die Mordnotizen wiederhaben wollte. Wenn Linda Thurstons Theorie stimmte, wollte sie lieber nicht daran denken.

122

Sie stand gerade unter der Dusche und wusch sich den Schmutz des Tages ab. Dann stieg sie aus der Dusche und lief nackt und triefend zum Telefon neben ihrem Bett. Sie schüttelte das Wasser aus ihrem rechten Ohr und meldete sich.

»Miss Blandings?«

»Ja.«

»Mein Name ist Charlie Cunningham. Ich glaube, Sie haben etwas von mir. Ich möchte es zurück, Miss Blandings.« Er hustete in den Hörer, während sie wie angewurzelt dastand und in einem Anflug von Angst erschauerte. »Miss Blandings? Sind Sie noch da, Miss Blandings?«

12.

Peter Greco legte beim Jefferson Market einen Zwischenstopp ein und ging mit einer der großen, glänzenden
blauen Einkaufstaschen nach Hause, voll mit Milch, Grape-
fruits, Broccoli, Anchovis, Tunfisch, geschälten Walnüssen,
Parmesan, klein gehacktem Knoblauch in Öl, rotem Papri-
ka in Streifen, Hamburger, Cornflakes und Orangensaft. Er
dachte an Celia Blandings und fragte sich, ob sie seine Er-
klärung der Ereignisse geschluckt hatte. Er hatte sie sich
ganz spontan zurechtgelegt, und als er sie im Geiste noch
einmal hörte, klang sie für ihn ziemlich plausibel, beinahe
schon genial. Sie schien Celia unvorbereitet getroffen zu haben. Jedenfalls hatte sie sich nicht gerade ein Bein ausgeris-
sen, dagegen zu argumentieren.

Greco ging in die Küche, packte seine Lebensmittel
aus und räumte weg, was er nicht für sein Abendessen
brauchte. Er hatte seine Essensvorbereitungen systematisch
durchorganisiert. Er füllte einen großen Topf mit Wasser
und setzte ihn zum Kochen auf den Herd. Dann nahm er einen Kochtopf, füllte ihn gut zwei Zentimeter hoch mit Wasser und setzte ihn zum Kochen auf. Er schnitt mit einem
praktischen Messer, das er vor Jahren in Frankreich bekommen hatte, die Röschen vom Broccoli ab und legte sie in einen zusammenlegbaren Drahtkorb. Als das Wasser im Topf

kochte, hängte er den Drahtkorb hinein. Er nahm das rote, emaillierte Sieb aus dem Schrank und stellte es ins Spülbecken, holte einen flachen Topf heraus und stellte ihn auf den Herd, auf ganz kleiner Flamme. Er goss ein wenig Olivenöl »extra vergine« in den Topf und verstreute mit der Gabel einige Knoblauchstückchen. Er verteilte reichlich rote Paprikastreifen und ein wenig Oregano darüber. Vorsichtig rollte er den Deckel von der Dose mit Anchovis und Kapern zurück und schüttete den Inhalt in die Olivenölmixtur. Er öffnete die Tunfischdose und verteilte den Fisch in Stückchen auf einem Teller. Er öffnete das Päckchen Walnüsse und den frischen Parmesan. Das Wasser kochte, und so ließ er ein halbes Pfund Spaghetti in das brodelnde und dampfende Wasser gleiten. Er entkorkte eine halbe Flasche Chianti, roch am Korken, goss ein wenig in einen Becher, weil er nirgends ein Glas entdeckte, und nippte daran.

Er wartete, bis die Spaghetti kochten, nahm immer wieder einen Schluck Wein und dachte über Mrs. Bassinetti nach. Er fragte sich, ob sie wirklich ein Verhältnis mit Cunningham hatte, der ein ganz angenehm aussehender Bursche war, aber nicht ganz in ihrer Gewichtsklasse, wenn es zur Meisterschaft im Matratzenkampf kam. Trotzdem konnte man in solchen Dingen nie ganz sicher sein. Er hatte Schwierigkeiten, sich Charlie als Killer vorzustellen, während Mrs. Bassinetti aussah, als wäre sie für den Job wie geschaffen. Wer zum Teufel war dann Z.?

Er schüttete die Spaghetti in das Sieb, schüttelte es über der Spüle und gab die Nudeln in den Topf zurück. Er goss die Olivenölmischung darüber, mischte alles mit zwei Gabeln durch und mahlte schwarzen Tellicherry-Pfeffer darüber. Dann gab er den blanchierten, leuchtend grünen Broccoli dazu, dann den Tunfisch und verteilte dann die Walnüsse über dem Ganzen. Er mischte noch einmal alles gründlich durch, begrub es buchstäblich unter Parmesan, ließ es im Topf und begann zu essen. Er nahm noch einen guten Schluck Wein, schaltete den kleinen Schwarz-Weiß-Fernseher in der Küche an und hörte zu, während Dan Rather ihm erzählte, welche Schrecken Präsident Reagan für die Lahmen und die Kranken, Blinden und Alten in petto hatte, ohne Rücksicht auf Rasse oder Religion. Wenn es nach der Regierung ging, hatten alle das gleiche Recht auf Leid.

Er aß sich durch die leidenden Farmer, die leidenden Eltern von Kindern, die keine Schulzuschüsse mehr bekamen, die leidenden Alten, die halb zu Tode erschreckt waren, dass der älteste Präsident, den die Nation je hatte und für den sie in großer Zahl gestimmt hatten, nun drauf und dran war, die Axt an die Leistungen der Sozialversicherung zu legen. Als das Leiden für diesen Abend beendet war und Dan Rather der Nation eine gute Nacht gewünscht hatte, verschloss Greco den Topf mit einem Stück Plastikfolie und stellte ihn in den Kühlschrank. Er versenkte die leere Chiantiflasche im Abfalleimer, spülte den Becher in heißem Wasser und stellte ihn auf das hölzerne Trockengestell. Er ging ins Badezimmer, putzte sich die Zähne, zog wieder seine Yankee-Jacke an und ging zwei Blocks weiter zur Garage, wo er gelegentlich seinen Wagen auslöste, einen vier Jahre alten Chrysler Le Baron, den er dem Exschwager seiner Exfrau abgekauft hatte, der in Passaic, New Jersey, ihre Stiefschwester geheiratet hatte. Am Ende hatte er ihn lieber gemocht als Phyllis, und der Wagen war ein Dandy.

Er stellte im Radio den Twi-Nighter der Yankees gegen die White Sox an und fuhr wieder zum Sutton Place, lenkte den Wagen an den Bordstein, stellte den Motor ab und schaltete das Licht aus, ließ die Übertragung des Spiels aber laufen, um wach zu bleiben. Über dem Eingang der

Bassinettis leuchtete eine schwache Lampe. Im Innern waren sämtliche Lichter aus, oder die Volants waren so dicht wie Luftschutzvorhänge. Entweder war sie im hinteren Teil des Hauses, oder sie war nicht da; aber das machte keinen Unterschied. Er war darauf vorbereitet, eine ganze Weile zu warten. Er hatte keinen Schimmer, was er zu erwarten hatte. Vielleicht würde Charlie auftauchen. Vielleicht würde jemand anderes auftauchen. Vielleicht würde Z. erscheinen, mit Donner und Rauch.

Die Geräusche der Pferde in den Ställen trugen über die dunkelgrüne Rasenfläche, während der Direktor auf der geräumigen Veranda seiner Villa saß und beobachtete, wie die Sonne hinter der Landschaft New Jerseys unterging. Die Pferde seiner Frau waren das Beste an ihr. Auch vor seinem Unfall war er kein großer Reiter gewesen, aber damals, genau wie jetzt, besuchte er die Pferde gern in den Ställen, plauderte mit ihnen, beruhigte sie, freundete sich mit ihnen an und spürte ihre großen, gummiartigen Mäuler, wenn sie ihm Zucker aus der Hand fraßen. Er war sich nicht ganz sicher, was die Tiere ihm bedeuteten, aber wenn er sie beruhigte, beruhigte er auch sich selbst. Jetzt hatten der Stalljunge und der Trainer Feierabend gemacht, und er fand Trost in den Geräuschen, die die Pferde machten, wenn sie sich zum Schlafen legten.

Schließlich steuerte er seinen Rollstuhl die Rampe hinauf und fuhr in die Küche. Er nahm Eier aus dem Kühlschrank, einen Apfel und ein Stück Greyerzer. In der Omelettpfanne zerließ er etwas Butter, während er die Eier und ein wenig geriebene Muskatnuss in einer Kupferschale aufschlug. Während die Eier in der Butter stockten, schnitt er den Käse und den Apfel in dünne Scheiben, legte diese auf die Eier, wartete, löste die Eier rundherum ab und wendete sie mit einem leichten Schwung aus dem Handgelenk. Jetzt hatte er etwas Saftiges, Perfektes zum Abendessen. Er trank eine halbe Flasche eines spritzigen, leichten Rieslings. Während er sein Abendessen zu sich nahm, sah er Dan Rather und gestattete sich, um die Ecke zu denken und sich vorzustellen, was vielleicht morgen um dieselbe Zeit passieren könnte. Er lächelte in sich hinein und tupfte ein wenig geschmolzenen Käse von seinem Mundwinkel. Natürlich war alles nur ein Spiel, und er genoss es. Je höher der Einsatz, umso besser gefiel es ihm. Es war nur merkwürdig, dass er bezweifelte, es jemals so weit getrieben zu haben, wäre er noch ein ganzer Mann gewesen, der auf seinen eigenen Beinen herumläuft. In dem, was ihm einst als die Tragödie seines Lebens erschienen war, verbarg sich eine Lehre. Die Tragödie hatte ihn aus dem erbarmungslosen Konkurrenzkampf befreit, diesem Rattenrennen, hatte ihm die Freiheit zum Denken beschert. Er fühlte sich, als wäre er vom Dämon des Unfriedens und der Bosheit besessen gewesen.

Zur verabredeten Zeit rief er den General an.

»Haben Sie das Manuskript genossen, General?«

»Genießen ist nicht unbedingt das Wort, das ich benutzt hätte, mein Freund. Aber ich fand es sehr interessant. Und ich frage mich, wer es geschrieben hat.«

»Ich auch. Aber ich habe andere Informationen bekommen und fühle mich verpflichtet, sie Ihnen mitzuteilen. Diejenigen, die mich umbringen wollen, haben einen groben Schnitzer gemacht ...«

»Sie machen Witze. Was wissen Sie? Ein Schnitzer ... ist das so etwas wie ein Fehler?«

»Das ist mal wieder typisch Ihr Humor.« Der Direktor kicherte. »Anscheinend sind Ihre Absichten öffentlich bekannt geworden ...«

»Nein!«

»Irgendeine Person, eine Frau, scheint von dem Plan erfahren zu haben. Sie ist eine unbekannte Größe. Was wird sie tun? Vielleicht wird sie mich retten. Man weiß nie. Ich weiß es jedenfalls mit Sicherheit nicht, aber eines weiß ich: Ich *hasse* unbekannte Größen.«

»Wer ist diese Frau?«

»Ihr Name ist Celia Blandings.«

»Wir wollen nicht, dass ihr etwas zustößt, nicht wahr?«

»Nicht einmal in Gedanken.«

»Vielleicht können wir sie erreichen …?«

»Ich denke schon.« Der Direktor gab dem General die Adresse, wobei er wusste, dass sein Gespräch in Virginia aufgezeichnet wurde.

»Wie kommen Sie an all diese Informationen?«

»Aber, aber, Herr General. Jetzt überraschen Sie mich. Es ist mein Job, alles zu wissen. Alles.« Er konnte nicht widerstehen, noch einmal zu kichern.

13.

Sie saß auf der Couch und starrte auf das Telefon, das sie gerade aufgelegt hatte. Dann wählte sie wieder Hilarys Nummer, bekam aber keine Antwort. Na gut, es war Zeit, Linda Thurston zu werden …

Cunningham hatte vorgeschlagen, dass sie sich irgendwo an einem öffentlichen Ort treffen sollten, wo sie ihm sein Eigentum zurückgeben könnte. Er hatte den Namen *Area* genannt, die angesagte Disco im ebenso angesagten Viertel TriBeCa.

»Nichts zu machen«, hatte Celia erwidert.

»Warum nicht? Wer hat denn hier das Kommando?«

»Ich. Und ich bin schon einmal da gewesen. In den Kabinen auf der Damentoilette waren die Leute am Bumsen. Da gehe ich nicht wieder hin. Die würden nicht mal eine Leiche bemerken; die würden glauben, dass sie zur Dekoration gehört.«

»Wer redet denn hier von Leichen?«

»Das, Mr. Cunningham, ist wohl mehr Ihr Spezialgebiet.« Es war eine seltsame Situation, sich selbst zu hören, wie Linda Thurston die Führung übernahm.

»Ich will mich nicht streiten. Ich möchte nur meine Sachen zurück.«

»Was geht hier vor sich? Bevor wir irgendwo zusammen

hingehen, sagen Sie mir erst mal, wen Sie umzubringen versuchen? Wer ist der Direktor?«

»Oh, Scheiße«, kam es gedämpft durch die Leitung. »Sie verstehen nicht, was hier vor sich geht. Niemand wird umgebracht … das ist eine lange, sehr komplizierte Geschichte. Was würden Sie sagen, wenn Sie mir einfach das Zeug zurückgeben und die ganze Sache vergessen? Ich bin ein ganz normaler Kerl, glauben Sie mir. Ich hab mehr Probleme, als ich zählen kann, und Sie machen alles nur noch viel schlimmer …«

»Weiß Mrs. Bassinetti, was Sie machen?«

»Was? Was sagen Sie da?« Er klang, als ob er gerade in eine Bärenfalle getreten wäre und feststellen musste, dass er den größten Teil seines Beines verloren hatte. »Sie haben ihr doch nichts gesagt?«

»Ich bin zu ihr gegangen …«

»O Gott, sagen Sie mir, dass Sie Witze machen! Sagen Sie mir, dass Sie sich das alles nur ausgedacht haben!«

»Ich mache keine Witze.«

»Scheiße, Scheiße«, winselte er, als ob er sich wünschte, niemals in die Wälder gegangen zu sein, um Bären zu jagen. »Sie haben ihr doch nicht irgendeine verrückte Geschichte erzählt, dass ich jemanden umbringen will?«

»Also … nein.«

»Ach, zur Hölle, das macht sowieso keinen Unterschied. Hören Sie, Sie müssen es mir zurückgeben! Vergessen Sie, dass Sie es jemals gesehen haben.«

»Na gut, bei *Bradley's* am University Place. Gleich neben *D'Agostino's* …«

»Ich kenne *Bradley's*, verdammt! Ich bin hier nicht erst gestern mit dem Fallschirm abgesprungen. Okay, in zwanzig Minuten.«

Sie nahm den Mordbrief und versteckte ihn am bestmöglichen Platz. Dann steckte sie das Buch in eine Tasche, zog eine Jacke an und verließ den Ziegelbau. Linda Thurston hatte keine Angst, sie war neugierig. Und sie wollte jemandem das Leben retten.

Mason und ein Klon namens Green drängten sich in den überfüllten Gastraum bei *Bradley's*. Durch die Menschenmenge und den Dunst war kaum etwas zu erkennen. Doch die Tische waren voll, die Leute standen in Dreierreihen vor der Bar, und ein Trio im hinteren Teil des Raumes spielte erstklassigen Jazz. Der Saxofonist klang ein wenig wie Stan Getz, der Pianist war aber nicht Jim McNeeley, also war der Mann am Saxofon wahrscheinlich nicht Stan Getz.

Mason schickte Green mit dem Auftrag, ein paar Glas Bier zu besorgen, an die überfüllte Bar. Er suchte nach Celia Blandings, die das *Bradley's* erst wenige Minuten zuvor betreten hatte. Es dauerte eine Weile, dann entdeckte er Charlie Cunningham, der hinten in einer Ecke stand und mit der Umgebung verschmolz. Er beschäftigte sich mit seinem Bier. Mason folgte Cunninghams Blick und sah Celia. Ein großer, kahlköpfiger Typ machte sich an sie heran und bestellte ihr einen Drink. Sie sah ja auch gut aus, wenn man auf große Dunkelhaarige mit einem humorvollen Zug um den Mund stand. Sie drehte sich mal zur einen Seite, mal zur anderen und versuchte, Cunningham in der Menge zu entdecken, kam aber nicht einmal in seine Nähe. Der General hatte Mason viel Spielraum gelassen, um Celia Blandings aus den Problemen des Direktors herauszuhalten. Doch der Auftrag wurde ständig größer, wie ein Fleck.

Green kam mit den Biergläsern zurück, und Mason sagte: »Trink aus. Ich habe einen Job für dich. Cunningham und Blandings sind beide hier. Das ist eine perfekte Gelegenheit. Durchsuche Cunninghams Wohnung und schnapp dir alles, was ihn mit diesem Manuskript in Verbindung bringt, das allen so viele Sorgen bereitet. Deine Parole heißt Gründlichkeit, Greenie. Wir müssen unbedingt herausfinden, wer das verdammte Ding geschrieben hat, das ist das Allerwichtigste. Los, mach dich auf die Socken. Der General wird dich dafür lieben.«

Green schluckte pflichtbewusst sein Bier, und Mason sah ihm dabei zu. Dann ging Green, und Mason arbeitete sich durch die Menge dichter an die Musik heran. Er bewegte sich wie ein Krebs und behielt dabei Celia Blandings im Blick. Verdammt, sie sah faszinierend aus. Er wollte dicht genug herankommen, um ihre Stimme zu hören. Blandings hatte ihren Drink abgestellt, und Mason schob sich bis direkt neben ihr durch die Menge. Sie hatte schnell ausgetrunken, weil sie nervös war. Er konnte es in ihrem Gesicht, in ihren Augen lesen. »Entschuldigen Sie«, sagte er, als er auf Tuchfühlung neben ihr stand. »Ist nicht leicht, in der Menge einen Drink zu bekommen, was?« Er lächelte sie an, und sie nickte. »Ihr Glas ist leer«, bemerkte er. »Darf ich es auffüllen lassen?«

Sie sah auf ihr Glas. »Klar, noch einen. Gin Gimlet mit Eis.«

Er besorgte ihr den Drink und erwog die Sünde, Geschäft und Vergnügen zu vermischen. »Warten Sie auf jemanden?«

»Warum?« Sie schien überrascht.

Er zuckte die Schultern. »Sie sehen sich die ganze Zeit um.«

»Ja, stimmt. Ich habe nicht viel Glück.«

»Ein Freund?«

»Nicht in einer Million Jahren«, sagte sie.

»Ich komme hier nur wegen der Musik her«, sagte er. Sein Verantwortungsbewusstsein gewann die Oberhand, und er arbeitete sich bis zum anderen Ende der Bar zurück.

Charlie Cunningham war verschwunden.

Charlie Cunningham war sehr nervös.

Die Unterhaltung mit dieser Blandings-Horrorshow hätte nicht schlimmer sein können. Wie sie aus dem Buch und dem Brief auf Mrs. Bassinetti gekommen war, konnte er sich nicht vorstellen; er konnte sich aber auch nicht damit aufhalten, sich Sorgen darüber zu machen. Irgendwie hatte sie es geschafft, und was immer sie ihr erzählt hatte, würde alles auf jeden Fall schlimmer machen; eine Wendung der Ereignisse, die er nicht für möglich gehalten hatte.

Dann hatte er sich darangemacht, Blandings zu folgen, nur um ein Gefühl dafür zu bekommen, was für eine Frau sie war. Das hatte sich als sinnlos erwiesen, aber er hatte zwei andere Typen gesehen, die aus einem Wagen ausstiegen und ihr folgten, sobald sie die Stufen ihres Ziegelgebäudes herunterkam. Er hatte sich in einen schmalen, müllübersäten Gang neben dem Gebäude geduckt und beobachtet, wie die Kerle hinter ihr in Gleichschritt fielen. Er hatte keinen blassen Schimmer, wer die Typen waren, aber es gefiel ihm nicht. Mit diesen Kerlen stimmte etwas nicht. Sie sahen nicht wie »andere Leute« aus.

Am Ende eines unbeschreiblich miesen Tages, der immer noch mieser wurde, war er müde. Er war den anderen auf der anderen Straßenseite vorausgeeilt und als Erster bei *Bradley's* angekommen, hatte die dunkelste Ecke gefunden, dem bedrängten Barmann ein Bier abgenötigt und eine Zeit lang gewartet, bis Blandings erschien. Er nahm an, dass sie keine Möglichkeit hatte, ihn zu identifizieren, aber die anderen Typen machten ihm Sorgen.

Sie erschienen mit ernstem Blick, und er versuchte sich hinter seinem Bier zu verstecken. Nachdem der eine gegangen war, beobachtete er, wie der andere sich Blandings näherte. Seine Gedanken wurden verschwommen, aber dann hatte er eine großartige Idee. Er verdrückte sich aus dem Rauch und dem Lärm und machte sich auf den Weg zu Blandings' Wohnung.

Er suchte auf der Klingelanlage die Nummer ihres Apartments, ging dann zu der engen, klammen, mit Müll übersäten Seitengasse, sah sich mit einem, wie er meinte, einzigartig misstrauischen Blick um und duckte sich in die Dunkelheit. Und rauschte voll in eine Mülltonne im Schatten. Er unterdrückte einen Schmerzensschrei, schloss die Augen und tastete vorsichtig nach dem Blut, das an seinem verletzten Schienbein hinunterlief. Das war ja zu erwarten.

Er tastete sich den Weg an der Seitenwand des Gebäudes entlang, das sich ungefähr sechs Fußballfelder weit erstreckte. Schließlich erreichte er einen Maschendrahtzaun, der die Fluchtlinie des Gebäudes als Begrenzung des Hofes fortsetzte. Irgendwo in einem der Apartmenthäuser, die sich bedrohlich über dem Hof erhoben, bellte ein Hund. *Fenster zum Hof,* um Himmels willen. Die erleuchteten Fenster, die auf ihn herabblickten, waren tatsächlich wie starre, aufmerksame Augen. Trotzdem, ein Mann musste tun, was ein Mann tun musste.

Als er den Zaun hinaufkletterte, gab der ein wenig nach und schien einen ohrenbetäubenden Lärm zu machen. Trotzdem – höher und weiter. Er hing oben auf dem Zaun und schätzte die Entfernung bis zur Feuerleiter. Er würde springen. Er konnte es schaffen.

Doch wie sich erwies, konnte er es nicht.

Aaaaah!

Es war wie in einem Comic.

Celia wartete beinahe eine Stunde, bis sie zu dem Schluss gelangte, dass Cunningham nicht mehr auftauchen würde. Es ergab keinen Sinn für sie. Es war seine Idee gewesen, sich zu treffen. Warum sollte er sie versetzen? Der Mann, der ihr den zweiten Drink spendiert hatte, schien verschwunden zu sein, und der erste Mann ereiferte sich jetzt mit rotem Kopf über die Mets, das Jazztrio hatte zu spielen aufgehört, und sie kam sich wie ein Dummkopf vor.

Dann traf es sie wie ein Blitz. Er hatte sie aus dem Haus gelockt, damit er ihre Wohnung durchsuchen konnte! Er hatte gewusst, dass sie den Brief niemals in die Bar mitbringen würde …

Sie war schon halb zu Hause, als ihr dämmerte, dass es gar nicht darum ging, den Brief und das Buch in die Hände zu bekommen. Nachdem sie den Brief gelesen und sich alles zusammengereimt hatte, und sei es auch nur teilweise, musste er sie davon überzeugen, dass sie die Andeutungen falsch verstanden hatte. Sie mussten miteinander reden.

Sofern es nicht einfacher und sicherer war, sie umzubringen. Wenn er wirklich einen Mord im Sinn hatte, musste er sicher sein, dass sie nicht zur Polizei ging. Mit ihr zu sprechen würde ihm nur dann helfen, wenn er nicht vorhatte, jemanden zu töten – und wenn er keinen Mord im Sinn hatte, warum sollte er sich dafür interessieren, was sie dachte?

Damit Celia überhaupt für ihn wichtig werden konnte, musste es einen Mord geben …

Und wenn es einen Mord gab, konnte Cunningham es nicht riskieren, sich auf ihr Wort zu verlassen, dass sie nichts sagen würde.

Was bedeutete, dass er in Wirklichkeit gar keine andere Wahl hatte. Er musste sie umbringen. Und wenn er erst einmal das Buch und den Brief hatte, wer konnte ihn dann mit Celia Blandings in Verbindung bringen?

Nun, tatsächlich eine ganze Reihe von Leuten. Diese

Susan Carling bei Pegasus … Penzler … die Leute bei *Strand's* … Mrs. Bassinetti …

Warum war sie eigentlich so sicher, dass er nicht an diese Leute dachte?

Weil er nichts von ihnen wusste.

Er musste sich sagen: Bring Celia um, und du bist wieder in Sicherheit.

Aber wo war er?

Sie dachte wieder wie Linda Thurston und betrachtete das Türschloss, um zu sehen, ob jemand die Haustür aufgebrochen hatte. Natürlich nicht. Sie betrat den Flur und stieg die lange Treppe hinauf bis zu ihrer Wohnung am oberen Absatz. Die Birne im Flur war vor einigen Tagen durchgebrannt, und Celia war noch nicht dazu gekommen, sie zu ersetzen, aber von unten kam genug Licht, um das Schlüsselloch zu finden. Sie öffnete die Tür und wartete. »Hallo? Hallo!« Ed machte eines seiner Arageräusche. Sie seufzte erleichtert und betrat die Wohnung.

Es war kurz vor ein Uhr nachts. Sie war erschöpft. Es waren keine Nachrichten auf dem Anrufbeantworter. Sie schlüpfte aus ihren Kleidern, ließ sie auf dem Boden liegen, wo sie gerade hinfielen, und legte sich nackt ins Bett. Ed döste in seinem Käfig. Die Wohnung war still.

Auf dem winzigen Balkon hinter den Verandatüren am Ende ihres Wohnzimmers hatte Charlie Cunningham es endlich geschafft, sein Nasenbluten zu stoppen. Er war sich ziemlich sicher, dass sein Handgelenk verstaucht war. Immerhin war er gut drei Meter tief gefallen, mit dem Kopf zuerst auf irgendwelche verdammten Gartenmöbel. Einen halben Meter weiter rechts, und er hätte sich auf dem Grill umgebracht. Er hatte Glück, dass er nicht tot war. Verdammt großes Glück.

Sein Gesicht und sein Bart waren blutverschmiert. Sein

Schienbein klebte vor Blut an der Socke. Er fühlte sich, als ob er dringend eine Transfusion brauchte. Es sah so aus, dass er sein linkes Handgelenk nicht beugen konnte. Er lehnte sich gegen die Mauer und beobachtete, wie in den Fenstern der Apartments über ihm nacheinander die Lichter ausgingen, während es langsam ein Uhr wurde. In diesem Moment der Ruhe fragte er sich, wie er an einen solch absurden Ort gekommen war, und die Antwort ließ nicht lange auf sich warten.

Zoe Bassinetti.

Er war kein gewalttätiger Mensch, aber der Gedanke an sie ließ seine Hände zittern. Es war alles ihre Schuld. Wie, um alles in der Welt, hätte er wissen sollen, dass sie die Fürstin der Finsternis war, als er sie im *Algonquin* kennen lernte?

Er blickte zu der Verandatür und überlegte, wie er dort hineinkommen könnte.

Er wusste noch nicht, dass Celia Blandings diese Tür in all den Jahren, seit sie in dem Gebäude wohnte, nie abgeschlossen hatte.

Dann fing es zu regnen an.

Heftig.

14.

Zuerst dachte sie, es wäre ein Traum. Einer dieser Albträume, die man durchlebte, aber gleichzeitig als bösen Traum identifizieren konnte. Es regnete, und sie hörte ein Atmen, stetig wie ein Metronom. Sie wälzte sich im Bett herum und trat mit dem Fuß gegen die Steppdecke, um ein Bein freizubekommen. Offensichtlich war es ihr eigener Atem, den sie hörte. Sie drehte sich wieder auf den Rücken, spürte am Rande ihres Bewusstseins, wie ihre Augenlider flatterten, hörte das Tropfen des Regens und das Atmen. Eher ein Schnaufen. Sie musste nur den Atem anhalten und damit beweisen, dass es nur ihr eigener, durch ihre Träume gefilterter Atem war. Sie hielt den Atem an.

Das Schnaufen ging weiter, wurde eher noch stärker.

Dann spürte sie, wie ein dicker Wassertropfen auf ihrer Stirn landete.

Sie wurde schlagartig wach, die Augen weit aufgerissen, und sah den Kerl über sich, eine Gestalt, die sie im Dämmerlicht der Straßenlaterne vor ihrem Fenster fast einhüllte. Er tropfte auf sie.

Adrenalin schoss durch ihren Körper wie Blut aus einer zerrissenen Arterie. Sie rollte sich wie ein Derwisch übers Bett und verwickelte sich dabei noch enger in Laken und Steppdecke. Sie versuchte zu schreien, doch ohne nennenswertes Ergebnis. Sie fiel aus dem Bett, strampelte sich aus ihrer Mumienhülle, griff nach der Lampe auf dem Nachttisch, riss sie dabei herunter und schaltete sie zugleich ein.

Das Licht, das vom Boden kam, war nicht besonders schmeichelhaft, aber kein Licht der Welt hätte verbessern können, was auf der anderen Seite des Bettes stand.

Es war klatschnass.

Es trug einen Bart, und Gesicht und Haare waren verschmiert und voller Blut, das rosa aussah, weil der Regen es verdünnt hatte.

Es hielt ein Schlachtermesser in der Hand.

Es sah sie an und sagte: »He, entspannen Sie sich.«

In diesem Augenblick wurde ihr bewusst, dass sie nackt war …

Es sagte: »Ich bin Charlie Cunningham …«

»O Gott!«

»Ah …« Er sah das Messer an, als wäre es ihm vorher noch gar nicht aufgefallen. »Ah … das ist Ihr Brieföffner …«

Sie wollte etwas sagen, aber nichts erschien ihr passend, und überhaupt war ihr Mund zu trocken. Sie wollte weglaufen, aber da sie nackt war, fragte sie sich, wohin sie sollte. Sie machte ein Täuschungsmanöver, doch wie ein Spiegelbild bewegte er sich mit, zwischen ihnen immer noch das Bett.

»Geben Sie mir das verdammte Zeug«, knurrte er, hustete und fuchtelte mit dem Brieföffner herum. »Ich will Sie nicht verletzen, aber ich sag Ihnen, Lady, es fehlt nur noch verdammt wenig! Nicht mehr lange, und mir ist scheißegal, ob ich sie verletze oder nicht! Sagen Sie was!«

Sie machte wieder eine schnelle Bewegung, wobei sie sich in ihrer Nacktheit furchtbar verletzlich fühlte, blieb stehen und drückte ihre Brüste mit dem Unterarm an sich.

»Ich bin nass und blute und hab mir die Hälfte meiner

Knochen gebrochen und … au, Scheiße! Nehmen Sie ein bisschen Rücksicht, um Gottes willen! Ich habe Ihnen nichts getan. Es sind meine Sachen, also geben Sie sie mir zurück!«

»Warum haben Sie sich nicht mit mir getroffen, wie Sie gesagt haben …?«

»Ich hab's versucht, aber da waren ein paar andere Kerle, die Ihnen gefolgt sind. Sie sind aus einem Auto ausgestiegen und Ihnen gefolgt … wer zur Hölle waren diese Burschen?« Der Regen tropfte von ihm herab, als hätte man ihn gerade aus dem Meer gezogen.

»Wovon reden Sie?« Mit einem Mal war sie kaltblütiger als je zuvor. Leise rollte der Donner. Der Regen trommelte gegen die Fenster.

»Sie haben Verstärkung mitgebracht …«

»Hab ich nicht!«

»Na, ist auch egal.« Seine Nase hatte wieder zu bluten angefangen. Er wischte sich mit der Hand, in der er den Brieföffner hielt, darüber und verschmierte das Blut. »Geben Sie mir das Buch und den Brief, und ich verschwinde von hier …«

»Nein, werden Sie nicht. Sie werden mich umbringen, sobald ich Ihnen …«

»Das werde ich nicht!«

»Doch, werden Sie.«

»Das ist ja verrückt!«

Er sprang aufs Bett und stürzte sich auf sie.

Sie machte einen Sprung zur Seite, wollte um das Bett herum und fühlte seine kalte Hand an ihrem Fußknöchel, als er bäuchlings auf dem Bett zu liegen kam. Er hielt sie fest. Sie drehte sich um, traf ihn am Kopf und zog ihm ihre Fingernägel über die Kopfhaut. Er schrie auf, und sie riss sich los und lief zum Flur.

Er kam mit einer Behändigkeit auf die Beine, die aus

Verzweiflung geboren war, und folgte ihr sofort, wobei er wie eine Lokomotive schnaufte. Sie griff nach der Tür im Flur, aber die Schlösser waren zu kompliziert. Wieder entwischte sie seinen zuschnappenden Fingern und flüchtete in die Dunkelheit des Wohnzimmers. Sie schaffte es, den Pooltisch zwischen sich und ihn zu bringen, und blieb stehen, gierig nach Luft schnappend.

Seine Silhouette stand im Eingang zum Flur. Die einzigen Geräusche kamen von ihrer beider Atem und vom Regen, der auf den kleinen Balkon plätscherte. Celia hörte ein leises Klicken hinter sich, das vom Plätschern und Keuchen beinahe verschluckt wurde.

»Bitte«, schnaufte er, »bitte, geben Sie mir ...«

»Halten Sie mich für verrückt?« Sie tastete nach dem Telefon. Dann stieß sie es vom Tisch. Es machte einen Höllenlärm.

»Okay, jetzt reicht es wirklich!«

Er stürmte durch den Raum ins Dunkle und schaffte es, die Couch zu umrunden, doch die Ecke des Billardtisches bremste ihn. Celia wich zurück, stolperte über das Telefonkabel, fiel hin und kroch überstürzt vorwärts, als sie versuchte, über die Couch zurück ins Schlafzimmer zu kommen, wo sie die Tür verbarrikadieren konnte. Diesmal aber stolperte sie über Linda Thurstons Karteikästen und schürfte sich das linke Handgelenk und den Unterarm auf.

Es sah nicht gut aus.

Er stand über ihr und schniefte. Er wollte die Sachen. Er konnte sie nicht umbringen, bevor er die Sachen hatte ...

Sie schlug ihm einen leeren Karteikasten gegen das Schienbein, so fest sie konnte.

Er heulte auf.

Und über das Heulen hinweg hörte Celia das Unheil verkündende Flattern des alten, geflügelten Rächers.

Der Gemeine Ed, der zweifellos einer weiteren Chance nachgegeben hatte, seiner schlechten Laune freien Lauf zu lassen, die diesmal daher rührte, dass er aus tiefem Schlaf gerissen worden war, zielte voll auf den ahnungslosen Charlie Cunningham.

Der Schrei war gespenstisch.

Celia hatte noch nie so etwas gehört. Sie drückte die Hände auf die Ohren und spürte, wie etwas auf sie spritzte.

Charlie Cunningham stürzte über sie, über die Couch, auf den Boden, wo er mit einem dumpfen Laut aufschlug. Der Brieföffner prallte von der Wand ab und sprang klirrend irgendwohin in die Dunkelheit. Cunningham stammelte unzusammenhängendes Zeug, rappelte sich auf und versuchte verzweifelt, die Tür zu erreichen. Er duckte sich, wedelte mit den Armen und stieß Rufe aus, die keinen Sinn ergaben, während er wild an den Schlössern der Tür zerrte und drehte.

Ed kam erneut herangefegt. Cunningham fiel im Flur zu Boden und hielt sich dabei eine Seite seines Gesichts.

Die Tür öffnete sich.

Er kroch hindurch.

Celia hörte, wie er die Stufen der Treppe hinunterfiel, hörte, wie sich die Tür zur Straße öffnete und schloss.

Er machte erschreckend klägliche Geräusche.

Celia saß auf dem Boden und wartete darauf, dass ihr Herz zu hämmern aufhörte. Schließlich – nachdem sie der Gedanke sehr froh stimmte, dass Familie Clemons aus dem Stockwerk unter ihr in Europa war, und nachdem sie sich gefragt hatte, wer ihr zu *Bradley's* gefolgt war – stand Celia auf und trottete langsam um die Couch herum.

Barfuß trat sie auf etwas Weiches und Glitschiges, wie eine winzige Zunge. Sie sprang zurück, schaltete die

Lampe ein und sah auf den Boden. Ed hatte sich zu ihr gesellt und hockte angriffslustig auf der Rückenlehne der Couch.

Auf dem Boden lag ein Teil von Charlie Cunningham.

Blutverschmiert.

Ein Ohrläppchen.

Celia schaffte es gerade noch rechtzeitig ins Bad.

Und dann rief sie Peter Greco an.

Greco hörte zu, während die Yankees in beiden Spielen die White Sox vom Feld fegten. Gerade als die letzte Auszeit gegeben wurde, begannen die großen, weichen Regentropfen die Windschutzscheibe des Le Baron zu benetzen. Weit weg im Südwesten donnerte es ganz leise. Das Grollen zog in Richtung City. Greco gähnte. Vielleicht war es am Ende doch eine dumme Idee gewesen. Die Nacht am Sutton Place war beinahe übernatürlich ruhig verlaufen. Bei den Bassinettis war nichts passiert.

Er blickte auf seine Armbanduhr. Halb zwölf. Er gähnte noch einmal. Es war ein langer Tag gewesen. Als er am Morgen aufgestanden war, hatte er noch nie etwas von Celia Blandings gehört und dachte an das Geld, das er in der Nacht zuvor gewonnen hatte und an den Spaß, den er gehabt hatte, es den Deppen wegzunehmen. Und jetzt steckte er bis zu den Knien in einer Sache, die sich als Mordfall erweisen könnte. Ein langer Tag. Er hoffte, dass Celia sich alles aus dem Kopf geschlagen hatte und zu Bett gegangen war. Dann dachte er an Celia im Bett und stellte fest, dass der Gedanke ihm gefiel. Sie war ein wenig größer als er, aber das würde er ihr gern verzeihen …

Ungefähr zwanzig Meter hinter ihm fuhr ein Wagen an den Straßenrand. Die Scheinwerfer erloschen. Nachts im Regen war die Farbe des Wagens nicht zu erkennen. Er sah wie ein Chevy aus. Greco blickte in den Innenspiegel. Ein Mann im Regenmantel stieg aus und eilte über den glänzenden Bürgersteig, die Hände in den Taschen. Greco wusste, wohin er gehen würde. Der Mann betätigte die Klingel am Haus der Bassinettis und trat ständig von einem Fuß auf den anderen, während er im unablässigen Regen wartete. Die Tür öffnete sich; ein paar Worte wurden gewechselt, und der Mann trat ein.

Greco glaubte nicht, dass es sich um Cunningham handelte, obwohl es schwierig war, das mit Sicherheit zu sagen. Mrs. Bassinetti hatte also einen Besucher, obwohl er die Frau genau genommen nicht gesehen hatte. Im Radio war die Nachbesprechung der Spielergebnisse vorbei, und eine Talkshow hatte angefangen. Sie würde ihn wach halten. Er hörte zu, während ein Anrufer über alte Lokomotiven reden wollte. Greco waren alte Lokomotiven egal. Er versuchte gerade, etwas anderes im Radio zu finden, als er ein Geräusch hörte, das ein Schuss gewesen sein konnte. Er schaltete das Radio aus und lauschte. Er hörte noch einmal ein ähnliches Geräusch, einen gedämpften Knall.

Die Straße blieb genauso ruhig wie zuvor, nass vom Regen, keine Fußgänger. Greco saß im Wagen und rechnete damit, dass jemand aus der Haustür kommen würde. Er wollte sich nicht noch weiter in die Sache hineinziehen lassen. Mrs. Bassinetti bedeutete nur Ärger; sie war die Art Frau, die einen umso glücklicher machte, je weiter man von ihr entfernt war.

Zehn nasse Minuten schlichen vorbei.

Er seufzte, stieg aus dem Wagen, lief über die Straße und den Bürgersteig hinauf, wobei das Wasser in den Pfützen aufspritzte. Die Tür war angelehnt.

Greco öffnete sie und ging hinein, blieb stehen und lauschte. Irgendwo kam leise Musik aus einem Radio.

Das Licht war gedämpft. Er hörte vor allem den Regen. Er schloss die Tür bis auf einen Spalt von ein paar Zentimetern, um sich so einen schnellen Fluchtweg zu verschaffen, falls er einen brauchte.

Das Haus schien verlassen zu sein, doch er roch die Schüsse, die wie böse Erinnerungen in der Luft hingen.

Er bewegte sich den Korridor entlang bis ins Wohnzimmer. Seit dem Besuch am Nachmittag war der Raum unverändert, bis auf eine Ausnahme. Über dem Sofa lag ein Damenbademantel ausgebreitet.

Irgendetwas bewegte sich.

Greco sah auf.

Mrs. Bassinetti stand in der Tür zur Veranda, wo sie ihn und Celia am Nachmittag empfangen hatte. Sie trug ein vom Regen durchnässtes Nachtgewand, das ihr am Leib klebte. Die schwarze Mähne tropfte. In den Armen hielt sie ein tropfnasses Fellbündel. Ihr Nachthemd war blutverschmiert. Sie weinte; Tränen und Regentropfen liefen ihr übers Gesicht.

»Mein Hund … er hat meinen Hund getötet …«

Greco ging zu ihr und sah, dass der Hund tatsächlich tot war; sein Kopf hing schlaff herunter, die Zunge hing aus dem Maul.

»Er hat versucht, mich zu retten …«

Sie starrte Greco an und fixierte seine Augenklappe. Langsam drehte sie sich zur Veranda um und drückte den Hund zärtlich an ihre Brust.

Mit dem Rücken an einem der großen Palmentöpfe saß ein Mann. Dort, wo seine Brust gewesen war, befand sich nun eine riesige, schmierige Masse. Er starrte Greco an. Neben ihm lag eine Neun-Millimeter-Pistole. Der Regen traf den Mann voll, aber er hatte schon lange aufgehört, sich zu beklagen.

Greco nahm Mrs. Bassinetti sanft den Hund aus dem Arm und legte den leblosen Körper auf den Boden. Als er wieder aufstand, sah er, dass sie unter dem Hund eine Fünfundvierziger Automatik hielt, was den bewegungslosen Gentleman auf der Veranda erklärte. Langsam ließ sie die Hand zur Seite sinken.

»Was ist passiert?«

Mrs. Bassinetti schüttelte den Kopf. »Er kam rein, bedrohte mich ... Pepper bellte, zwickte an seinen Fußgelenken ... er stieß sie aus dem Weg, nahm seine Waffe heraus ... Pepper hatte keine Angst, sie blieb an ihm dran ... er schoss auf sie, und ich nahm die Waffe aus der Schublade mit dem Silberbesteck im Esszimmer ... und als ich Pepper ganz voller Blut sah, habe ich auf den Mann geschossen ...«

»Sie sollten sich lieber hinsetzen«, sagte Greco und führte sie wieder ins Wohnzimmer. »Ich sehe mir diesen Kerl mal an.«

Er ließ sie allein, ging wieder auf die Veranda und kniete sich neben die Leiche.

In der Innentasche des Jacketts steckte eine Brieftasche. Er musste daran zerren, um sie herauszubekommen. In der Brieftasche befanden sich ein Führerschein, einige Kreditkarten und eine Scheckkarte für eine Bank in Washington. Er sah die Karten durch und hörte irgendwo hinter sich auf seiner blinden Seite ein Geräusch. »Also, Mrs. Bassinetti, es sieht so aus, als hätten Sie einen Mann namens Irwin Friborg getötet ...«

Er hörte, wie sie zischte: »Schlag ihn nieder!«

Ein scharfer Schmerz explodierte in Grecos Hinterkopf, fuhr seinen Hals und das Rückgrat entlang, und genau wie Philip Marlowe in der guten alten Zeit machte er einen Kopfsprung in einen bodenlosen, schwarzen Teich ...

15.

Charlie Cunningham wollte zu Hause sterben.

Er war sicher, dass er sterben würde. Da war so verdammt viel Blut ... und alles sein eigenes. Er würde sterben, und der Gedanke kam ihm nicht einmal unattraktiv vor. Tod. Tote schlafen fest. Der Abschied für immer. Sterben ging für ihn in Ordnung. Ersparte eine Menge Schwierigkeiten.

Er wollte nur vermeiden, auf der Straße abzukratzen. Es wäre wie das Sterben in der Wüste, wo über einem schon die Geier kreisen. Nur wären die Geier hier in der Stadt menschlich, zumindest ein bisschen, und sie wären gründlich. Das konnte er nicht ertragen. Sie würden ihm alles wegnehmen. Den Schlüssel von Phi Beta Kappa, seiner Elite-Akademikervereinigung ... Verdammt, er hatte immer geglaubt, dass er mit diesem blöden Schlüssel begraben würde.

Es war unmöglich, die Schmerzen in den verschiedenen Teilen seines Körpers zu beschreiben. Während er im Regen entlanghumpelte, der Blazer voll gesogen, die Hose an den Beinen klebend, mit brennendem Schienbein, geschwollenem Fußknöchel, ein Finger wahrscheinlich ausgerenkt, ein altes Taschentuch gegen den Fleischfetzen gepresst, der von seinem Ohr noch übrig war ... während er so voranwankte, schrie sein ganzer Körper nach der gesegneten Erlösung des Todes. Seine Nase war wahrscheinlich gebrochen, zuerst vom Sturz über den Zaun, dann durch den Treppensturz vor ihrer Wohnung. Sein Ohr pulsierte und hämmerte wie der Nierenstein, den er nie gehabt hatte.

Er würde niemals wieder fähig sein, einem Vogel ins Auge zu sehen!

Du lieber Himmel, es war wie ein Geschöpf gewesen, das in rachsüchtiger Laune dem fiebrigen Geist Stephen Kings entstiegen war. Eine Kreatur aus dem Gestank und dem Feuer der bodenlosen Hölle.

Er humpelte weiter und erreichte schließlich die Perry Street.

Donner zerriss die Luft. Der Regen hing wie ein Vorhang im Licht der Straßenlaternen. Die Straßen waren glitschig vor Wasser und Öl und reflektierten das Licht wie Kometen.

Er blieb stehen und übergab sich in einen Abfallkorb neben dem St. Vincent's Hospital, und die gewaltsame Reinigung seines Magens schien ihm zugleich einen klaren Kopf zu verschaffen. Es war jetzt nicht mehr weit. Er konnte es schaffen.

Als er die Stufen zur Haustür hinaufstieg, rutschte er aus und fiel auf die Knie, wobei der Symphonie von Schmerzen eine weitere Note hinzugefügt wurde. Es war spät, und er war im Vorzimmer der Hölle gelandet, und er wusste, dass er sich übernommen hatte und am Ende seiner Kräfte war durch seinen wahnsinnigen Versuch zu … ach, was auch immer er vorgehabt hatte. Verdammter Mist, er musste etwas mit seinem Ohr machen …

Er öffnete die Tür zu seiner Wohnung und flüchtete ins Badezimmer, schaltete das Licht an und fiel beinahe in

Ohnmacht, als er sich im Spiegel sah. Er betastete das abgerissene Ohr, und es schmerzte gar nicht so sehr. Dann nahm er vier Aspirin und wischte sich Blut und Regen aus dem Gesicht. Er fuhr sich mit einem Kamm durch den Bart und inspizierte dann noch einmal sein Ohr. Der Vogelschnabel schien die Wundränder bis zu einem gewissen Grad stumpf abgetrennt zu haben. Wenn er nicht zu genau hinsah, würde es ihm vielleicht gelingen, sich nicht wieder zu übergeben. Er legte sich einen Verband an, den er in der Hausapotheke gefunden hatte, und klebte ihn mit Heftpflaster fest. Er brauchte eine Menge Pflaster, und am Ende hatte er einen größeren Verband als Van Gogh. Dann nahm er noch zwei Aspirin, weil die ersten vier vage angenehm gewirkt hatten. Danach reinigte er seine anderen Wunden und hinkte zu seinem Kleiderschrank, um sich saubere Unterwäsche, Hemd und Hose zu holen. Er zog sich im Badezimmer um. Vielleicht würde er doch weiterleben. Aber jetzt musste er über den riesigen Schlamassel nachdenken, in dem er steckte. Dafür brauchte er etwas zu trinken. Es konnte nicht mehr schlimmer kommen.

Er ging ins Wohnzimmer und schaltete das Licht an.

Er machte ein komisches kleines Geräusch. Davon hatte er an diesem Abend schon eine ganze Menge gemacht. Aber dieses war das Komischste.

Er starrte direkt in die Augen eines Mannes – mittleres Alter, kurzes, graues Haar, Anzug –, der auf einem Zweiersofa saß und mitten in der Stirn ein Einschussloch hatte.

Charlie Cunningham sackte auf einen Stuhl und biss sich in den Ärmel, um nicht laut aufzuschreien.

Es hatte keinen Zweck, die Nacht damit zu verbringen, jemanden anzustarren, der einfach nur zurückstarrte. Fünfzehn Minuten lang, oder fünfundvierzig, wie viel auch immer, saß Charlie Cunningham da und dachte nach. Wohin er auch schaute, er verstand absolut gar nichts mehr, und doch schien sein Plan im Großen und Ganzen noch sicher zu sein. Er konnte immer noch tun, was er sich vorgenommen hatte.

Aber was hatte der ganze Zinnober drumherum zu bedeuten?

Es hatte alles mit dieser verdammten Blandings angefangen …

Und jetzt fehlte ihm ein Teil seines Ohrs, der Mordplan war kein Geheimnis mehr, er fühlte sich, als hätte man ihn durch die Mangel gedreht, Celia Blandings würde sicher mit seinem Ohrläppchen als Beweisstück zur Polizei gehen, und auf seinem Lieblingssofa saß ein Toter.

Und wer waren die beiden Männer, die Celia Blandings verfolgt hatten?

Die Sache war weit über das Traumstadium hinaus gediehen.

Er raffte sich auf und ging zu der Leiche hinüber. Wie in Gottes Namen sollte er das erklären?

Natürlich war die Brieftasche des Mannes in seiner Gesäßtasche, sodass ein längerer Ringkampf mit dem Gewicht des Toten erforderlich war, um sie herauszuziehen und die Identität des unerwünschten Gastes festzustellen.

Vincenzo Giraldi. Aus Queens.

Der Name sagte ihm nichts.

Er brauchte Hilfe. Es gab nur einen Ort, an den er sich wenden konnte, ob es ihm gefiel oder nicht.

Nun, es gefiel ihm nicht. Ihm gefiel das Gefühl nicht, dass sein Gehirn sich auflöste. Seine Nerven waren zum Zerreißen gespannt. Wenn er über die Sache nachdachte, tat sein Verstand ihm genauso weh wie sein Körper. Unmöglich. Wer war dieser Typ? Er sah Vincenzo Giraldi an und runzelte die Stirn. Warum lag dieser Idiot nicht bei sich zu Hause im Bett und schlief? Warum konnte niemals irgendwas mal glatt gehen?

Er rief Lefferts an, der verschlafen klang. Cunningham hatte einige Mühe, sich verständlich zu machen. Schließlich hatte der Lektor das Wesentliche verstanden. »Du klingst komisch«, sagte Lefferts. »Und es ist mitten in der Nacht, verdammt.«

»Du hast Recht, ich klinge wirklich komisch. Und du würdest nie glauben, wie komisch ich mich *fühle*. Hast du das Manuskript gekriegt?«

»Ja, sicher, kein Problem …«

»Alles wird immer verrückter. Leute werden umgebracht. Bleib auf dem Ding sitzen, und wenn mir irgendwas passiert, dann leg los, veröffentliche alles, veranstalte Pressekonferenzen, ruf Walter Cronkite, und die *Times,* und CBS …«

»Junge, du klingst wirklich unheimlich, Charlie. Bist du auf einem Trip oder was?«

»Hör zu, Blödmann. Ich hab hier einen toten Kerl, den ich nicht kenne, der auf meinem Lieblingssofa sitzt und mich anstarrt. Ich muss hier raus. Sag Julie Christie, dass mein letzter Gedanke ihr galt.«

»He, du solltest mal ausschlafen, Mann.«

Charlie Cunningham legte einfach auf. Er zog seinen Regenmantel an und nahm einen Schirm, der am Türknauf des Schrankes hing. Er seufzte und sagte dem armen Vincenzo Giraldi auf Wiedersehen. Dann humpelte er auf die Straße und suchte sich ein Taxi.

Die Tür zum Haus der Bassinettis stand offen, und der Regen wurde vom Wind über den Teppich im Eingangsflur geweht. Cunningham hielt im letzten Moment inne; sein

Finger schwebte über dem Klingelknopf. Warum stand die Tür offen? Er klappte seinen Schirm zusammen und betrat den Flur. Er hörte Musik. Leise ging er durch den Flur und blieb in der Tür stehen.

Zoe stand neben der Couch und beobachtete ihn. Sie hatte geweint, doch jetzt waren ihre Tränen versiegt. Sie legte einen Finger auf die Lippen, bedeutete ihm mit der anderen Hand, ruhig zu sein, und winkte ihn hinein. Sie gab ihm eine schwere Statuette der Göttin Kwan-Yin, die sonst einen Beistelltisch zierte. »Schlag ihn nieder«, flüsterte sie ihm zu und nickte zur Veranda. Ein Mann kniete neben einer Leiche. Himmel, noch eine Leiche. Ihre Stimme war nachdrücklich, fast hypnotisch, befehlend. Über die Vorderseite ihres Nachthemdes war etwas verschmiert, aber er sah nur ihre großen, aufgerichteten, braunen Brustwarzen, die sich durch ihr nasses Nachtgewand drückten. Er hatte keine Ahnung, was los war, aber das schien ohnehin keine Rolle mehr zu spielen. In seinem Rücken spürte er ihre Hand, die ihn durchs Zimmer nach vorne schob. Der kniende Mann hatte nicht hochgesehen. Sie schob ihn so lange weiter, bis er neben ihm stand.

»Schlag ihn nieder!«, zischte sie.

Er hob Kwan-Yin über seinen Kopf und ließ sie so hart niedersausen, wie er in seinem geschwächten Zustand konnte. Kurz vor dem Auftreffen drehte der Mann seinen Kopf um den Bruchteil eines Zentimeters, und Cunningham sah, dass er eine Augenklappe trug.

Es gab ein schweres, dumpfes Geräusch, als die Statuette den Schädel des Mannes traf. Er fiel vornüber und blieb ausgestreckt auf dem Körper der zweiten Leiche dieses Abends liegen.

Cunningham setzte sich, während Zoe ihm einen Cognac holte. Es schien kein guter Zeitpunkt zu sein, um ihr zu sagen, dass er eine eigene Leiche hatte, die zu Hause auf ihn wartete. Er stürzte den Cognac hinunter, und sie goss ihm einen zweiten ein. Sie stand vor ihm, die Hände an den Hüften, und wartete, bis er sich halbwegs erholt hatte. Sie war in eine graue Wollhose, eine Seidenbluse und einen dicken Sweater geschlüpft, der ihr über die Hüften fiel.

»Wer ist der Tote?«, fragte Cunningham. Sein Hals und sein Magen brannten von dem Cognac. »Und wenn wir schon dabei sind … wer ist der andere Kerl? Wer hat Pepper umgebracht?«

»Der Tote hat Pepper umgebracht«, antwortete sie. Ihre Blicke bohrten sich gleichsam in sein Inneres, als ob sie nach Rissen in seinem Nervenkostüm suchte.

»Und wer hat ihn umgebracht?«

»Ich.«

»Mein Gott! Wen habe ich niedergeschlagen?«

»Einen Mann namens Greco. Er war heute Nachmittag mit einer Miss Blandings hier.« Ihre Stimme war mit Sarkasmus durchsetzt. »Klingelt's da bei dir?«

»O Gott …«

»Ich habe keine Ahnung, warum er heute Abend hergekommen ist, und ich hatte bestimmt nicht die Zeit, das herauszufinden. Aber er muss hier aus demselben Grund herumgeschnüffelt haben, aus dem sie am Nachmittag hergekommen sind. Jetzt pass mal auf, Charlie. Wir müssen unbedingt bei unserem Plan bleiben … und wir müssen diese Leiche loswerden. Wir müssen sie in den Wagen runterschaffen und irgendwo abladen.«

»Was machen wir mit Greco?«

»Ich weiß nicht, darüber denke ich noch nach. Im Augenblick sieht er nicht besonders gut aus. Wahrscheinlich hast du ihm den Schädel eingeschlagen. Zuerst müssen wir die andere Leiche aus dem Weg schaffen ...«

»Himmel, wie kannst du nur so ruhig bleiben?«

»Weil ich eine gemeingefährliche Irre bin, du Idiot. Jetzt lass uns anfangen, bevor Greco aufwacht.«

Der Leichnam stellte eine beträchtliche Herausforderung dar. Mit seinen diversen Verletzungen sah sich Cunningham nicht dazu in der Lage, den Toten auch nur einen Meter weit zu tragen oder ziehen. Er hatte keine Kraft im Handgelenk. Und das verdammte Weib hatte den Verband über seinem Ohr angestarrt und ihn nicht einmal gefragt, was passiert war. Diese kaltblütige Hexe!

»So geht das nicht«, sagte sie. »Du bist hoffnungslos. Na gut, dann müssen wir ihn fallen lassen.«

»Fallen lassen? Wohin?«

»Übers Geländer natürlich. Das geht am schnellsten.«

Cunningham erschauerte. Er spähte über das Geländer. Weit unten spritzte und tanzte der Regen auf der glänzenden Motorhaube des Rolls.

»Mach schon«, drängte sie, »beeil dich.« Sie zerrte an Irwin Friborgs Leiche. Cunningham beugte sich vor, ergriff den schweren Körper unter den Achseln, hob ihn an, packte ihn dann um die Hüften und zog ihn hoch. Sein Knöchel gab unter der Last nach, und er stürzte nach vorn in einen der riesigen Blumentöpfe und verlor die Kontrolle über den verstorbenen Mr. Friborg, der übers Geländer kippte. Seine Arme ruderten im Regen wie ein buglastiger Vogel, der aufzufliegen versucht. Dann wurde sein Fall vom linken vorderen Kotflügel des Rolls abrupt unterbrochen. Friborg prallte schwer von der Nobelkarosse ab und landete auf dem Rücken in einer Pfütze, einen Arm ausgestreckt. Es sah aus, als ob er zum Abschied winken würde.

Cunningham folgte Zoe langsam die Hintertreppe hinunter, wobei er ihre Befehle, sich zu beeilen, zu ignorieren versuchte. Der Regen war noch heftiger geworden, falls das überhaupt möglich war, und wieder wurde er völlig durchnässt.

»Mein Gott, nun sieh dir den Kotflügel an!«

»Ich habe nicht *gezielt*«, rief er zurück, während er immer noch vorsichtig hinter ihr hertrottete.

»Hättest du's getan, hättest du den schönen Wagen nicht getroffen!« Sie öffnete den Kofferraum und sprang rasch wieder aus dem Regen. »Mach schon, worauf wartest du? Verstau ihn im Kofferraum!«

Er zog und zerrte. Vor Schweiß und Regen triefend, schob er schließlich die Beine des Verblichenen in das gähnende Innere und schlug den Kofferraumdeckel zu. Der Verkehr auf dem Franklin D. Roosevelt Drive war so laut, dass er zu einem Ohr hineinzufahren und zum anderen wieder herauszukommen schien. Er ging zu Zoe zurück und lehnte sich an die Wand, völlig außer Atem.

»Und was ist mit Greco?«, fragte er.

»Komm mit nach oben.«

Keuchend und schnaufend folgte er ihr. »Was machen wir mit ihm?«

Sie stand in der Küche und trocknete sich das Gesicht mit einem frischen Handtuch. »Mach ihn kalt«, sagte sie.

»Nein, tu ich nicht«, sagte er kopfschüttelnd.

»Er weiß über uns Bescheid. Er weiß alles – was glaubst du denn, warum er hergekommen ist? Jetzt diskutiere nicht mit mir herum, du wirst verdammt genau das tun, was man dir sagt.«

Sie ging ins Wohnzimmer, nahm die Fünfundvierziger in die Hand und hielt sie ihm hin.

Er nahm die Waffe. Sah zu, wie Zoe zur Veranda ging.

»Oh, verdammt!«, sagte sie und stampfte mit dem Fuß auf.

Er ging zur Veranda, sah auf den Boden und atmete erleichtert auf.

Greco war verschwunden.

16.

Eine Zeit lang sah er alles doppelt, was die Fahrt zum Village durch den Regen ein wenig riskant machte. Doch als er die Fifth Avenue erreicht hatte, war alles in Ordnung. Es war gerade drei Uhr durch, und es gab keinen Verkehr. Es war, als ob ihm die Stadt allein gehörte, und er brauchte jeden verdammten Zentimeter.

Er parkte vor einem Hydranten und sah zu ihrem Fenster hinauf. Es war ihm nicht in den Sinn gekommen, woanders hinzufahren. Jetzt, wo Menschen umgebracht wurden, war es ein ganz neues Spiel. Als Erstes überzeugte man sich davon, dass es seinem Partner gut ging. Warum hatte sie also mitten in der Nacht sämtliche Lichter eingeschaltet?

Er lehnte sich an ihre Klingel. Er war noch nicht wieder so gut auf den Beinen, aber das war nicht anders zu erwarten. Gerade so, dass er sich nicht übergeben musste. Er klingelte noch einmal und ließ den Finger auf dem Knopf. Dann hörte er, wie sich ein Fenster öffnete, trat einen Schritt zurück in den Regen und spähte nach oben.

»Ich bin's«, rief er. »Greco.« Der Klang seiner Stimme fühlte sich an, als würde man ihm eine Axt in den Stirnlappen seines Hirns treiben. »Lassen Sie mich rein, Slats. Ich kipp hier gleich um.«

Er hörte das Summen des Türöffners und stürzte unsicher durch die Tür.

Sie fand ihn auf den Stufen sitzend, auf halbem Weg zum ersten Stock. »O Gott, Sie sehen schrecklich aus. Was machen Sie hier?«

Dem Klang ihrer Stimme nach schien es ihr gut zu gehen.

»Ich bete. Ich warte auf einen Bernhardiner mit Rumfässchen. Ich weiß nicht, was ich hier mache.« Er stand auf, klammerte sich ans Treppengeländer und zog sich den Rest des Weges hoch.

»Sie sehen schrecklich aus.«

»Und Sie traumhaft. Ich muss mich setzen. Halten Sie bloß diesen gottverdammten Vogel von mir fern.«

»Kommen Sie rein«, sagte sie. Sie war nie zuvor in ihrem Leben so glücklich gewesen, jemanden zu sehen. Sie nahm seinen Arm und spürte, wie er sich auf sie stützte. »Was ist Ihnen passiert?«

Er lachte, zuckte zusammen und sank aufs Sofa.

»Was ist das?«, fragte er blinzelnd und zeigte auf etwas Undefinierbares.

»Ach, das. Das ist ein Stück von einem Ohr.«

»Von *was*?«

»Nur ein Ohrläppchen. Ich dachte, ich sollte es als Beweisstück behalten.«

»Klingt vernünftig.« Er sah zu ihr hoch. Seine Sicht verschwamm wieder. »Sie sind eigentümlich schön. Alle beide.«

»Sind Sie betrunken? Sie riechen aber nicht nach Alkohol …«

»Wessen Ohr ist das?«

»Das ist eine lange Geschichte. Mein Gott, Ihr ganzer Nacken ist voller Blut. Was ist passiert?« Sie kniete sich neben die Couch und beäugte seinen Kopf. »Man hat Ihnen eins übergebraten!«

»Bitte, bringen Sie mich nicht zum Lachen.«

Sie berührte das verschmierte Haar, und er zuckte zusammen. Sie stand auf und knotete den Gürtel ihres Nachtmantels zusammen. »Ich werde Ihnen den Kopf säubern. Sie bleiben einfach, wo Sie sind.«

»Wer hing denn bisher an dem Ohr, Slats?«

»Charlie Cunningham.« Sie ging rasch ins Badezimmer.

Greco schloss sein Auge. Irgendwie machte das alles nur noch schlimmer.

Er saß ruhig da, während sie die Wunde mit warmem Wasser auswusch. Sie gab ihm ein Glas Wasser und zwei Advil. Er schluckte sie, lehnte sich auf der Couch zurück und lächelte zu ihr hoch.

»Das war gute Arbeit, Slats. Ich fühle mich hundert Prozent besser.« Er nahm ihre Hand, drückte sie und hielt sie noch einen Moment fest. »Danke«, sagte er. »Nun setzen Sie sich. Mein Kopf tut weh, wenn ich zu Ihnen hochgucke.«

Celia setzte sich ans andere Ende der Couch. Sie konnte nicht zu lächeln aufhören. »Ich bin froh, dass Sie hier sind, Peter, wirklich. Ich habe Sie die ganze Zeit angerufen. Alles wieder in Ordnung?«

»Es geht mir bombig. Jetzt erzählen Sie mir von dem Ohr.«

»Gleich. Was ist mit Ihrem Kopf passiert?«

Er erzählte ihr seine Geschichte. Dann erzählte sie ihm ihre Geschichte. Es war vier Uhr morgens.

»Ich kapiere das nicht«, sagte sie, verwirrt durch das Muster, das da irgendwo sein musste, aber verborgen blieb.

»Es ist ein Mosaik«, erklärte er. Er zuckte mit den Schultern. »Ich versuche nur, das Bild zu erkennen, aber es wird einfach nicht klarer. Was mir jetzt Sorgen macht, ist die Zeit. Und es hört sich nicht so an, als wäre Charlie in besonders guter Form. Mental und körperlich. Er ist ein verzweifelter Typ … die Sorte Mann, die mir wirklich Angst macht.«

»Also war die kleine Geschichte, die Sie mir aufgetischt haben, bevor Sie zum Billard gegangen sind, nur Schau! Man braucht mich nicht vor der harten Wirklichkeit zu beschützen, Peter.«

»Nein, das braucht man wohl nicht.« Er versuchte, nicht auf das Ohrläppchen zu blicken, das in eine kleine Plastiktüte verpackt war. »Ich verspreche, Sie nicht mehr zu beschützen, okay?« Er lächelte süßsauer, wobei seine Lippe sich nach oben kräuselte und sich zu einer dünnen Narbe unterhalb der Augenklappe gesellte.

»Okay«, sagte sie. »Ich bin Partnerin in dieser Sache, genau genommen Seniorpartnerin. Nun, Charlie Cunningham schien wirklich irgendwie verrückt zu sein, als könnte er gar nicht vernünftig denken.«

»Es macht mir verdammte Sorgen, dass es in diesem Spiel zu viele Schießwütige gibt. Man kann schon eine Trefferliste aufstellen. Wir haben einen toten Mann, von dem Mrs. Bassinetti behauptet, dass sie ihn getötet hat – wer war er? Er bricht bei ihr ein und knallt ihren Hund ab, aber was wollte er eigentlich von ihr? Hat es etwas mit Cunningham zu tun?«

»*Es muss!*«

Er nickte langsam. »Sicher. Aber was? Es ist ein Gewaltmuster, aber was hat es zu bedeuten? Und dann schleicht sich jemand hinter mir an und macht mich fertig, aber es war nicht Mrs. B. Sie musste wissen, wer es war, sie stand direkt daneben … aber wer war es? Cunningham war krankenhausreif, als er von hier verschwand, so wie es sich anhört. Also, wer und was ist sonst noch in die Sache verwickelt? Und dann wache ich auf, und die Leiche ist weg, und der Typ, der mich niedergeschlagen hat, ist ebenfalls weg, und ich bin ganz allein mit einem toten Hund. Ich stehe auf, sehe alles doppelt, gehe aus der Haustür und fahr weg. Ich komme wieder zu Ihnen und erfahre, dass Cunningham sagt, er hätte gesehen, wie zwei Typen aus dem Wagen steigen und Ihnen zu *Bradley's* folgen. Wer sollte Ihnen folgen? Wer könnte einen Grund haben? Cunningham weiß, dass Sie in die Mordsache nur hineingestolpert sind; sagen wir mal, er hat es doch Mrs. Bassinetti erzählt – aber als er von *Strand's* kam, hat er *zwei* Anrufe gemacht. Wen hat er außer Mrs. B. noch angerufen? Ist dieser Anruf der Grund dafür, dass Ihnen zwei Typen gefolgt sind? War es Z.? Und diese beiden Kerle sind immer noch da draußen. Wenn die Sie vor ein paar Stunden beobachtet haben, beobachten sie Sie auch jetzt. Was bedeutet, dass die Typen jetzt wissen, dass ich ebenfalls mit der Sache zu tun habe. Trotzdem haben sie nichts unternommen. Sie beobachten nur … aber warum? Was wollen sie? Was wissen die über Sie, das sie dazu bringt, Sie zu beobachten?«

»Es muss der Mordplan sein«, sagte Celia. Sie war zu müde, um noch irgendwelche Schlüsse zu ziehen. »Mein Gehirn ist total abgeschlafft«, sagte sie mit einer Stimme wie Gumby von Monty Pythons.

»Wir brauchen beide Schlaf. Ich versuche, an morgen zu denken, aber es fällt mir nichts dazu ein. Lassen Sie mich auf dieser Couch schlafen, Slats. Ich hab keine Lust, dieses Wrack nach Hause zu schleppen …«

»Ist doch klar, dass Sie hier bleiben.«

Sie ging ins Schlafzimmer und kam mit einer Decke und einem Kopfkissen zurück. Sie hantierte mit den Sachen, als er plötzlich eine Hand auf ihren Arm legte. »Gehen Sie ruhig schlafen. Ich fühle mich wieder gut.«

»Sagen Sie ... es war eine merkwürdige Nacht, und ich hab ziemliche Angst. Deshalb ... na ja, könnte ich hier bei Ihnen schlafen? Mann, ich komme mir wie ein Schwächling vor, aber ich will einfach nicht allein sein. Wie sieht's aus?«

Er grinste und machte ihr Platz.

Sie zog ihren Nachtmantel fest und legte sich neben ihn. »Bin ich eine Idiotin? Bedränge ich Sie?«

»Entspannen Sie sich. Sie sind keine Idiotin, und Sie bedrängen mich nicht.«

Sie kuschelte sich mit dem Rücken an ihn und spürte, wie er einen Arm über sie legte. »Manchmal schnarche ich.«

»Da kann ich jederzeit mühelos mithalten.« Er seufzte tief.

Der Regen trommelte immer noch auf den Balkon.

»Sie gehen wirklich in die Vollen, Peter, oder? Ich meine, Sie *mussten* heute Abend ja nicht zu den Bassinettis gehen, es war Ihr eigener Entschluss. Sie hätten tot sein können.«

»Romantisieren Sie mich nicht, Slats. Ich wusste ja nicht, was passieren würde.«

»Sicher, sicher.« Sie lag eine Zeit lang still da, lauschte dem Regen und beobachtete, wie das Wasser in Rinnsalen am Fenster hinunterlief. Ed rutschte auf seiner Stange hin und her. Cunninghams Ohr hatte für diese Nacht offensichtlich seinen Killerinstinkt befriedigt.

»Sind Sie noch wach, Peter?«

»Ja. Mein Kopf tut weh. Ich bin schmerzempfindlich. Seien Sie sehr behutsam mit mir, okay?«

»Wer sind Sie wirklich? Und was ist mit Ihrem Auge passiert? Haben Sie etwas dagegen, wenn ich frage?«

»Nee.«

»Sie wirken gar nicht wie ein Cop. Sie kommen mir nicht so vor, als ob Sie für Organisationen geschaffen sind.«

»Ah, jetzt fangen Sie langsam an, den wirklichen Greco zu sehen«, sagte er. Sie spürte seinen Atem an ihrem Haar, wenn er sprach. »Ich bin auch nicht für Organisationen geschaffen, ich bin ein Unruhestifter. Das hat man mir mein Leben lang gesagt. Ich glaube, deswegen habe ich auch nur ein Auge. Es hat alles mit meinem Ego zu tun. Ich hatte in den letzten Jahren massenhaft Zeit, darüber nachzudenken. Die Sache ist, dass ich zu viel Selbstbewusstsein habe, als für mich gut ist. Wissen Sie, den größten Teil meiner Karriere habe ich undercover verbracht, ich war nicht der normale Cop von der Straße. Undercover«, sinnierte er, »das ist ein seltsames, irgendwie unwirkliches Leben ... die ganze Zeit kann was Schlimmes passieren. Sie können das vielleicht besser als die meisten verstehen ... es ist ein bisschen wie Schauspielerei. Man gibt vor, jemand zu sein, der man nicht ist, aber das Spiel verändert sich ständig und ohne Vorwarnung. Jeder ist ständig am Improvisieren. Manchmal wird die Trennlinie unscharf, man wird die Person, die man zu sein vorgibt. Wie auch immer, man muss jedenfalls ein riesengroßes Problem mit seinem Selbstbewusstsein haben, um als verdeckter Ermittler zu arbeiten. Man muss glauben, dass man mit allem fertig werden kann, egal, was passiert ... man ist am lebendigsten, wenn es am gefährlichsten ist, weil nichts zu hart, nichts zu gefährlich ist, nicht für dich, denn du bist der Beste ... und das ist alles Selbstbewusstsein, nichts als Selbstbewusstsein, was auch immer du dir zu beweisen glaubst.

Aber das war nicht genug für mich, o nein, nicht für Greco. Ich fand heraus, dass ich mitten in einer riesigen Rauschgiftschieberei in der Polizei selbst steckte. Da waren Cops, die beschlagnahmte Drogen klauten und damit dealten. Manchmal verscherbelten sie den Stoff zurück an die Mafia, manchmal verkauften sie über ihre eigenen Verbindungen. Eine verdammte schmierige Geschichte.

Also, Sie müssen wissen, ich war ein guter Bulle, ich war *beliebt*. Ich hab verdammt gute Arbeit geleistet. Ich war Cop aus Überzeugung, und die Jungs waren meine Freunde. Und nun sah ich da dieses riesige Ding ablaufen ... nicht den Kleinkram, mit dem jeder Cop damals zu tun hatte. Das war eine große Sache, und ich steckte mit drin, in einem großen Drogenring ... Bullen, die Leute mit großen Lieferungen umlegten, Kolumbianer, Mafia, wen auch immer, und ihre Ware verkauften. Ich hatte sogar einiges Geld verdient und mir einen Börsenmakler an der Wall Street geleistet. Aber dann wurden zwei Jungen von ein paar Cops umgelegt, Burschen, die ich kannte, mit denen ich zum Biertrinken und zum Baseball ging, aber die haben diese beiden Kids umgenietet, als wär's das Normalste von der Welt. Und da kam mein Selbstbewusstsein ins Spiel.

Ich hätte wegsehen und mir meinen Teil denken können, aber das konnte ich nicht. Ich musste etwas tun, mich in den Vordergrund schieben. Man braucht ein starkes Selbstbewusstsein, um seine Kollegen zu verraten, die Jungs, die deine besten Freunde sind, die deine Familie sind. Ja, das waren diese Kerle für mich, diese Cops ... meine Familie. Ich hab die Jungs *geliebt*. Aber ich ging zu Reportern, die ich kannte, und erzählte ihnen die Geschichte. Sobald sie die Namen und Daten und Orte kannten, hatte ich meine Versicherung. Also hatte ich keine Angst, zur Abteilung für Interne Angelegenheiten zu gehen, denen ich dasselbe erzählte. Sie hatten keine andere Wahl, sie *mussten* etwas unternehmen.

Und so haben sie mich mit einem kleinen Mikro verkabelt, und ich bin zu den Jungs gegangen, als Gegenleistung für Verzicht auf Strafverfolgung, und ich habe eine Menge

Leute drangekriegt, Leute, die ich kannte und mochte und denen ich öfter mein Leben anvertraut hatte, als ich zählen konnte … ich habe sie drangekriegt, Slats. Man braucht schon verdammt viel Selbstbewusstsein, um Leute zu verraten, die einem so nahe stehen.«

»Aber Sie wussten doch, dass es richtig war, was Sie getan haben«, protestierte sie.

»Das ist Ansichtssache, wenn man sich erst mal fragt, wo seine Loyalitäten sind. Ich war kein weißer Ritter. Ich habe nur mein Selbstbewusstsein bestärkt. Es geht immer ums Ego. Es ist das Ego, das den Heiligen zum Heiligen macht und den Schurken zum Schurken, es macht den Verräter, zu dem, was er ist … und es hat mich zu dem gemacht, was ich bin.«

»Mir gefällt, was Sie sind«, murmelte sie und spürte, wie er ihr übers Haar strich.

»Was mich zu meinem Auge bringt.«

»Sie brauchen es mir nicht zu erzählen, wenn es Ihnen was ausmacht …«

»Da muss schon mehr kommen, dass es mir was ausmacht. Als ich noch zwei Augen hatte, war ich ein ganz anderer Mann. Mit der Augenklappe bekam ich Charisma. Es war ein Wunder. Es macht die Mädels ganz verrückt. Das war die Sache wert.« Er lachte düster. Sie spürte, wie sich ihr Haar bewegte.

»So taff«, sagte sie sanft, »so ein Macho.«

»Also, passiert ist Folgendes: Irgendwo in der Hierarchie, tief im Bauch der Abteilung für Interne Angelegenheiten, hat jemand in leitender Position durchsickern lassen, was ich machte, hat die anderen wissen lassen, dass es einen Scheißärger geben wird, wenn ich vor dem Schwurgericht aussage. Tja, eines Abends hatten ein paar von den Jungs … keine Typen, die ich kannte … eine kleine Unterhaltung mit mir. Sie waren nicht gerade Intelligenzbestien ... sie wussten nicht, was sie taten, als sie sich mit dem Boss anlegten. Den einen hab ich mit einem Ziegelstein umgebracht und den anderen für ungefähr ein Jahr ins Krankenhaus verfrachtet. Aber im Verlauf unserer Diskussion hing mir schließlich ein Auge auf der Backe, ich hatte vier gebrochene Rippen, einen Schädelbruch, ein gebrochenes Bein und beinahe auch eine gebrochene Wirbelsäule. Wie gewonnen, so zerronnen, stimmt's?

Durch meine Zeugenaussage kamen ungefähr vierzig Cops in den Knast, einschließlich meines alten Partners, der mir alles beigebracht hatte. Ich erinnere mich noch, einmal hat er zu mir gesagt: ›Serpico ist eine ganz andere Geschichte, Pete, und du bist nicht Serpico. Niemand wirft Frank Serpico den Scheiß vor, den er aufgedeckt hat. Er war nie einer von uns; er hatte einen Bart, mein Gott, und damals haben nur Typen mit Bart Steine auf Cops geworfen. Serpico war nie einer von uns, also was kann man von einem Arschloch mit einem Bart anderes erwarten? Aber du, Pete, du *warst* einer von uns. Keiner war besser als Pete Greco, und ausgerechnet du lässt uns reinrasseln. Du bist der Scheißkerl, den nie einer von uns vergessen und dem nie einer verzeihen kann. Zu blöd, dass die Jungs dich nicht umgebracht haben, Pete, zu blöd.‹

Mein Ego hat mich also mein Auge gekostet. Und was tue ich jetzt? Ich hab 'ne Menge Geld, aber ich leg die Leute gern beim Poolbillard rein oder wette auf Pferde. Ich bin Falschspieler ... und was ist das? Es ist wieder alles nur Ego. Deswegen bin ich bei dieser Sache dabei, Slats. Ich kann nicht widerstehen. Es ist eine weitere Gelegenheit zu beweisen, dass ich mit jeder verdammten Sache fertig werde.«

Sie war eingeschlafen.

»Gute Nacht, Ed«, sagte er in die Dunkelheit.

Er beugte sich über Celia, küsste sie ganz sanft und spürte ihr Lächeln. Er schloss sein Auge, und nach ein oder zwei Minuten hatte das Geräusch des Regens ihn eingelullt, und er schlief tief und fest.

17.

Hilary Sampson weckte die beiden um acht Uhr per Telefon. Sie würde in einer halben Stunde zum Frühstück herüberkommen, das war's. Nur auf einen Sprung, denn sie würde auf dem Weg zur Arbeit sein. Celia bekam gar nicht die Gelegenheit, irgendetwas zu berichten. Hilary war auf einem ihrer Effizienz-Trips und lief wie ein Uhrwerk.

Celia war sofort unter der Dusche, nach fünf Minuten wieder draußen und nach weiteren fünf Minuten angezogen: Jeans, eine rot und weiß karierte Bluse und abgetragene, weiße Sportschuhe, die sie seit zehn Jahren trug. Als sie zurückkam und zur Küchentheke ging, hatte Greco bereits die Balkontür geöffnet und streckte sich, ächzte und atmete tief den dichten, grauen Nebel ein, der in den Bäumen des Hofes hing.

»Sie sind dran«, sagte sie und holte die Packung Tropicana-Orangensaft heraus. »Hilary kommt gleich vorbei. Sie sollten sich beeilen. Saubere Handtücher hängen auf dem Handtuchhalter neben der Badewanne. Nehmen Sie Orangensaft?«

»Klar«, murmelte er, schlurfte langsam durchs Zimmer und kratzte sich am Kopf. »Machen Sie sich keine Sorgen«, sagte er über die Schulter. »Das Alter zeigt sich vor allem am Morgen. In meinem Fall satte fünfundvierzig Jahre. Im Laufe des Morgens wird es besser.«

Celia schnitt mehrere Bagels durch, toastete sie und dachte dabei über Peter Greco nach. Sie hatte letzte Nacht mit ihm geschlafen … im Sinne von nebeneinander liegen … und fühlte sich so wohl und so geborgen und so … ja, was? So froh, dass er da war? Hmm. Sie fand Räucherlachs, Frischkäse, Erdbeermarmelade, Butter. Sie stellte das Essen auf ein Tablett, das sie zum Billardtisch hinübertrug. Sie ging zur Küche zurück, mahlte Gillies-Kaffeebohnen und setzte den Kaffee auf. Warum war sie so glücklich gewesen? Er hatte nichts getan – tatsächlich war er derjenige, der Schutz brauchte, wo sein Kopf praktisch zertrümmert war. Aber er hatte irgendetwas an sich. Hmmm. Vielleicht war es die Sache mit dem Ego, von der er gesprochen hatte, während sie langsam in den Schlaf geglitten war. Vielleicht hatte seine selbstbewusste Behauptung, dass er mit allem fertig werden könnte, sie in ihrem Gefühl bestärkt, dass es ihr gut ging … hmmm.

Sie stand gerade am Tisch und goss den Saft ein, als Hilary kam, eine voluminöse lederne Schultertasche auf den Boden warf, auf das Frühstück sah und fragte: »Glaubst du, dass das für uns beide genug ist?« Sie schüttelte den Kopf, und ihr rotes Haar wippte. »Oder erwartest du vielleicht den Chor der mormonischen Heerscharen aus Salt Lake City?«

»Nun ja, es ist so, dass …«

»Ich bin diejenige mit den Fakten«, unterbrach sie Hilary. Sie nahm einen Zettel mit Notizen aus der Tasche ihres Regenmantels und trank in einem Zug ein Glas Saft aus. »Du hast die Dusche angelassen.«

»Nein, das ist …«

»Okay, kommen wir zur Sache. Ich war bis ein Uhr heute

Nacht bei der *Times,* um alles über diese Bassinettis rauszukriegen«, verkündete sie stolz, »und es wird dich vom Hocker reißen. Zuerst mal, wo ist der Mordbrief?«

»Äh … den hab ich versteckt.«

»Okay, hol ihn her. Was ist überhaupt mit dir los? Du hast so glasige Augen …«

»Ich war noch spät auf.« Celia ging zu Ed und öffnete den Käfig. Ed sah sie entmutigt an und rutschte auf der Stange ganz bis nach hinten. Ein unrechtmäßiges Eindringen. »Entschuldigung, Eddie, mein Junge.« Sie hob das Zeitungspapier auf dem Boden seines Käfigs an, tastete herum und zog den Mordbrief hervor. Hilary starrte sie verständnislos an. »Die beste Stelle, die ich finden konnte«, sagte Celia. »Ah, da ist er ja.« Sie breitete ihn auf dem Tisch aus.

»Hi, Hilary.«

Hilary runzelte die Stirn, drehte sich um und sah Peter Greco. Er stand im Flur, das Gesicht voller Rasierschaum. »Was für ein Glück, dass Sie das Zeug hier hatten. Ich werde Ihren niedlichen kleinen Rasierer benutzen müssen, okay?«

»Bedienen Sie sich.«

Greco ging ins Badezimmer zurück. Hilary drehte sich wieder zu Celia um, und langsam legte sich ein Lächeln auf ihr sommersprossiges Gesicht. »Du Teufelin«, flüsterte sie. »Du schlaue Teufelin! So schnell! Aber du hast gehört, was ich gesagt habe, ich hatte Recht – er gefällt dir wirklich!« Sie grinste Celia mit ihrem Geschlechterkampf-Grinsen an.

»Es ist nicht so, wie du denkst.«

»Natürlich nicht. Ich sage immer, wenn es aussieht wie eine Ente, watschelt wie eine Ente, quakt wie eine Ente, dann ist es wahrscheinlich auch eine Ente. Ich wusste, dass er dir gefallen würde. Er ist kein Typ wie alle anderen.«

»Hilary! Er ist letzte Nacht beinahe umgebracht worden, als er sich um meinen Fall gekümmert hat.«

»Ha! Darauf wette ich! Du musst behutsam sein.«

»Mrs. Bassinetti hat gestern Nacht einen Mann getötet, und Peter ist aufgetaucht, und dann hat jemand ihm ein Loch in den Kopf geschlagen, hat ihn niedergeschlagen, und er ist praktisch gerade noch bis hierher gekommen und zusammengeklappt ... und dann habe ich ihm erzählt, dass Ed Cunninghams Ohr abgebissen hat.«

»Whow! Ich glaube, von der Geschichte habe ich das meiste verpasst. Was ist bloß alles passiert, seitdem wir uns zuletzt gesehen haben?« Hilary schaufelte sich Frischkäse und Räucherlachs auf einen der getoasteten Bagel.

Als Celia die Zusammenfassung des vergangenen Tages beendet hatte, war Greco wieder aufgetaucht und sah einigermaßen munter aus für einen Mann, der einen sehr anstrengenden Tag überlebt hatte.

»Mein Kopf tut noch beschissen weh«, bemerkte er in dem von ihm bevorzugten klassischen Stil und schenkte sich eine Tasse Kaffee ein.

Hilary starrte ihn nur kauend an.

Als alle ihr Frühstück beendet hatten – wobei Ed hungrig und überaus mürrisch dreinblickte, da ihm wegen des Lachses das Wasser im Schnabel zusammenlief –, kam Hilary auf die Ergebnisse ihrer Recherchen zu sprechen. Sie hatte ordentlich graben müssen, was sie glücklicherweise am besten konnte.

»Als Erstes«, sagte sie und zeigte Punkt für Punkt auf den Mordbrief, »habe ich den Direktor für dich. Emilio Bassinetti, Chef des Palisades Center. Er muss das anvisierte Opfer sein, stimmt das?«

»Was ist das Palisades Center?«, fragte Celia.

»Die Wirklichkeit ist ein bisschen unklar, aber offiziell ist es eine kaum bekannte Denkfabrik, gleich am anderen Ufer des Hudson River in den New Jersey Palisades. Soweit ich zwischen den Zeilen lesen konnte – und wie mir einige Leute aus der Nachtschicht erzählt haben –, ist es eine Truppe politischer Fachleute, die ohne Ende Szenarien entwickeln. Du weißt schon, was ich meine … von Plänen, die Eiskappen an den Polen abzuschmelzen, über die Invasion und Annektierung Mittelamerikas bis zur Berechnung der Auswirkungen von Kernschmelzen in Atomkraftwerken … besonders wenn wir dafür sorgen könnten, dass diese Verschmelzungen in den Atomkraftwerken anderer Länder stattfinden. Ihr versteht mich doch, oder?«

»Klar«, sagte Greco, »aber kennst du den einzigen Spieler, der aktiv war, als Babe Ruth seinen letzten Homerun gemacht hat und Hank Aaron seinen ersten?«

Hilary sah ihn an, als ob er ein ungezogener Schüler wäre. »Ich weiß nicht, ob die das wissen, aber ganz bestimmt weiß ich es. Das war einer der großartigsten Spieler aller Zeiten, Phil Cavaretta. Könnten wir jetzt bitte wieder zur Sache kommen? Oder bist du durch die Schläge, die du eingesteckt hast, völlig geistesgestört?«

Greco versuchte, nicht überrascht auszusehen. »Sicher, mach nur weiter. Woher wusste sie das, Ed?«

»Recherche ist mein Geschäft. Also, bei der *Times* geht das Gerücht, dass Palisades mit der CIA, mit dem FBI oder mit der Nationalen Sicherheitsbehörde NSA unter einer Decke steckt. Mit anderen Worten, sie hängen direkt mit der Regierung zusammen. Unmittelbar, auf höchster Ebene. Derzeit mit besonderem Interesse an einigen unserer Freunde südlich der Grenze, was ungefähr alles bedeuten könnte, vom Export von Revolutionen bis zum Import von Drogen.« Sie verstummte, um ihre Kaffeetasse aufzufüllen und sich noch einen Bagel zu nehmen.

»Was ist mit Bassinetti selbst?« Celia machte sich Notizen. Das hätte Linda Thurston mit Sicherheit auch getan. Während sie weiter zuhörte, ging sie in Gedanken noch einmal die unglaublichen Ereignisse des vorherigen Tages durch. Es war die wahre Linda Thurston, bis hin zu der Nacht in den Armen des verwundeten Kriegers.

»Ein merkwürdiger Kerl. Er war Professor für Politische Wissenschaften an der Duke University, dann in Georgetown. Spezialist für Dritte-Welt-Länder oder wie sie damals genannt wurden, Entwicklungsländer. Aber das ist alles schon ziemlich lange her, in den späten Sechzigern und frühen Siebzigern. Dann verschwindet er in Europa für mehrere Jahre von der Bildfläche. Meine Leute glauben, dass er wahrscheinlich für die Vereinigten Staaten im Geheimdienst gearbeitet hat. Dann, vor etwa zehn Jahren, hat er die heutige Mrs. Bassinetti geheiratet, deren Name – tataa, jetzt kommt's – Zoe Madigan war, die Tochter eines amerikanischen Diplomaten in London und einer spanischen Mutter, die er geheiratet hatte, als er in Madrid in Diensten stand. Kurz nachdem sie Bassinetti geehelicht hatte, wurde sie der Kriminalschriftsteller Miles Warriner. Sie ist Ende dreißig, eine Wucht, aber das wisst ihr ja schon. Und Teil der besseren Gesellschaft. Derzeit unterhalten sie Wohnungen in Manhattan, New Jersey und auf dem Lande, außerdem ein Apartment in London und eine Ranch in Argentinien. Hier geht es ums große Geld, Leute.

Und ein letztes, interessantes Detail: Der Direktor ist ein Krüppel. Vor ein paar Jahren hat sein Pferd ihn beim Ausreiten mit seiner Frau abgeworfen – da hat er schon Palisades geleitet – und seitdem sitzt er im Rollstuhl. Kann keinen Schritt mehr laufen. Davon abgesehen ist er bei guter Gesundheit, hat aber ein Gewichtsproblem. Er lebt hauptsächlich auf dem Land in New Jersey, während seine Frau sich vor allem in der Stadt aufhält.«

Hilary atmete tief ein und widmete sich wieder dem Essen.

»Unglaublich«, sagte Celia, die Hilarys Leistung bewunderte.

»Würde ich auch sagen«, pflichtete Hilary bei.

Greco stand auf, nickte vorsichtig mit seinem beschädigten Kopf, ging zum Vogelkäfig und starrte Ed mit seinem einzelnen Auge an. »Was meinst du, Killer? Zoe, bei Gott. Diese große Lücke haben wir jetzt also gefüllt. Zoe ist Z. Zoe Bassinetti steckt hinter der ganzen Sache. Sie will ihren verkrüppelten Mann loswerden, das Geld und vier Wohnungen kriegen, und sucht sich einen Trottel wie Mr. Mystery aus, um ihr zu helfen.« Er schüttelte erstaunt den Kopf. »Ich würde zögern, meine IBM-Aktien auf Charlie Cunninghams Chancen zu setzen, diesen Tag lebend zu überstehen. Zoe wird den Herumtreiber – das ist Charlie – umbringen, sobald er den armen alten Emilio aus dem Weg geräumt hat. Ich sehe es richtig vor mir, die tapfere kleine Ehefrau, die sich im Westflügel die Finger an ihrem neuen Buch wund arbeitet, hört einen Schuss aus Emilios Arbeitszimmer – horcht! Könnte das ein böser Herumtreiber sein, der gerade meinem armen, verkrüppelten Gemahl die Birne weggeschossen hat?, fragt sie sich. Ich sollte wohl lieber meine praktische kleine Smith and Wesson holen und nachsehen … O Gott, tatsächlich! Kreisch, kreisch, bumm-bumm, Mr. Mystery beißt ins Gras, und Zoe ist frei und reich.« Er sah die beiden Frauen an. »Es ist einfach und klassisch, das gefällt mir. Nur dass jetzt alles vermasselt ist, weil wir den Brief haben, und wenn jemand erfährt, dass sie mit Charlie bumst, würde das einige Zweifel an ihrer

Unschuld hervorrufen. Aber«, argumentierte er und diskutierte mit sich selbst, »sie könnte sagen, ja, ich habe einen kindischen Fehler mit diesem flotten Kerl gemacht, und ich habe schließlich diesen impotenten Ehemann, schluchz, schluchz, aber mir sind die Augen aufgegangen. Ich hab meine Affäre abgebrochen, und er ist in einem Anfall von rasender Eifersucht hergekommen, um es mit ihm auszudiskutieren, und so weiter, blablabla. Das könnte funktionieren, Ladys. Oder es hätte funktionieren können ...« Er nickte zu dem Zettel auf dem Tisch. »Wenn wir nicht auf das da gestoßen wären.«

»Aber was ist mit dem Rolls und dem Kofferraum und der sauberen Flucht?« Hilary las von dem Blatt ab und pochte dabei mit dem Finger auf die einzelnen Punkte.

»Das ist leicht«, sagte Celia. Sie war jetzt auf den Trichter gekommen. »Das ist alles nur Schau für Charlie. Er weiß nicht, dass sie ihn umbringen wird, also ist sein Fluchtweg wichtig für ihn. Er muss denken, dass sie einen großartigen Plan hat. Richtig, Peter?«

»So sehe ich das auch. Sie hat ihren eigentlichen Plan sowie den Plan, den sie für Charlie Cunningham aufgestellt hat.«

»Aber was springt für Charlie dabei raus?«

»Wir haben Mrs. Bassinetti gesehen«, sagte Greco.

»Sex? Du meinst, Charlie steckt in der Sache, weil er dermaßen verrückt nach ihr ist?«

»Hilary«, erklärte Celia und klang wie eine Expertin, »Sex ist das Hauptmotiv für Mord in Familien.«

Greco kam zum Tisch zurück. »Heute ist also die Nacht der Nächte. Charlie wird ihn mitten in Dan Rathers Show erschießen. Wir müssen ihn nur warnen.«

»Weshalb guckst du dann so perplex aus der Wäsche?«

»Weil merkwürdige Dinge passieren, deshalb. Wie zum

Beispiel der Typ, den Mrs. Bassinetti gestern Nacht umgelegt hat. Friborg. Wie passt der ins Bild? Jedes Mal, wenn wir etwas herausfinden – wie zum Beispiel, dass Z. für Zoe steht –, kriegen wir eine neue Unbekannte. Mit Friborg stimmt was nicht. Ich schwöre bei Gott, ich habe letzte Nacht von ihm geträumt. Irgendwoher kenne ich ihn, oder ich habe seinen Namen schon mal gehört. Ich werde wegen ihm jemanden anrufen müssen. Und dann sind da die beiden Männer, die Celia gefolgt sind. Wo kamen die her?«

Es entstand eine lange Pause, was auch keine Lösung brachte.

Schließlich sagte Celia: »Wenn man es nur aus dieser einen Perspektive betrachtet, ist es wirklich ziemlich verrückt. Ich meine, ›Direktor‹ hört sich an, als wäre er eine wichtige Persönlichkeit wegen seiner Stellung in der Geheimdienstbranche … aber zum Ziel für einen Mord scheint er nur wegen rein persönlicher Gründe zu werden. Wenn solch ein Mann ermordet wird, würde man doch denken, dass es etwas mit der Arbeit zu tun hat, die er macht … Denkt nur mal daran, wie viel er wissen muss. Denkt daran, wie wertvoll er sein muss. Aber es ist seine Frau, die ihn umzubringen versucht.«

»Eine der kleinen Ironien des Lebens«, bemerkte Hilary. Sie trank ihren Kaffee aus, sah auf die Uhr und meinte, dass sie sich besser auf den Weg machen sollte.

»Eines verstehe ich allerdings nicht«, fuhr Celia fort. »Warum hat der Direktor nicht alle möglichen Leibwächter um sich herum? Man sollte doch annehmen, dass seine Bosse, wer immer sie sein mögen, sein Leben genau unter die Lupe nehmen. Was ist, wenn er Geheimnisträger ist? Oder zu den Russen übergelaufen? Man sollte doch meinen, dass sie alles über seine Ehe wissen und dass seine Frau eine Affäre hat. Ein Mann im Rollstuhl mit einer schönen Frau, da ist die Katastrophe doch vorprogrammiert. Also, wo ist sein Schutz? Er ist eine leichte Beute, und niemanden außer uns scheint das zu interessieren.«

»Das wissen wir gar nicht«, entgegnete Greco. »Vielleicht ist er ja von Geheimdienstleuten umgeben. Wir wissen es nur nicht. Wir tappen noch bei schrecklich vielen Fragen im Dunkeln, und das macht mich nervös. Und ich denke immer noch an Friborg …«

Celia stand auf und räumte die Sachen aufs Tablett.

»Also, worauf warten wir? Packen wir's an!«

Greco blickte sie an und lächelte. Sie wusste nicht genug über Dinge wie diese, um auch nur zu ahnen, wie leicht es war, sein Leben zu verlieren, bevor man überhaupt wusste, wo der Hase lief. Sie wusste nicht genug, um Angst zu haben. Sie wollte die Welt retten. Nun gut, wenn nicht die Welt, so doch wenigstens den Direktor. Greco zündete sich eine Zigarette an und fragte sich, ob der Direktor es überhaupt wert war, gerettet zu werden.

18.

Jesse Lefferts saß an seinem Schreibtisch im Pegasus Building und starrte in den grauen, schmuddeligen Dunst, der wie Mundgeruch über der Stadt hing. Die hölzernen Wassertanks auf den Dächern waren durchnässt, der Regen lief an ihnen herunter. Er war erschöpft, doch es brodelte noch genug Adrenalin in seinen Adern, um ihn für die National Football League zu begeistern.

Vor ihm auf dem Tisch lag die Aktentasche mit einem soeben aufgebrochenen Schloss und dem Manuskript, das Charlie Cunningham ihm für die Zwischenzeit vor der Veröffentlichung anvertraut hatte. Jesse hatte wirklich nicht vorgehabt, es zu lesen, bevor Charlie ihm sein Okay gegeben hatte. Er hatte gedacht, er würde sich an den Brief mit seinen Anweisungen halten, damit die ganze Sache koscher und vollständig blieb.

Doch Charlies mitternächtlicher Anruf hatte all seine Verpflichtungen und guten Absichten außer Kraft gesetzt. Er hatte im Bett gelegen und war langsam richtig wach geworden, sobald Charlie aufgelegt hatte und ihm die Wahrheit zu dämmern begann. Wenn Leute umgebracht wurden, wie Charlie gesagt hatte, war alles möglich. Er würde das Manuskript lesen. Als Erstes am Morgen würde er sämtliche Termine für den Tag absagen, auch seine Verabredung zum

179

Mittagessen, und seine ganze Aufmerksamkeit dem Manuskript widmen.

Er stand auf, um sich etwas zu trinken zu holen, ging wieder ins Bett und stellte fest, dass er unmöglich wieder einschlafen konnte. Es war hoffnungslos. Er stand wieder auf und zog sich rasch an. Sein Herz raste, und er bekam feuchte Hände. Leute wurden ermordet? Was zur Hölle stand auf den Seiten in seinem Büro?

Acht Stunden später drehte er die letzte Seite um, und sein Atem, den er die ganze Zeit angehalten hatte, wie er jetzt erst merkte, entwich langsam seinem sehr trockenen Mund. Er sah immer noch kleine schwarze Punkte und Sterne an den Rändern seines Gesichtsfeldes. Die Stelle als Cheflektor, die er begehrte, war zum Greifen nahe. Endlich. Und die Veröffentlichung des Jahrzehnts. Endlich.

Es war größer als die Pentagon-Papiere. Größer noch als Watergate. Kein Wunder, dass Leute umgebracht wurden.

Er legte das Manuskript in die beschädigte Aktentasche zurück, nahm den Fahrstuhl hinunter in die Lobby und ging in ein Café in der Nähe, um zu frühstücken. Er behielt die Aktentasche direkt neben sich auf dem Sitz der Nische und versteckte sie unter einer Zeitung. Er bestellte ein Omelette mit Pommes frites, einen Plunder und Kaffee, doch als ihm serviert wurde, bekam er nichts herunter. Sein Magen ließ es nicht zu. Sein Bauch fühlte sich an, als stünde er unter Strom.

Soweit er es nach der Lektüre sagen konnte, würde das Buch die Präsidentschaft des derzeitigen Amtsinhabers beenden, die Karrieren eines großen Teils der Kabinettsmitglieder, Senatoren und Abgeordneten ruinieren und die Geheimdienste, wie sie bisher bekannt waren, zerstören ... während es Jesse Lefferts, wenn es ihm gelang zu überleben, zum heißesten Verleger des Jahres ma-

chen würde. Das Buch würde das gesamte Produktionspro-
gramm von *Pegasus House* finanzieren, und so sicher wie
die Hölle würde er dafür sorgen, dass sich die Buchklubs
um die Rechte für das Werk prügeln würden. Die Voraus-
zahlungen für die Taschenbuchausgabe würden astrono-
misch sein. Die Filmrechte, die Übersetzungsrechte … und
die Ekstase bei den neuen Eigentümern, der *Omega/Con-
clave Group,* würden beispiellos sein. Und Jesse Lefferts
hätte es geschafft.

Er bezahlte und ging ins Büro zurück. Er lehnte es ab,
auf der Herrentoilette in den Spiegel zu blicken. Er würde
schrecklich aussehen, und er würde die Nerven verlieren
und Zweifel an seiner Vorgehensweise bekommen. Stattdessen atmete er tief durch und rief das Büro ganz oben im
Turm an, wo Arthur T. Malfaison, Admiral a. D. der Flotte
der Vereinigten Staaten, als Vorsitzender des Vorstandes
und Geschäftsführer von *Pegasus* diente. Er hatte diesen
Job noch nicht mal ein Jahr lang, doch sein Einfluss auf die
Firmenphilosophie war gewaltig. Admiral Malfaison, neun-
undfünfzig Jahre alt, hatte *Pegasus* eine neue, starke Präsenz in der Welt der Verlage verschafft. Was bedeutete, dass
er ein Tatmensch war; er nahm es mit den größten Schwer-
gewichten auf. Gloria Vanderbilt, Prince, Michael Korda,
George Steinbrenner, Richard Gere, Jack Kemp, Barbra
Streisand, Steven Spielberg, George Bush, Ed Koch … der
Admiral war überall. Er war auch gewohnheitsmäßig gegen halb acht in seinem Büro. Er ging gern auf Partys und
gab gern welche, und er aß mit Martin Davis im *Club 21*
zu Mittag und war immer in der Presse, wenn er die eine
oder andere Wohltätigkeitsveranstaltung mit seiner Anwesenheit beehrte. Manchmal sah man ihn auf Fotos der Ge-
sellschaftsseiten neben einem wichtigen Gast oder Whitney
oder Jackie O. stehen. Er hatte die Welt der Verlage an der

Kehle gepackt, hatte sie geschüttelt und einige äußerst erfolgreiche Autoren gewonnen, deren Verträge bei anderen Verlagshäusern ausliefen. Er hatte die Karriere eines halb vergessenen Filmstars mit einem Aerobic-Buch wieder belebt, eine andere mit ihrem Band über »Brustvergrößerung durch Selbsthypnose« gerettet und für die Veröffentlichung von *Quatsch* gesorgt, dem größten Schundroman plus Miniserie, der sich aber wie verrückt verkaufte und sich als das Geschäft des Jahres erwies. Der Admiral führte die auf Profit ausgerichtete Firma durch sein Beispiel. Wie er gern sagte, sah er sich in der Pflicht gegenüber der Öffentlichkeit und den Aktionären, und er tat sein Bestes. Er würde erstaunt sein, was Jesse Lefferts an diesem dunklen, trüben Morgen für ihn hatte.

19.

Mason sah zu, wie Green Kaffee aus einem Styroporbecher trank. Er saß hinter dem Steuer des Chevy und hielt seinen eigenen Becher mit beiden Händen, um sie zu wärmen. Der Kaffee, den Green auf seine Anordnung hin aus einem Café an der Sixth Avenue geholt hatte, war siedend heiß und konnte nach Masons Auffassung unmöglich schon getrunken werden. Aber irgendwie schlürfte Green ihn bereits in sich hinein. Wie machte er das nur? Mason beobachtete den unbekümmerten Green und kam zu dem Schluss, dass irgendetwas mit ihm nicht stimmen konnte. Vielleicht war er unempfindlich für Schmerzen. Das war beängstigend. Es war in Ordnung, Schmerzen ertragen zu können, sie zu beherrschen. Aber niemand war unempfindlich. Unempfindlich war verrückt.

Es war ein waschwassertrüber, deprimierender Morgen, wenn man für derartige Wetterschwankungen anfällig war. Zum Glück war das bei Mason nicht der Fall. Doch der Regen fiel ununterbrochen und wusch den ganzen Dreck aus der Atmosphäre, und Mason hatte keinen Schirm. Was ein weiterer Grund dafür war, dass Green den Kaffee holen musste. Das, und weil Mason sein Vorgesetzter war.

Keiner von beiden schien viel Schlaf zu benötigen. Green war ganz aufgedreht, als er zum Wagen zurückkam, nachdem er den Mann umgebracht hatte, der ihn in Cunninghams Wohnung überrascht hatte. Er hatte schlafen wollen. Er war ganz aufgeregt, als er Mason berichtete, was geschehen war. Mason hatte ihn beruhigt und überlegt, dass Green das Töten offenbar zu sehr genossen hatte. Manche Leute fuhren richtig darauf ab, andere Leute umzubringen, und sagten, dass es besser wäre als der beste Sex. Mason vermutete, dass Green einer von diesen Kerlen war. Auch das war verrückt. Mason blieb ziemlich unbeteiligt, wenn es darum ging, jemanden zu töten. Wenn man es tun musste, tat man es und vergaß es. Einmal hatte er es sogar bedauert, als er einen Auftrag für die Finanzbehörde IRS erledigen musste. Er hatte einen Mann umgebracht, der ein wenig zu viel Insiderwissen über eine IRS-Operation besaß, bei der es um Kreditkartenbetrug im großen Stil durch eine Gruppe von regionalen Führungskräften der Steuereinzugsbehörden ging, deren Verbindungen bis nach Washington reichten. Mason wollte den Job nicht machen. Er hasste den IRS mehr, als er jemals geglaubt hatte, hassen zu können. Was das betraf, waren sie die einzigen *wirklich* Bösen.

Green schmatzte geräuschvoll mit den Lippen und sah Mason an. »Guter Kaffee. Willst du deinen nicht?«

»Doch.«

Mason wunderte sich über Cunninghams absurden Abgang aus Miss Blandings Wohnung. Dem Mann schien irgendetwas Furchtbares zugestoßen zu sein, aber Mason konnte nicht sagen, was es war. Jedenfalls sah der Bursche aus, als wäre er von einem Mähdrescher überfahren worden.

Grecos Ankunft hatte ihn überrascht. Wer war dieser Typ mit der Augenklappe? Als er wieder zum Vorschein kam, gelangte Mason zu dem Schluss, dass er Celia Blandings' Liebhaber sein musste, obwohl er zuerst an ihrem Fenster vorbeiging. Vielleicht würde sie den ganzen Tag mit ihm im

Bett bleiben und den Direktor vergessen. Das war so viel einfacher. Mason wollte nichts weiter, als sie aus der Sache heraushalten, ohne sich selbst zu erkennen zu geben. Er versuchte, sich zu erinnern, wann das letzte Mal etwas einfach gewesen war, konnte es aber nicht.

Die Frau im Regenmantel. Sie hatte für Mason keine Bedeutung. Und als sie schließlich ging, war er nicht sicher gewesen, ob sie überhaupt in der Blandings-Wohnung gewesen war, obwohl er glaubte, dass sie den richtigen Klingelknopf gedrückt hatte.

Sobald Miss Blandings und Augenklappe das Haus verließen, fragte Green: »Sollten wir ihnen nicht folgen?«

»Die Wohnung muss jetzt leer sein«, überlegte Mason.

»Lautet unsere Anweisung nicht, sie im Auge zu behalten? Sie aus der Sache herauszuhalten?«

»Mach dir keine Sorgen. Es geht um meinen Arsch, nicht um deinen. Der Direktor hat Recht, genau wie es sein sollte. Alles wird gut.«

»Ich weiß nicht«, sagte Green zweifelnd.

»Ich schon, Greenie. Entspann dich.«

»Du bist der Boss.«

»Schön, dass du dich daran erinnerst. So, und jetzt werfen wir mal einen Blick da rein.«

»Wozu?«

»Vielleicht findest du jemand zum Abknallen.«

»Was?«

»Vielleicht finden wir das Manuskript, von dem der General fürchtet, dass es die Runde macht. Vielleicht hat sie es geschrieben. Vielleicht der Typ mit der Augenklappe. Sehen wir einfach mal nach, Greenie.«

Ein paar Augenblicke später starrte Mason in das kalte Auge eines sehr großen Vogels, der demonstrativ in seinen

Käfig gestiegen war und den Riegel geschlossen hatte, als die beiden Männer den Raum betraten. Mason betrachtete den Schnabel und dachte: Dieser verdammte Vogel hat einen Schnabel wie ein Bolzenschneider.

»Will Polly einen Keks?«, fragte Green leise.

Der Vogel sah ihn durchdringend an und erleichterte sich dann auf die Zeitung auf dem Käfigboden.

Mason sprach mit dem Vogel: »Was sind das für Manieren?«

Der Vogel richtete ein Auge auf ihn und kam näher, da er eine verwandte Seele zu erkennen glaubte.

Green durchsuchte die Karteikästen, in denen sich möglicherweise das bewusste Manuskript befand. Er kniete neben den Kästen, als erneut die Eingangstür aufflog. Mason hörte das Klacken des Riegels und fuhr herum, um zu sehen, wer da gekommen war.

Zwei Männer kamen schnell in den Raum. Einer hatte bereits eine Pistole aus der Tasche gezogen. Auf dem Lauf steckte ein plumper, röhrenförmiger Schalldämpfer. Er hörte das ploppende Geräusch und den Einschlag der Kugel, die sich hinter ihm in die verputzte Wand grub. Der große Vogel begann zu kreischen. Mason warf sich auf den Boden und rollte sich hinter den massigen Billardtisch.

Green konnte sehr gut mit Waffen umgehen. Das konnte Mason auch, doch es gab einen Unterschied. Green war der schnellste Schütze, den Mason je gesehen hatte.

Der Mann, der Mason mit der ersten Kugel verfehlt hatte, hatte sämtliche Schüsse abgegeben, die ihm in diesem Leben noch vergönnt gewesen waren.

Green war immer noch auf den Knien, hatte aber bereits seine Beretta gezogen. Es gab drei kurze Geräusche in schneller Folge, bumm-bumm-bumm, und als Mason um das massive, geschnitzte Bein des Billardtisches spähte, sah er einen Mann seitlich in einen Stereoschrank fallen, wobei er eine Lampe umwarf. Der andere Mann sackte zurück in den Flur und feuerte im Sterben eine letzte Kugel ab, die ein Stück aus der Decke über dem Billardtisch riss. Die Splitter und der Staub des Verputzes rieselten auf Masons Haar und Brille und brachten ihn zum Niesen. Endlich hatte er seine Waffe aus dem Schulterhalfter gezogen, aber es war praktisch niemand übrig, der noch zu erschießen war.

Green stand auf. Er zitterte nicht einmal. Einer der Männer, auf die er geschossen hatte, machte im Sterben ein Geräusch hinter der Couch.

Green sah Mason an und lächelte.

»Du bist ein gefährlicher Mann, Greenie.«

»O ja.«

Greens Lächeln wurde noch breiter.

Mason hob seine Waffe und schoss Greenie mitten ins lächelnde Gesicht.

20.

Teddy Birney war ein untersetzter, dicker Mann in einer Sportjacke, der aussah, als wäre er von der vergangenen Nacht übrig geblieben. Er ging schnell, redete schnell, dachte schnell und stürmte mit halsbrecherischer Geschwindigkeit bei *Costello's* herein. Er sah sich mit runden Augen um, denen nichts entging, und entdeckte Greco, der ihm von einer der Nischen im hinteren Teil des Raumes zuwinkte. Herbie, New Yorks berühmtester und schlechtester Kellner, warf Teddy einen bösen Blick zu. Teddy schob ihn zur Seite und ließ sich neben Greco in der Nische nieder.

Greco stellte ihn Celia als den Top-Kriminalreporter der Daily News vor. Wie immer, wenn man ihn einer schönen Frau vorstellte, wurde Teddy rot und schlürfte den Schaum von einem Bier, das Greco ihm schon bestellt hatte. Teddy hatte eine Kolumne, die nach allen Quellen so gut wie eine Lizenz zum Gelddrucken war.

»Wie geht's der Unterwelt, Teddy?«, fragte Greco.

»Immer dasselbe. Wir haben die satanistischen Kultmörder, die Messerstecher, die kleine alte Damen lieben, die reiche Ehefrau im Dauerkoma, deren Mann sich nachmittags mit jeder vergnügt, die bei drei nicht auf einem Baum ist, wir haben den siebzigjährigen Chorleiter, der auf der Orgelempore die Knaben vom Sopran befummelt, und wir haben den Perversen im Einkaufszentrum, der die Stücke zerschnippelter Cheerleader in die Abfallkörbe wirft. Alles wie gehabt.« Er hörte sich wie der Sieger eines Schnellsprechwettbewerbs an. Sein Gesicht wurde immer röter. »Wie ist dein Rentnerdasein?«

»Ruhig, Teddy, sehr still und sehr ruhig.«

»Also, was hast du im Sinn? Willst du mir einen Tipp verkaufen oder was? Ist der Polizeipräsident ein heimlicher Kinderschänder? Nicht neu, nicht neu.« Er zündete sich eine Zigarette an und hustete feucht und schleimig in seiner Kehle.

»Nein, nichts dergleichen. Ich muss dein Hirn anzapfen.«

»Viel Glück. Wenn du was findest, möchte ich gern der Erste sein, der es erfährt.« Er grinste Celia an und trank einen Schluck Bier.

»Ich habe einen Namen. Kommt mir so vor, als ob ich ihn schon mal gehört habe, aber ich kann ihn ums Verrecken nicht unterbringen. Friborg. Irwin Friborg.«

Teddy Birney zog an seiner Unterlippe wie an einem Gummiband und ließ sie wieder zurückschnellen. Von seiner Zigarette fiel Asche auf den Tisch. »Warum? Was soll er denn getan haben?«

»Er ist tot.«

»Und wie ist das passiert?«

»Kennst du den Namen?

»Ich denke nach. Wie hat er dieses Tal der Tränen verlassen?«

»Eine Frau hat ihn erschossen.«

»Die Frau in dem Fall. Du hörst dich nicht so an, als ob du außer Dienst wärst.«

»Wer war Friborg?«

»Ich arbeite daran. Wer ist die Frau?«

»Die Sache ist streng vertraulich, Teddy.«

»Ganz wie du willst, Sportsfreund. Wer ist sie?«

»Die Lady heißt Zoe Bassinetti.«

»Im Ernst? Die Frau von diesem Denkfabrikchef? Eduardo…oder wie immer der heißt?«

»Emilio. Ja, genau die.«

»Mord, sehe ich das richtig?«

»Vielleicht Notwehr. Friborg hat ihren Hund abgemurkst.«

»Hunde-Notwehr? Das ist neu.«

»Wer ist Friborg?«

»Hey, an Friborg müsstest du dich eigentlich erinnern. In der guten alten Zeit war er der Verbindungsmann zwischen dem Polizeipräsidenten und der Abteilung für Interne Angelegenheiten. Da musst du über seinen Namen gestolpert sein, in deiner Spitzelzeit. Vielleicht hast du ihn sogar getroffen …«

Greco schüttelte den Kopf. »Ich glaub nicht, dass ich ihm je begegnet bin, aber du hast Recht, da habe ich den Namen gehört. Zoe hat also einen Cop umgebracht …«

»Nein, er ist kein Cop mehr, jedenfalls nicht mehr bei der New Yorker Polizei.« Er zündete mit der ersten Zigarette eine zweite an und inhalierte, bis sie richtig brannte. »Ich weiß nicht, wo er jetzt ist.« Er zog wieder an seiner Lippe und enthüllte eine Reihe gelb verfärbter Zähne.

»Versuchen Sie, sich zu erinnern«, drängte Celia. »Sie sehen aus, als hätten Sie eine Datenbank wie ein Computer im Kopf.«

»Na ja, wenn ich es recht bedenke, bin ich ziemlich gut. Okay, sehen wir mal … er hat New York verlassen, aber wo ist er hingegangen? Wann hat die Lady ihn umgebracht?«

»Gestern Abend«, sagte Celia.

»Wo?«

»Zu Hause. Sutton Place …«

»Wieso hab ich dann nichts davon gehört?«

»Komm schon, Teddy!«, sagte Greco. »Wir wissen es nicht. Ich habe die Leiche gesehen. Sie und ihr Freund müssen ihn irgendwo versteckt haben. Wir wollen nur wissen, für wen Friborg gearbeitet hat.«

»Also, mir ist, als ob ich gehört habe, dass Mr. Friborg vor ein paar Jahren nach Washington gegangen ist. Ich könnte mich irren, also nehmt mich da nicht beim Wort. Aber ich würde sagen, er *ist* nach Washington gegangen und hat bei der CIA, beim FBI oder sogar beim IRS angeheuert. Er hatte einen Hang zur Bösartigkeit, dieser Irwin. Müsste sich da unten wie zu Hause fühlen. Irgendeine Exekutivbehörde oder etwas in der Art. Das ist alles, was ich für dich tun kann, Pete.« Er trank sein Bier aus und wischte sich den Mund am Ärmel ab. »Ergibt das einen Sinn für dich?«

»Wenn ja, dann einen schlechten. Ich hoffe, du irrst dich, verdammt.«

»Quid pro quo – jetzt erzähl du mir, was los ist. Gib mir nur die Hintergründe, und ich arbeite von dort aus weiter. Dein Name wird nirgendwo auftauchen. Du weißt verdammt gut, dass du dich auf mich verlassen kannst. Früher hast du mir mal dein Leben anvertraut.«

»Okay, Teddy. Aber diese Geschichte ist nur die Spitze eines bösartigen Eisbergs, kapierst du?«

Greco stand im Regen und starrte auf den Chrysler Le Baron, unter dessen Scheibenwischer ein nasses Strafmandat steckte. Er hatte den Wagen vor dem Hydranten stehen gelassen. Jetzt schnappte er sich das Strafmandat, knüllte es zusammen und steckte es in die Tasche seiner Yankee-Jacke.

»Geben Sie es mir«, sagte Celia. »Bitte. Sie sind meinetwegen hergekommen. Da kann ich wenigstens Ihr Knöllchen bezahlen.«

»Können Sie, Slats«, erwiderte er mürrisch. »Das Knöllchen macht mir keine Sorgen, sondern das, was Teddy zu sagen hatte. Vergessen Sie's. Lassen Sie uns von hier verschwinden.«

»Wir fahren jetzt sofort nach Palisades?«

»Je eher, desto besser.«

»Glauben Sie, dass man uns einfach so zu ihm lässt?«

»Sie müssen sich was einfallen lassen. Sie müssen so denken wie Ihre Linda Thurston. Sie würde sich schon irgendwas überlegen. Wir müssen den Leuten nur klarmachen, dass es um Leben oder Tod geht. Aber sobald wir ihn gewarnt haben, sind wir aus der Sache raus, verstanden? Wenn Leute wie Friborg damit zu tun haben, dann haben auch die ernst zu nehmenden Leute aus der Washingtoner Clique damit zu tun, und an dem Punkt sollten Sie und ich uns lieber ausklinken. Haben Sie kapiert?«

»Ich werde nicht weglaufen, Peter.«

Er seufzte und entriegelte die Tür für sie, und sie stieg ein. Als er hinter dem Steuer saß, griff er unters Armaturenbrett. Celia hörte ein dumpfes, metallisches Geräusch, und als er die Hand hervorzog, hielt er eine Waffe darin.

»O Gott, Peter! Wozu ist die?«

»Das ist eine Walther PKK, um Leute einzuschüchtern …«

»Ist das nicht ein bisschen melodramatisch?« Sie blinzelte. »Ich hoffe …«

»Hören Sie, ich hab letzte Nacht einen Toten gefunden und hab für meine Mühe mein halbes Hirn aufs Spiel gesetzt. Vielleicht bringt das *Ihr* Blut nicht in Wallung, aber meines schon.«

»Okay, okay. Hören Sie, bevor wir da hinfahren, sollte ich mir besser noch mal die Hände waschen. Ich möchte nicht, dass Sie im entscheidenden Moment nach einer Tankstelle Ausschau halten müssen.«

»Gut, dann gehen Sie. Beeilen Sie sich. Ich werde hier warten und auf jeden schießen, der mich abzuschleppen versucht.«

Er lächelte vor sich hin und beobachtete, wie sie federnden Schrittes die Stufen vom Bürgersteig hinaufeilte. Sie trug eine gelbe Regenjacke und Jeans. Sie hatte lange Beine und einen wohl geformten, knackigen Hintern, wogegen er nichts einzuwenden hatte. Er fragte sich, was für Männer sie wohl gehabt hatte, wer sie gewesen waren und wo sie jetzt wohl sein mochten. In den etwas mehr als vierundzwanzig Stunden, die er sie jetzt kannte, hatte sie niemanden erwähnt. Er erinnerte sich an den Duft ihres Haares, als er gestern Nacht eingeschlafen war … oder genauer heute Morgen. Sie roch gut, und er fragte sich, ob er gerade dabei war, einen Trottel aus sich zu machen, als er sie schreien hörte.

Das Geräusch drang durch die geschlossenen Fenster und Türen des Ziegelgebäudes, und er wusste, dass es Celia war. Im Nu war er mit der Walther in der Hand aus dem Wagen und stürmte die Stufen hinauf, wo er durch die geschlossene Tür aufgehalten wurde. Er drückte den Klingelknopf beinahe durch die Wand, hörte das Summen des Türöffners und war durch die Tür, stürzte die schmale Treppe hinauf, wusste, dass er dadurch ein leichtes Ziel wurde, wusste aber auch, dass er zu Celia musste.

Sie stand vor ihrer Tür und schrie nicht mehr. Sie starrte ihn mit offenem Mund und großen dunklen Augen an, in denen nacktes Entsetzen lag. Stumm vor Schreck zeigte sie in ihre Wohnung.

Die obere Körperhälfte eines Mannes ragte durch den Türrahmen auf den Läufer im Flur. Er hatte den starren Blick der Toten. Sein Gesicht war entsetzlich blass. Der Tote trug einen dichten schwarzen Eintagebart und sah aus, als hätte er ein Gespenst gesehen und wäre vor Angst gestorben. Doch Greco wusste, dass es irgendwo ein oder zwei Einschusslöcher geben musste. Sogar als er die Leiche kurz untersuchte, dachte er voraus, und er erkannte einen Albtraum, wenn er einen sah.

Er stieg über den Mann hinweg und betrat die Wohnung, die Walther schussbereit in der Hand.

Hinter der Couch lag ein zweiter Mann auf dem Boden. Eine Lampe mit Keramikfuß lag zerbrochen daneben. Als der Mann gefallen war, waren mehrere Schallplatten aus dem Stereoschrank gefegt worden. Ein Augenlid flatterte; das Auge wurde wie eine blutunterlaufene Murmel sichtbar.

Greco kniete sich hin, fühlte am Hals nach dem Puls. Celia, die hinter ihm stand, schnappte nach Luft und schlug die Hand vor den Mund. Am Hals des Mannes war ein schwaches Pulsieren zu spüren. Die Augen blickten schon halb in die Ewigkeit und hatten jede Hoffnung auf eine Rückkehr aufgegeben. Durch eine Wunde in der Brust hatte der Mann viel Blut verloren. Sein weißes Hemd hatte sich voll gesogen. Er war praktisch schon tot. Auf seinen grauen Lippen blähten sich rosa Blasen aus Speichel auf und platzten.

Greco beugte sich zu ihm hinunter. »Was war hier los? Wer war das? Warum wart ihr hier?« Er hielt sein Ohr dicht an die Lippen und spürte die letzten, schwachen Atemzüge.

»Pete … um Himmels willen …«

»Louie. Sieht schlecht aus, Louie«, sagte Greco.

»Red keinen Scheiß ...« Der Mann versuchte zu schlucken, als ob das noch irgendetwas ändern könnte.

»Warum, Louie?«

»Irgendein Buch oder so ... der General ... komisch, es tut gar nicht mehr weh ... Pete ... so ein Mist ...«

»Was für ein Buch?«

»Der General ... hat eine Scheißangst ...« Er seufzte schwer, und für einen Moment dachte Greco, er wäre tot. »Alle sterben ... für ein dummes ... Buch ...«

»Wer war das? Wer hat auf dich geschossen?«

»Psy ... Psy ...«

»Sag es, Louie. Die Zeit ist fast vorbei.«

»Psycho ...«

»Psycho?«

»Psycho ... abteilung ...«

Dann hustete er leise, wie um sich zu entschuldigen, und starb.

Celia hatte sich dicht neben Greco hinuntergebeugt. Sie roch das Blut. »Was hat er gesagt? Konnten Sie ihn verstehen?«

Greco seufzte und nickte. Er schloss dem Mann mit den Fingerspitzen die Augen. »Sie wissen noch, was Teddy über Friborg gesagt hat? CIA, FBI, IRS und das alles?«

Sie nickte und versuchte, nicht auf den Toten zu blicken.

»Teddy hatte fast Recht. Er hat nur die Psychologische Abteilung vergessen.«

»Was ist das? Klingt wie ein Witz.«

»Wenn es ein Witz ist, dann ist es der schlechteste, den es gibt. Die Psycho-Abteilung für all die Geheimdienste – sie machen die dreckigsten Jobs, alles, was andere nicht mal anfassen würden. Wenn man über miese Typen sprechen will, fängt man mit der Psycho-Abteilung an. Sie hat keinen richtigen Namen, sie wird von niemandem finanziert, ja es gibt sie nicht mal. Die Finanzierung ist in zwanzig verschiedenen Haushalten versteckt. Sie existiert einfach ... sie ist einfach die Psycho-Abteilung.«

»Das hat er Ihnen gerade erzählt?«

»Ja.«

»Er hat Sie Pete genannt?«

»Das hat er. Ich habe diesen Kerl vor langer Zeit gekannt. Louie Manfredi. Ein Mafioso. Ein Schläger und Killer. Arbeitete hauptsächlich im Drogengeschäft. Ich kenne ihn aus meiner Zeit als verdeckter Ermittler. Hab hin und wieder Pool mit dem alten Louie gespielt.«

»Die Mafia? In meiner Wohnung?«, sagte Celia mit schwacher, zitternder Stimme. Sie wollte aufstehen, doch ihre Beine waren nicht besonders standfest.

»Sieht so aus. Die Mafia hier, die Psycho-Abteilung bei den Bassinettis.« Er verdrehte die Augen und machte eine hilflose Bewegung mit den Händen. »Slats, wir stehen bis zum Arsch in einem Alligatorteich. Wir stecken mitten in einem Hitchcock-Film, den Hitch nicht mehr gedreht hat. *Die Frau, die zu viel wusste.* Diese Frau sind Sie.«

Sie zog sich an der Rückenlehne der Couch hoch und spürte, wie ihr der Atem stockte und sich der Magen umdrehte.

»O nein«, flüsterte sie. »Da ist noch einer. Er liegt mitten auf Linda Thurston.«

Greco stand auf und blickte über die Couch auf den Körper, der gegen die Karteikästen gesunken war. Er umrundete die Couch und musste nicht nachsehen, ob der Kerl noch lebte. Er war auch nicht von der Mafia. Er hatte den Friborg-Look, diese ruhige, saubere, merkwürdige Kontrolliertheit, die das Markenzeichen der Psycho-Abteilung war.

»Na ja, er hat jedenfalls nicht auf sie geblutet ...« Er starrte auf das herunter, was einst ein menschliches Antlitz gewesen war. Die Rückseite seines Schädels war an die Wand gespritzt. Er wollte nicht, dass Celia die Schweinerei zu sehen bekam. »Kommen Sie«, sagte er, nahm ihren Arm und führte sie zu einem Stuhl. Sie setzte sich mit dem Rücken zur Wand.

»Alles in Ordnung, Slats? Sie sehen ein wenig spitz um die Nase aus …«

»Ach, Peter, ich weiß nicht.« Ihr war flau im Magen. Es war wie in dem Moment, als sie Cunninghams Ohr gefunden hatte. Schlimmer. Nur dass sie jetzt Peter hatte. »Ich verstehe überhaupt nichts mehr …« Sie konnte nicht zu zittern aufhören. »Psycho-Abteilung, die Mafia, ich weiß nicht …«

Er nahm ihre kalte, feuchte Hand. »Es hat alles mit Palisades zu tun.«

»Halten Sie mich bitte eine Minute fest?«

Er kniete sich vor ihr hin. Ihre Augen waren vor Schock ganz leer.

»Ich will jetzt ganz mutig sein, wie Linda Thurston, aber in meinem Wohnzimmer liegen drei Leichen, und ich kenne ihre Namen nicht und weiß nicht, warum sie hier sind, und ich weiß nicht, was Linda Thurston gemacht hätte, weil ich in Wirklichkeit nie ein Buch geschrieben habe, und sie würden sowieso nicht so viel Angst machen wie das hier, weil Linda Thurston kultiviert ist und zu Premierenfeiern geht, und das ist alles so schrecklich, und ich rieche das Blut und …«

Er nahm ihr Gesicht in seine Hände. »Willst du einen Kuss von einem zähen, einäugigen Kerl?«

»O ja! Ja …«

Er drückte seine Lippen auf ihre, und seine Fingerspitzen glitten sanft an ihrem Kiefer entlang. Er zog sie langsam zu sich heran.

Sie weinte, aber er hörte nicht auf, sie zu küssen, und hielt sie weiter fest. Sie war so verdammt lange allein unterwegs gewesen, und auf einmal fühlte sie sich, als wäre sie am Ziel. Ein echtes Leben, ein echter Mann, der sie küsste. Es war nicht wie auf der Bühne. Es war nicht wie mit einem Schauspieler. Es war einfach wie mit einem zähen, einäugigen Kerl. Peter Greco.

21.

Du musst mir jetzt zuhören, Slats. Wir sind ganz weit im Aus, wie Golfbälle im hohen Gras. Wir *müssen* jetzt die Polizei einschalten – du kannst die Leichen in deinem Wohnzimmer nicht einfach ignorieren.«

»Peter! Ich bin keine Idiotin! Mir ist absolut klar, dass sie nicht aufstehen und nach Hause gehen werden, wenn der Vorhang fällt!«

»Verstehst du denn, was es bedeutet, dass die Psycho-Abteilung und die Mafia dabei sind? Das ist jetzt eine Welt, in der *sie* die Gesetze machen, und sie erzählen uns nicht, welche das sind. Hast du kapiert?«

»Und da ist auch noch ein Mann«, erwiderte Celia dickköpfig, »der in Kürze von seiner Frau und ihrem Liebhaber umgebracht wird – ich sehe nicht, dass sich daran, wovon wir immerhin noch gestern ausgegangen sind, irgendetwas geändert hat. Ich will diesen Wahnsinnigen nicht in die Quere kommen, ich will nur verhindern, dass dieser Mann umgebracht wird.«

»Slats, vergiss es! Ob du etwas mit diesen Verrückten zu tun haben willst oder nicht – sie sind da, sie sind in deinem Leben, und das solltest du lieber akzeptieren!« Er drehte sich wütend um und blickte auf jemanden, der vielleicht vernünftiger war. »Stimmt's, Ed?«

Der Überfall auf seine Wohnung schien Ed ein wenig überfordert zu haben, sodass er zufrieden war, in der Sicherheit seines Käfigs bleiben zu können.

»Ich will mich nicht streiten, Peter. Ich sage nur, dass der Grund, warum wir in diese Sache geraten sind, noch immer existiert.« Sie versuchte nicht, Schwierigkeiten zu machen. Sie wollte nur nicht eine Aufgabe unerledigt lassen. Weder sie noch Linda Thurston hätten anders handeln können.

»Es geht nicht mehr um irgendeine übergeschnappte Frau, die ihren reichen, verkrüppelten Ehemann loswerden will ...«

»Peter, *ich habe es kapiert.* Sogar ich kann sehen, worum es geht; es geht um Massenmord und eine verrückte Denkfabrik, die in Gott weiß was steckt. Das weiß ich alles ...«

»Gut, dann sag ich dir was anderes. Wenn der Direktor zu diesem Zeitpunkt umgebracht wird, bin ich bereit zu sagen, seine Zeit war um, und vergesse das Ganze.«

»Vergessen! Wovon redest du? Bist du völlig verrückt? Sie sind in mein Leben eingedrungen und in mein Haus, ich bin umgeben von Leichen und von Geistesgestörten, Anwesende wahrscheinlich ausgenommen ...«

»Wahrscheinlich. Das ist ja entzückend.«

»Und ich kann immer noch mein Bestes tun, um zu verhindern, dass dieser Mann umgebracht wird!«

»Da gibt es noch etwas, woran du nicht gedacht hast.«

»Ach ja?«

»Vielleicht ist der Direktor das unschuldige Opfer in dem Spiel, das Zoe Bassinetti spielt, aber da wird noch ein anderes Spiel gespielt. Der General, der Direktor, Friborg, diese Typen, die hier auf deinem Fußboden verstreut liegen, die Psychos und die Mafia – die spielen alle ein Spiel, und es kann sein, *dass der Direktor der Böse ist ...*«

Celia kaute an einem Fingernagel und runzelte die

Stirn. »Aber das ist nur ein Vielleicht. Und Vielleicht gibt es dutzendweise. Jedenfalls können wir nicht so weit gehen und durch Leichen waten und uns dann einfach abwenden ...«

»He, Ed, dein Frauchen hat Kampfgeist.«

Celia kicherte.

Greco sah sie prüfend an. »Bist du es selbst, die da spricht? Oder ist es Linda Thurston?«

»Ich weiß es nicht, Peter, ich weiß es wirklich nicht.«

»Vielleicht macht es keinen Unterschied«, sagte er. »Vielleicht gibt es auch gar keinen Unterschied.«

Am Ende beschlossen sie, nicht das Risiko einzugehen, Zeit für eine Fahrt zum Palisades Center zu verschwenden und den Direktor tot vorzufinden. Die Telefonnummer zu bekommen war kein Problem, und Celia rief an und bat darum, mit dem Büro des Direktors zu sprechen. Dann fragte sie nach dem Direktor selbst und nannte ihren Namen. Es gab eine Pause und dann ein Klicken.

»Miss Blandings, Emilio Bassinetti am Apparat.«

»Sie kennen mich nicht«, begann sie und musste tief durchatmen, um ihre Nerven zu beruhigen, »und ich weiß auch nicht recht, wie ich es sagen soll, aber es gibt da etwas, das ich Ihnen unbedingt mitteilen muss.«

»Entschuldigen Sie, Miss Blandings, aber ich weiß, wer Sie sind, und ich habe Ihren Anruf erwartet.«

»*Was?*« Ihr blieb fast die Luft weg. »Sie haben ihn erwartet ...«

Greco wandte sich vom Fenster ab; sein Auge funkelte.

»Ich weiß ein wenig mehr, als Sie denken. Ich möchte mit Ihnen sprechen. Aber jetzt kann ich mit Ihnen nicht über diese Angelegenheit reden. Sie verstehen, was ich meine?«

»Nun … ich weiß nicht … was glauben Sie über mich zu wissen?«

Greco flüsterte: »Du spinnst wohl! Verdammt, verdammt, verdammt!«

»Miss Blandings, ich bin gerade auf dem Weg nach Hause. Ich möchte unbedingt hören, was Sie mir zu sagen haben. Es ist sogar unbedingt notwendig für mich.«

»Es bleibt nicht mehr viel Zeit.«

»Bitte, hören Sie mir zu. Wir wissen beide, wie ernst die Situation ist. Wir müssen so bald wie möglich miteinander reden, da stimme ich Ihnen zu. Wäre es möglich, dass Sie zu meinem Haus kommen?« Die ölige Leichtigkeit seiner Stimme hatte einen dringlichen Unterton bekommen. »Ich garantiere Ihnen, Sie sind vollkommen sicher, und ich werde tief in Ihrer Schuld stehen.«

»In Ordnung. Ich weiß nicht, ob es Ihnen klar ist, aber es werden Menschen getötet.«

»Ich bitte Sie. Nicht jetzt. Ich weiß von Ihren derzeitigen Unannehmlichkeiten. Wir sprechen darüber, wenn wir uns treffen.« Er beschrieb ihr den Weg, und sie notierte alles auf ihrem Notizblock und gab das Blatt Greco. »Ich freue mich darauf, Sie zu sehen«, sagte der Direktor, und die Verbindung brach ab.

Auf dem West Side Highway glänzte die Mischung aus Öl und Regen, und noch am frühen Nachmittag hingen die Wolken tief und klaustrophobisch über dem Hudson oberhalb des dichter werdenden Nebels. Eine drückende Düsternis breitete sich wie ein Leichentuch aus, als ob der Tag sich aufgegeben hätte. Die Scheibenwischer flitzten stetig hin und her, während Greco sich zur George Washington Bridge durchschlängelte.

»Das gefällt mir überhaupt nicht«, nörgelte er, den Blick

fest auf die Straße gerichtet. »Jeder scheint alle möglichen Dinge zu wissen, von denen wir keine Ahnung haben. Ich *hasse* das.«

»Das hast du schon mal gesagt.« Celia versuchte, nicht an die vielen Unbekannten in den verschiedenen Teilen der Gleichung zu denken. Das machte ihr jedes Mal Angst, und mit noch mehr Angst, als sie ohnehin schon hatte, würde sie nicht fertig.

»Der Direktor«, sagte Greco nachdenklich. »Zuerst dachte ich, Zoe steht im Mittelpunkt, aber so langsam glaube ich, dass sie genauso weit vom Zentrum entfernt ist wie wir. Sie weiß kein bisschen mehr als wir … nämlich, dass sie den Tod ihres Mannes arrangiert. Wenn ich mir jetzt alles ansehe, dann glaube ich, dass es der Direktor ist. Er ist die Spinne im Netz … er weiß über dich Bescheid, und Gott weiß, woher! Ich begreife das nicht. Du bist erst gestern in die Sache hineingeraten. Na ja, das Buch mit dem Brief hast du einen Tag vorher gekauft, okay. Und schon *weiß* der Direktor von dir. Wie zur Hölle ist das möglich?« Er schüttelte heftig den Kopf. »Und dann sagt er dir, dass er von deinen derzeitigen Unannehmlichkeiten weiß. Unannehmlichkeiten! Ein Wohnzimmer voller Leichen! Ich frage dich, wie hat der Kerl das erfahren?«

»Zwei Möglichkeiten«, erwiderte Celia ruhig.

»Oh, zwei Möglichkeiten! Nicht eine Möglichkeit, sondern zwei!« Er trommelte aufs Lenkrad.

»Entweder hat er die Morde in meiner Wohnung in Auftrag gegeben …«

»Jetzt hör aber mal! Zwei von den Typen waren Mafiosi, und der andere … also, so wie sich der verstorbene Louie anhörte, war der von der Psycho-Abteilung.«

»Oder zweitens, ein Überlebender hat ihm berichtet, was passiert ist. Zwei Möglichkeiten.«

»Hmmm. Ein Überlebender …« Er sah sie verwundert von der Seite an. »Das ist gut. Daran habe ich nicht gedacht. Es könnte einfach jemand lebend aus der Wohnung rausgekommen sein. Aber wer? Einer der Psychos? Oder einer von den Mafiakumpels? Und wer würde eher zum Telefon laufen und den Direktor anrufen?«

»Das versuche ich gerade herauszukriegen.« Sie folgte ihrem Instinkt, ließ die Dinge Gestalt annehmen, als ob es nur eine Handlung wäre – eine einfache Handlung für Linda Thurston. Eine einfache Handlung, die undurchdringlich bleibt, indem bestimmte Teile der Handlung verborgen bleiben und die anderen nur Stück für Stück ans Licht kommen. Der General … ein Manuskript … ein Manuskript von Miles Warriner? Das war die erste Frage, die man sich stellen würde. Aber dann würde man sich fragen, warum jemand wie der General – ebenso wie die Mafia, wenn es nach Louie ging – von einem Roman mit Inspector Littlechild dermaßen fasziniert sein sollte. Nein, das ergab überhaupt keinen Sinn. Also eine andere Art von Manuskript …

Für ein Manuskript brauchte man einen Autor, und es waren zwei Autoren in der Gleichung. Der arme Charlie, der nur eine Marionette war, und Zoe Bassinetti, aber nicht als Miles Warriner. Was könnte sie schreiben, das nicht mit Inspector Littlechild zu tun hatte, aber den General, die Psycho-Abteilung und die Mafia interessieren würde …?

Zoe Bassinetti. Eine Autorin. Und Ehefrau. Ehefrau des Direktors einer Denkfabrik. Und vielleicht stand der Direktor irgendwie in Verbindung entweder mit der Psycho-Abteilung oder mit der Mafia … da er schon so viel wusste.

Die Handlung war zusammenhängend. Alles hatte eine Bedeutung. Irgendwo darin war die Antwort verborgen …

Celia stellte sich ihre Linda-Thurston-Notizbücher vor,

die vielen eng, aber gut lesbar beschriebenen Seiten, in denen die Handlungsverläufe möglicher Romane skizziert waren. Celia hatte dasselbe getan, als sie einmal eine Rolle für ein Theaterstück ausarbeitete und den Charakter, genau wie beschrieben, in alle Nuancen der Rolle einpasste. Es war natürlich etwas vollkommen anderes, mit diesen gewaltsamen und chaotischen Ereignissen umzugehen. Anders und doch gleich. Man musste in die Höhe steigen, um das ganze Bild, das Muster, zu erkennen.

Auch der Mordbrief hatte zu Anfang unergründlich ausgesehen. Wie hätte man erwarten können, ihn bis zu seinem Ursprung zurückzuverfolgen? Aber es hatte gar nicht lange gedauert. Das neue Rätsel würde sich auch auflösen, da war sie sicher.

Aber diesmal war buchstäblich kaum noch Zeit übrig.

Die Brücke war im letzten Moment aus dem Nebel aufgetaucht, und als sie darüber fuhren, gab es einen Augenblick, in dem sie nicht mehr sehen konnten, woher sie gekommen waren und wohin sie fuhren. Der Nebel hüllte sie ein, isolierte sie, und Greco umklammerte das Lenkrad mit beiden Händen und folgte der Wegbeschreibung, die Celia laut vorlas.

Der Nebel und der Regen nahmen zu, als sie aufs Land hinausfuhren, das samtig grün durch die Löcher schimmerte, die der Wind in das weiche Grau geweht hatte. Der Verkehr wurde dünner, während sie einige in Nebel getauchte Dörfer wie aus einem Traum durchquerten, und Greco bog von der Hauptstraße in eine Nebenstraße ein, die auf beiden Seiten von malerischen Holzzäunen begleitet wurde.

»Jetzt kann es nicht mehr sehr weit sein«, meinte er. »Zwei Meilen nach dem Abbiegen. Verdammter Nebel …« Er bremste ab, als eine weiße Decke über sie hinwegzog.

Als sie sich für einen Augenblick hob, stand ein Pferd am Zaun und starrte sie an, während sie langsam vorüberfuhren. »Pferde«, sagte er abfällig. »Ein altmodisches Transportmittel.«

»Im Nebel sind Pferde sehr brauchbar«, wandte sie ein. »Sie haben einen Sinn, den Menschen nicht haben.«

»Du bist eine Pferdekennerin, nehme ich an.«

»Nein, aber ich bin in Kalifornien geritten. Einmal sogar in einem Fernsehfilm. Ich wurde umgebracht …«

»Zweifellos vom Pferd abgeworfen.«

»Nein, ein Heckenschütze hat mich erwischt. Ich war die Frau eines pferdeverrückten Millionärs. Das Pferd wurde gekidnappt, und ich habe es gefunden, wurde aber erschossen … vielleicht hast du es gesehen?«

»Hab's verpasst.«

»Na ja, viele Leute verpassen Fernsehfilme«, sagte sie.

»Nein. Ich habe die Abzweigung verpasst.« Es gelang ihm, den Wagen zurückzusetzen, ohne vom Verkehr umgebracht zu werden, so einsam war die Landstraße.

»Da ist es«, sagte sie.

Zwei Pappelreihen säumten einen schmalen Kiesweg, der im Nebel verschwand, bevor irgendein Zeichen von Besiedlung zu entdecken war. Die Bäume waren so, wie Bassinetti sie beschrieben hatte. Das Tor sollte sich etwa eine halbe Meile die Zufahrt hinauf befinden. Greco fuhr scharf links und tauchte in den Nebel ein.

Langsam nahm der Umriss eines hohen, dramatisch geschwungenen Eisentores Gestalt an. Es erinnerte Celia an die Kamerafahrt zum Tor in *Citizen Kane*. Ein unauffälliger brauner Sedan stand abseits der rechten Straßenseite vor einem eindrucksvollen steinernen Pförtnerhaus.

»Ich komme mir vor wie der Grüne Ritter vor der Zugbrücke.« Greco seufzte. Celia sah an ihm vorbei und grinste.

Man wusste nie, was dieser Kerl als Nächstes sagen würde. »Was wird jetzt von uns erwartet? Sollen wir hinüberklettern?«

Greco blieb drei Meter vor dem Tor stehen. Der Regen sickerte aus dem Nebel, als ob man einen Schwamm ausquetschte.

Die Flügel des Tores öffneten sich, und der Lauf eines Gewehres kam zum Vorschein, dahinter ein Mann. Celia behielt ihn genau im Blick, als er über den nassen, knirschenden Kies auf sie zukam. Er war ein Durchschnittsmann. Durchschnittliche Größe und Gewicht, ein angenehmes Allerweltsgesicht mit mittelblauen Augen. Er sah aus wie der Prototyp des Durchschnittsmenschen, eine neue Generation von Robotern, abgesehen von einer unübersehbaren Müdigkeit. Seine blauen Augen waren rot gerändert und tief in die Höhlen gesunken, die sich vor Erschöpfung purpurn zu färben begannen. Er trug einen Businessanzug. An den Manschetten und Schuhen war Schmutz. Sein Regenschirm sah aus, als hätte er schon seit 1920 auf einem Haken im Pförtnerhaus gehangen. Das Gewehr, das nicht zum Rest passte, trug er in der rechten Ellenbeuge.

Greco ließ das Seitenfenster herunter. »Wir sind gekommen, um mit dem Direktor zu sprechen.«

»Ihre Namen, bitte.«

»Miss Blandings und Mr. Greco.«

Celia reckte den Hals, um das Gesicht des Mannes zu sehen. Irgendwie vertraut …

»Gewiss. Sie werden erwartet. Würden Sie bitte noch einmal kurz warten, sobald Sie durchs Tor sind? Ich fahre dann mit Ihnen zusammen zum Haus.« Er drückte einen Knopf auf einem Gerät, das wie ein Garagentüröffner aussah. Die Flügel des Tores öffneten sich langsam, und Greco steuerte den Wagen hindurch und hielt an. Der Mann folgte ihnen, drückte wieder auf einen Knopf und wartete, bis sich das Tor geschlossen hatte. Er kam zum Wagen und setzte sich auf den Rücksitz.

»Geradeaus weiter«, sagte er und wischte sich sein feuchtes Gesicht mit einem Taschentuch ab. »Mein Name ist Mason«, sagte er.

22.

Das Haus war ein graues Steingebäude, nicht ganz so groß wie ein Fußballfeld, aber drei Stockwerke hoch. Es besaß das Majestätische, das für die Handelsbarone des frühen zwanzigsten Jahrhunderts typisch war, die genau wussten, was sie taten, als sie sich selbst Denkmäler errichteten. Greco fuhr den Wagen ganz bis auf den gepflasterten Hof zwischen dem Haus auf der einen Seite, den Pferdeställen weit hinten auf der Rückseite und einem riesigen Gewächshaus und einer Garage auf der dritten. Er parkte an der Stelle, die Mason ihm gewiesen hatte, und stellte den Motor ab. Die plötzliche Stille hüllte sie ein wie der Nebel. Von den Ställen kam das Schnauben der Pferde. Eine mit Stroh bestreute Rampe führte vom Hof in die Dunkelheit der Stallungen. Schwalben und Zaunkönige flitzten durch den Nebel. Überall war der Geruch von Erde und Regen und Pferden.

»Wir gehen jetzt hinein«, sagte Mason. »Da hinüber, bitte.«

Sie gingen über die nassen, flachen Steine, unter dem Schieferdach der Wageneinfahrt hindurch und innen durch eine enge Seitentür. Irgendwo hinter ihnen bellte ein großer Hund. Der Pferdestall war bereits hinter ihnen verschwunden, als wäre er versunken.

»Immer geradeaus, ganz den Flur entlang, und dann rechts.«

Mason folgte ihnen durch die gesamte Länge des Flurs. Feuchtigkeit hatte sich im ganzen Haus ausgebreitet und brachte den unvermeidlichen Geruch von Schimmel mit herein. Sie erreichten ein großes, herrschaftliches Foyer voller geschnitzter Täfelungen und Gobelins, die über zwei Stockwerke reichten, glänzender Fliesenböden und einem Kronleuchter, mit dem man zur Not das Yankee-Stadion beleuchten konnte.

»Mr. Greco, ich muss Sie um Ihre Waffe erleichtern. Sie werden verstehen, wir können nicht vorsichtig genug sein, wenn es um den Direktor geht.« Mason hatte immer noch das Gewehr in der Armbeuge, aber der Doppellauf zeigte auf Greco. »Bitte legen Sie die Waffe auf den Tisch.«

Greco nahm die Walther aus der Jackentasche. Als er sie auf die Marmorplatte legte, gab es ein lautes, kaltes Geräusch.

»Gut. Gehen wir jetzt in die Bibliothek.« Mason nickte in Richtung eines Durchgangs, dessen riesige Schiebetüren ein Stück weit geöffnet waren. »Da drinnen ist es gemütlicher«, sagte er. »Und sicherlich wärmer.«

Celias erster Gedanke war, dass sie ein Meisterwerk der Bühnenbildnerkunst betreten hatte. Die Wände des großen Raumes standen voller Bücherregale und waren mit mehreren großformatigen Drucken geschmückt, die Jagdszenen zeigten. In einem riesigen, von fein gearbeiteten Holzschnitzereien eingefassten Kamin brannte prasselnd ein Feuer. Der Raum war warm, beinahe stickig, und vom Geruch der brennenden Scheite und des Rauchs erfüllt. Die Hitze hatte die Feuchtigkeit vertrieben. Hohe Verandatüren bildeten die Außenwand und führten auf eine breite Steinbalustrade. Sie war mit mannshohen Gefäßen geschmückt, aus denen leuchtende Frühlingsblumen quollen, deren Farben vom Nebel gedämpft wurden, der aus der gähnenden Leere dahinter hervordrang. Inmitten von Ledermöbeln, die ausgereicht hätten, um damit den Harvard Club auszustatten, stand der schönste Billardtisch, den Celia je gesehen hatte. Der grüne Filz, auf dem die polierten Bälle verstreut waren, sah wie das Grün auf einem Golfplatz aus.

Mason schob die Türen zu. »Bitte fühlen Sie sich wie zu Hause.« Er deutete auf einen niedrigen Tisch, auf dem zahllose Flaschen, Gläser und ein Eisbehälter standen. »Wenn Sie etwas trinken möchten …«

»Hören Sie«, sagte Greco, »das ist ja alles sehr freundlich, aber ich weiß nicht, ob Sie nicht Rasputin sind. Ich weiß nur, dass Sie meine Waffe haben, und das an einem Tag, wo die meisten Leute, die ich treffe, gerade erst gestorben sind …«

»Mein Name ist Mason, wie ich Ihnen bereits sagte.« Er lächelte entschuldigend. »Nicht Rasputin.«

»Wo ist Bassinetti?«

Celia hörte den scharfen Unterton in Grecos Stimme, während sie sich vor dem Kaminfeuer die Hände wärmte. Mason war höflich und sicherlich um ihr Wohlergehen besorgt, aber er war eindeutig übermüdet und wirkte seltsam abwesend. Und er hatte das Gewehr. Er kam Celia immer noch vage bekannt vor, aber sie wusste nicht, wo sie ihn unterbringen sollte. Sie glaubte, auch seine Stimme wieder zu erkennen, aber sie war so durchschnittlich und unauffällig wie alles andere an ihm. Greco hingegen hörte sich an, als ob seine Triebfeder zu weit aufgezogen worden war.

»Der Direktor ist noch nicht da. Wir werden auf ihn warten …«

»Ja, sicher. Wir nehmen einen Drink, bewundern die Erst-

211

ausgaben und spielen ein wenig Pool, während Sie mit dem Gewehr auf uns zielen. Arbeiten Sie für den Direktor?«

»Gewissermaßen«, antwortete Mason.

»Oder arbeiten Sie für den General?«

»Wie bitte?« Mason drehte sich langsam von dem Bartischchen um, wo er nach dem Eis gesehen hatte, und das Gewehr drehte sich mit.

»Sie haben mich schon verstanden. Jetzt suchen Sie krampfhaft nach einer Antwort, nicht wahr? Der General. Nur, wer ist überhaupt der General? Andauernd höre ich von ihm. Und da ist so ein Buch, ein Manuskript ... vielleicht könnten Sie uns darüber informieren. Verdammt, Sie arbeiten für den Direktor. Gewissermaßen ...«

»Ich fürchte, Sie fragen den Falschen.«

»Fürchten Sie sich nicht, Mason, alter Junge. Immerhin sind Sie der Mann mit der Donnerbüchse. *Ich* sollte mich fürchten, oder etwa nicht?«

»Mr. Greco, es nützt niemandem, wenn Sie schlecht gelaunt sind.«

»Soweit wir wissen, ist der Direktor jetzt hier. Er könnte tot sein, sozusagen eine Überraschung *vor* Dan Rather. Wie hört sich das an?«

»Für mich hört sich das nach Blödsinn an. Ich habe Ihnen schon gesagt, wir warten auf den Direktor.«

»Dann haben Sie bestimmt nichts dagegen, wenn wir uns mal ein wenig umsehen, eine kleine Besichtigungstour machen. Oder?«

»Ich fürchte, das ist nicht möglich.«

»Ach, scheißegal, entspannen Sie sich! Wir sind alle Freunde und versuchen, dem Direktor zu Hilfe zu kommen. Ich würde das Haus wirklich gerne sehen, wissen Sie? Als ich das letzte Mal ein Haus wie dieses gesehen habe, hat es mich drei Mäuse gekostet, um reinzukommen, und irgendein Clown hat auf dem Rasen Löwen spielen lassen.« Greco setzte ein Haifischlächeln auf und ging auf die Tür zu. Er drückte die Griffe der Schiebetür zur Seite und fand sich auf der anderen Seite Angesicht zu Angesicht mit einem großen, massigen Mann, der in seiner Catcherpranke eine Waffe hielt und stumm den Kopf schüttelte.

»Mr. Arnold möchte«, sagte Mason, »dass wir im Augenblick hier bleiben.« Er zuckte mit den Schultern, als ob er die Situation bedauerte, aber Regeln waren nun einmal Regeln, und Mr. Arnold musste man gehorchen.

Mr. Arnold schob die Türflügel wieder zusammen.

»Hey«, sagte Greco, und unter der Augenklappe legte sich ein breites Lächeln auf sein Gesicht, »das nenne ich Gastfreundschaft.« Die Narbe auf seiner Wange war ein wenig intensiver rosa als zuvor.

»Nehmen Sie es nicht so tragisch.«

»Ich will wissen, was das da ist, alter Sportsfreund. Alter Schützenkönig.« Greco ging in die Mitte des Raumes zurück und stützte sich auf den Billardtisch.

»Darf ich Ihnen etwas zu trinken holen, Miss Blandings?«

Celia blickte ins Feuer, als Mason sie ansprach. Ohne ihn anzuschauen, erinnerte sie sich plötzlich. *Bradley's*, das Gedränge an der Bar, der Mann, der ihr noch einen Drink ausgegeben hatte. Der Mann, der wegen der Musik zu *Bradley's* kam.

Mason.

Mason musste sie dort beobachtet haben. Gestern Abend. Aber warum? War er die Verbindung zum Direktor? Der Direktor hatte irgendwie von ihr erfahren ... warum nicht durch Mason?

»Nein, danke, im Moment nicht«, antwortete sie.

»Bedienen Sie sich, wann immer Sie möchten.«

Greco nahm ein Queue von dem Halter aus Walnussholz. »Lust auf ein Spielchen, Slats?«

Sie schüttelte den Kopf. Ihre Blicke trafen sich; dann ging er zum Tisch zurück, machte einen Stoß und begann um den Tisch herumzustreifen, wobei Mason ihn anstarrte, während Greco Kugel um Kugel in den Taschen versenkte. Das scharfe Klicken der Kugeln und die Art und Weise, wie Greco sich rasch und geschmeidig um den Tisch bewegte, hatte etwas Hypnotisches. Er leerte den Tisch, sammelte die Kugeln wieder ein, stellte sie auf und begann ein neues Spiel.

»Kugel sechs in die Seitentasche ... Kugel vier in die Ecktasche ... Kugel neun in die Ecktasche gegenüber ... Kugel drei in die Seitentasche ...« Es war, als ob man einem Metronom lauschte.

Mason konnte seinen Blick nicht von dem Schauspiel abwenden.

Celia bewegte sich langsam auf das Feuer zu. Das Kaminbesteck mit den Messinggriffen hing an seinem Ständer. Sie wollte kein Geräusch machen, wollte den Bann nicht brechen.

Klick, klick, klick ...

Langsam, ganz vorsichtig, nahm sie den Griff des Schürhakens in die Hand und zog ihn aus der Halterung. Sie hielt ihn neben sich und wagte nicht, den Blick von den Flammen abzuwenden. Nichts sollte den Bann brechen, den Greco am Webstuhl des Billardtisches wob. Er war ein Könner. Er hatte noch keinen Stoß verfehlt, hatte den Rhythmus seiner Hände beibehalten und nicht wieder losgelassen. Das Feuer knisterte, spie Funken in den Rauchfang.

Celia stand jetzt unangenehm nahe am Kamin und spürte die brennende Hitze durch ihre Jeans. Auf der anderen Seite des Raumes waberte der Nebel geisterhaft vor den Fenstern.

Dann beugte sie sich vor, als wollte sie eine lästige Fliege fangen, und hakte den Schürhaken in der losen Borke des riesigen, obenauf liegenden Scheites fest.

Mit einer raschen, entschiedenen Bewegung riss sie den Schürhaken zurück.

Das brennende Scheit und das nächste darunter rollten wie eine lodernde Lawine auf sie zu und ließen Funken und brennende Borkenstücke herabregnen. Die Scheite polterten aus dem Kamin auf den Orientteppich und brannten im Nu ein Loch hinein.

Celia schrie auf und sprang zurück, als wäre sie nur eine unschuldige Zuschauerin. Um sie herum wirbelte der Rauch.

»Du lieber Himmel!« Das war Greco.

Mason sagte nichts, flog wie der Blitz um den Billardtisch und stürzte auf den Brand zu.

Celia rief: »Ich stand nur da, und … es stürzte einfach auf mich zu!«

Mason nahm ihr den Haken aus der Hand und zerrte an dem schweren Scheit. Der Teppich brannte, und das schwelende Gewebe verströmte einen beißenden, üblen Geruch.

Das Holzscheit war an die zehn Kilo schwer und nicht leicht zu bewegen. Masons Hand rutschte ab, und er fiel vornüber auf Knie und Hände, wobei er mit einer Handfläche genau auf einem Stück rot glühender Holzkohle landete.

Er schrie nicht auf. Er zog die Hand zurück und starrte auf die rohe, rauchende Handfläche. Er versuchte, den Schürhaken mit der anderen Hand aufzunehmen. Das Gewehr lag neben ihm.

Greco tauchte neben ihm auf. »Warten Sie, ich helfe Ihnen.«

Mason versuchte, die Scheite auf die Steine der Feuerstelle zurückzubugsieren.

Greco zerbrach ein Queue auf Masons Nacken.

Mason kippte vornüber und landete mit dem Gesicht neben dem brennenden Teppich. Plötzlich war der Rauch sehr dicht. Mason stöhnte. Greco beugte sich vor. Celia sah die Farbe von Billardkugel sieben aufblitzen, die Greco in der Faust hielt, und beobachtete, wie sie auf Masons Wangenknochen krachte. Mason sackte über dem Gewehr zusammen.

Greco ergriff Celias Hand und zog sie weg.

Von der Schiebetür kamen Geräusche, wo Arnold, der den Aufruhr gehört hatte, mit der Türverriegelung kämpfte.

Greco riss Celia beinahe von den Füßen und zog sie zu der langen Fensterreihe hinüber. Er fand einen Griff, drückte ihn herunter, stieß die Verandatür auf. Während sie ins Freie traten, strömte die kalte, feuchte Luft hinein.

Hinter ihnen wurde die Schiebetür aufgerissen. »Verdammter Mist!« Arnold begann im Rauch zu husten.

Greco hielt Celias Hand fest in der seinen. Sie waren über die nassen Steine der Balustrade gestiegen, fanden die Stufen, die zum Rasen hinunterführten; tiefes Gras, triefend nass. Greco zog Celia hinter sich her.

Und dann wurden sie vom Nebel verschluckt wie Jonas vom Wal.

23.

Rauch quoll in dicken Wolken aus den Verandatüren und wirbelte wie ein kleiner Tornado in den Nebel. Celia blieb stehen, wischte sich den Regen aus dem Gesicht und roch den Rauch, was einen weiteren, intensiven Geruch zu dem der Nässe und des Grases hinzufügte. Für den Stadtmenschen Celia war es lange her, dass sie zuletzt die Welt der Natur gerochen hatte, und es verschaffte ihr ein Hochgefühl und ließ ihr Herz wild schlagen, während sie vom schnellen Lauf keuchte und Seitenstechen hatte. Greco beugte sich vor, die Hände auf die Knie gestützt, und pumpte seine Lungen voll Luft.

»Ganz schönes Stück«, sagte er und deutete mit dem Kopf zum Haus zurück. »Wir sind Telepathen, Slats. Der Trick mit dem Feuer war echt gut.«

»Und was jetzt?«

»Hast du eine Idee?«

»Ja«, sagte sie, »hab ich.«

Das wütende Schrillen eines verspäteten Feueralarms drang an ihre Ohren.

»Mason und Arnold«, stieß er hervor. »Die warten auf den Direktor. Sieht so aus, als ob jeder auf der Welt den Burschen umbringen will ...«

»Da bin ich mir nicht so sicher. Bei Mason kann ich mir

das überhaupt nicht vorstellen ... Mason arbeitet nur für Mason, glaub ich. Ich frage mich, ob einer von denen überhaupt weiß, worum es geht. Sie werden uns verfolgen, das weißt du ...«

Als sie dies sagte, sahen sie Arnold auf die Balustrade taumeln und mit dem Arm den Rauch verscheuchen, der an ihm zu hängen schien. Er blickte in den Nebel. Masons verschwommene Silhouette gesellte sich zu ihm. Er trug wieder das Gewehr.

»Zuerst mal«, sagte Celia, »können wir versuchen, wieder zum Auto zu kommen. Hast du noch die Schlüssel?«

Greco nickte und klopfte auf seine Tasche.

»Okay«, sagte sie, »gehen wir.«

In Nebel gehüllt, mit ausreichendem Abstand, umrundeten sie das Haus. Sie benutzten es als Kompass und achteten darauf, dass es nicht außer Sicht geriet. Es war jetzt dunkel, obwohl irgendwo über ihnen, über dem Nebel und dem Regen und den Wolken, die Sonne erstrahlte. Die gelben Lichter des Hauses hingen wie ferne Leuchtfeuer im Nebel und wurden von jedem Wassertropfen gebrochen. Das Gras unter ihren Füßen war lang und schlüpfrig; sie konnten leicht ausrutschen, wenn sie sich zu schnell bewegten. Celia fragte sich bereits, ob sie doch irgendwie vom Weg abgekommen waren, als sie plötzlich den Kies der Auffahrt erreichten und ihn beruhigend unter den Schuhen knirschen hörten. Sie hielten sich an den Händen, um sich nicht zu verlieren, und bewegten sich am Rand des Kieswegs auf das Haus zu.

»Sie werden nicht versuchen, auf der Auffahrt rauszukommen.«

Die Stimme war so nahe, dass Celia glaubte, sie könnte die Hand ausstrecken und den Mann berühren. Sie hörte Schritte auf dem Kies, die plötzlich verstummten.

»Sie haben Recht. Wenn sie versuchen, mit dem Wagen das Tor zu durchbrechen, ist es so, als kämen sie in einen Schredder.«

Celia spürte, wie ihr Herzschlag aussetzte.

Die Stimmen von Mason und Arnold waren direkt über ihnen. Die Schritte näherten sich der Stelle, wo sie standen. Greco zog Celia weg, tiefer in den Nebel hinein.

»Der Nebel macht seltsame Sachen mit Geräuschen«, flüsterte Greco ihr ins Ohr. »Er wirft sie hin und her. Die Burschen können *uns* nicht sehen, und wir können *sie* nicht sehen.«

»Aber die beiden haben Recht, Peter«, flüsterte sie. »Das Auto wird uns nichts nützen. Ich hab den Zaun vergessen ...«

»Ich auch. Irgendwelche anderen Ideen?«

»Sicher. Plan B«, wisperte sie.

Die Schritte auf dem Kies wurden schwächer, bewegten sich zum Haus zurück.

Celia drang weiter in die Suppe vor, und Greco hielt sich dicht bei ihr. Sie konnte die Entfernungen nur einschätzen, wobei sie sicher war, neben der Auffahrt eine alte Eiche gesehen zu haben, direkt vor dem Gewächshaus und der Garage. Man musste nur die Eiche finden, dann würde man auch das Gewächshaus entdecken, und dann wusste man, wo man war. Man hätte halb das Ziel erreicht, das Celia im Sinn hatte.

Aber irgendwie tauchte die Eiche niemals auf. Celia sah das Gewächshaus nicht, bis sie fast dagegenlief, streckte die Hand aus und berührte die kühlen Glasscheiben, an denen das Wasser in Rinnsalen herunterlief. Sie tastete sich bis zum Ende an der Seite des Gebäudes entlang, wo sie um die Ecke bog und gegen einen Eimer und eine Hacke trat, die quer über einen Betonweg flogen. Der Lärm war ohrenbetäubend, und instinktiv wich sie zurück und stieß mit Greco zusammen, der leise fluchte.

Dann wieder eine der Stimmen aus dem Nebel: »Was war das?«

Die Stimmen hallten diesmal aus größerer Entfernung wider, aus dem Hof, im Nebel gefangen und hin und her geworfen von den Wänden des Hauses, des Stalles, der Garage und des Gewächshauses. »Wo kam das her?« Das war Arnold.

Mason: »Kann ich nicht sagen. Wo sind Sie?«

»Hier drüben. Bei den Autos.«

»Ich glaube«, sagte Mason, »sie sind jetzt beim Gewächshaus. He, Blandings! Greco? Wir werden Ihnen nichts tun ...«

Celia zog Greco vorwärts, bewegte sich hinter einem niedrigen Verschlag, Stapeln von Blumentöpfen, Gartenwerkzeugen und ausgemusterten Gartenmöbeln entlang. Das Gewächshaus, das nun sechs Meter entfernt war, war verschwunden, aber Celia hatte seine Lage in ihrem Gedächtnis verankert und war sicher, dass sie sich parallel dazu bewegten. Sie befanden sich hinter der Garage, als sie drinnen ein metallisches Klappern hörten, dann eine Zündung, die hustend zum Leben erwachte, dann einen Motor, der stotternd auf Touren kam.

Sie waren an der Garage vorbei, und Celia joggte durch den Nebel und suchte etwas, das vor ihr liegen musste. Da war sie, die zweite Rampe zu den Pferdeställen, die nicht zum Haus führte, sondern am anderen Ende wieder hinaus in die Felder dahinter. Der Motor in der Garage röhrte inzwischen. Dann wurde ein Gang eingelegt, und irgendein Fahrzeug ratterte auf den Hof hinaus.

Plötzlich blinkte zwischen den Ecken des Stalles und der Garage ein kräftiger gelber Nebelscheinwerfer auf, streifte suchend über den Hof und warf eine Art chartreusegrünes Glühen durch den Nebel.

»Die Rampe rauf«, sagte Celia und zog Greco hinter sich her.

»Warum, zum Teufel?« Er stand keuchend am oberen Ende der Rampe. Dort, wo er hingefallen war, klebte Stroh an seinen nassen Schuhen und an den Knien seiner Hose.

»Wir müssen so weit wie möglich von diesen Dummköpfen wegkommen, um einigermaßen in Sicherheit zu sein. Wir müssen in der Lage sein, zuzuschlagen.«

»Zuschlagen? Du liebe Güte, Slats, was für ein Kommandoton.«

»Wir müssen um sieben Uhr zuschlagen, wenn der Direktor es sich gemütlich macht, um sich Dan Rather anzuschauen. Das ist in etwas mehr als einer Stunde. Wir müssen annehmen, dass der ursprüngliche Plan noch gültig ist … dass Cunningham ihn wie geplant umbringen soll …«

»Aber was ist mit Mason und Arnold?«

»Wir wissen nichts von ihnen. Sie stehen nicht auf der Liste der Mitspieler. Erst müssen wir weg von hier, dann müssen wir in der Lage sein, wieder herzukommen. Also, was sagt uns die Logik?«

»O nein, ich weiß, was du denkst.«

»Das edle Ross. Sehen wir es uns mal an.«

Die Stimmen kamen wieder vom Hof. »Richten Sie das Ding aufs Gewächshaus, verdammt!« Dann das Klappern der Waffe, die auf die Pflastersteine knallte, gleich darauf ein scharfer Schrei.

»He, was ist? Was war das?«

»Wie hörte es sich denn an? Ich bin hingefallen, Blödmann! Verdammt rutschige Steine …«

»Ich kann nicht reiten!«, beharrte Greco und geriet in Panik.

»Du kannst ein Pferd reiten, wenn es dein Leben rettet«, erwiderte Celia und ging voraus in den Stall. »Es ist erstaunlich, wozu Menschen fähig sind, wenn sie müssen. Und jetzt sei still. Mach mir nicht die Pferde scheu.«

Der Nebel war in die Ställe eingedrungen. Die Pferde schnaubten und beschnüffelten sie mit ihren großen, gummiartigen Nüstern und Lippen, als sie zwischen den Boxen hindurchgingen. Vögel gurrten und zwitscherten im Dunkeln unter dem Dach. Hufe stampften und traten gegen die Holzwände der Boxen, scharrten auf dem Stroh.

»Wie wär's mit einem Sattel?«, raunte Greco.

»In dem Film bin ich ohne Sattel geritten …«

»Aber ich war nicht in diesem verdammten Film!«

»Pssst!«

»Das gefällt mir nicht.«

»Es ist der einzige Weg, wie sie uns nicht erwischen können. Wir sind unbewaffnet, und wir können nur flüchten, uns verstecken.«

Celia entdeckte einen großen Kastanienbraunen, der sie über die Tür seiner Box hinweg freundlich beäugte. Sie beugte sich zu ihm, begann mit ihm zu sprechen und versuchte zu tun, was nach ihrer Erinnerung die Cowboys in dem Film getan hatten. Sie streichelte seine lange Nase und flüsterte ihm zu, dass er ein gutes Pferd sei, ein braves Pferd. Dann kletterte sie über die Tür, schwang ein Bein über den breiten Rücken, setzte sich richtig hin und tätschelte den langen, kräftigen Hals des Tieres. »Gutes Pferdchen. Komm, wir machen einen kleinen Ausritt.«

»Warum reitest du nicht einfach voraus? Ich sehe zu, wie ich hier zurechtkomme.«

»Ach, hör schon auf, du Dummkopf. Das ist ein gutes Pferdchen, nicht wahr, Roger?«

»Roger? Du kennst dieses Pferd?«

»Sein Name steht an der Tür. Gut, Roger, brav … komm schon, Peter, steig auf.«

Roger stupste ihn leicht verständnislos mit dem Maul. »Er mag mich nicht.« Greco stieg auf.

»Er betet dich an.«

Greco setzte sich hinter Celia zurecht. »Sobald er sich bewegt, werde ich runterfallen.« Roger stampfte ungeduldig mit dem Huf. »Ich bin zu alt, ich habe nur ein Auge, ich hole mir noch eine weitere Gehirnerschütterung …«

»Sitzt du ordentlich da hinten? Leg die Arme um meine Taille, mach dich klein und lehn den Kopf an meinen Rücken …«

Sie beugte sich nach vorn gegen den muskulösen Hals und verwob die Finger einer Hand mit der Mähne. Dann streckte sie sich, öffnete den Riegel, stieß die Tür zur Seite. Sie dirigierte Roger mit schmeichelnden Worten aus der Box, zog leicht an der Mähne nach links. Hier geht gar nichts, dachte sie. »Braver Junge, das machst du sehr gut, Roger.« Roger trottete im Schritt auf die Rampe zu. Greco klammerte sich an Celia und fürchtete um sein Leben.

Der undeutliche Umriss eines Mannes, an dem Nebelschwaden vorbeizogen, erschien auf der Rampe. Er spähte in die Dunkelheit des Stalles und erkannte eine Zeit lang nicht, dass er ein Pferd vor sich hatte.

Celia drehte sich zu Greco um. »Lass jetzt bloß nicht los.« Zu Roger sagte sie: »Los, Schätzchen, los.« Sie stieß ihm die Fersen in die Seiten.

Roger gefiel der Gedanke, ein wenig Abwechslung ins tägliche Einerlei zu bringen. Mit einem kräftigen Schnauben und einem Kopfschütteln fiel er in Trab. Mit ein paar Schritten war er auf den Mann zugelaufen, der am oberen Ende der Rampe stand.

Es war Mason, mit rotem, auf einer Seite verbranntem

Gesicht, die Hand in Verbandmull gewickelt. Sein Mund stand vor Erstaunen, Wut und Angst weit offen, als er in Rogers geblähte Nüstern und weit aufgerissene Augen starrte.

Das Gewehr flog hoch, fast in Notwehr, und Roger tänzelte seitwärts, um Mason auszuweichen, doch Celia drängte ihn ununterbrochen – los, weiter, Baby, weiter! Mason versuchte, sich zur Seite zu ducken, rutschte auf dem Stroh aus, fiel seitwärts von der Rampe und verschwand außer Sicht.

Als er fiel, ging das Gewehr los.

Im Dachvorsprung des Stalles splitterte das Holz.

Plötzlich war die Luft voller Vögel, die in Panik umherflatterten, einschließlich einiger Fledermäuse, die aus ihrem Tagesschlaf gerissen worden waren.

Jemand anders – vermutlich Arnold – stürzte hinter ihnen aus dem Nebel. Ein Pistolenschuss knallte, und eine Kugel schwirrte an Celias Kopf vorbei.

»Verdammter Mist, lauf!«, rief Greco. Auch er vergrub seine Fersen in den Rippen des Tieres, die so dick waren wie Fassdauben, doch Roger hatte bereits mit dem Schwanz geschlagen und war in den Nebel geprescht.

Greco betete, dass der gute Roger mit Radar ausgestattet war.

24.

Emilio Bassinettis 1978er Mark V mit Sonderausstat-
tung, den er unerschütterlich für den letzten wirklich
besonderen einheimischen Wagen hielt, suchte sich langsam seinen Weg durch eine Welt, die ihn an seinen grauen
Lieblingskaschmirschal erinnerte. Seitdem seine Beine nutz-
los waren, konnte er sämtliche Funktionen von Hand bedienen, was ihn amüsierte und ihm zugleich das Gefühl gab,
dass sein Lieblingswagen ein riesiges Spielzeug war.

Im Augenblick war er ganz allgemein guter Stimmung,
sogar trotz des Nebels und des Regens, weil alles so schön
Gestalt annahm. Nicht allzu glatt, aber dadurch war es nur
noch unterhaltsamer geworden. Wenn man die Fähigkeit
verlor, sich zu amüsieren, wurde es in der Tat Zeit, seine
Prioritäten zu überdenken. Die ganze Sache war wirklich er-
heiternd; das war sie immer schon gewesen, seit er in seinem Bett im Krankenhaus aufgewacht war und gewusst
hatte, nie mehr laufen oder kopulieren zu können. Damals
hatte er begonnen, einen hübschen kleinen Racheplan zu
schmieden. Nachdem er bei einer von Zoes verdammten,
miesen, heimtückisch dummen »Wochenendjagden« von
einem ihrer verdammten, miesen, heimtückisch dummen
Pferde gefallen war.

Als Emilio so weit wie möglich wiederhergestellt war und

die Rehabilitation von Körper und Lebenseinstellung hinter sich gebracht hatte, dachte er über seine Zukunft als Krüppel nach … und über seine Zukunft mit Zoe. Er würde ihr nicht mehr viel nutzen, mit Sicherheit nicht für das Einzige, was für sie wichtig war, und er hasste sie dafür, dass sie ihn so weit gebracht hatte. Und bei einem Scheidungsprozess würde sie ihn ausnehmen wie eine Weihnachtsgans. Er hatte eine Menge zu verlieren, aber das Einzige, was er wirklich verlieren wollte, war Zoe. Ihr gegenseitiger Nutzen hatte sich überlebt. Nun bestand die Kunst darin, Zoe zu überleben.

Natürlich hätte Emilio sie umbringen lassen können, irgendwo in eine Industriemühle stecken, dann verbrennen und die Reste in New Jerseys Müllkippe verschwinden lassen … kein Problem. Ein Mann in seiner Position, an der Spitze des Palisades Center, wusste, wie man Menschen verschwinden lassen konnte, ohne dass auch nur ein Stückchen einer Zahnbrücke von ihnen übrig blieb.

Aber Emilio hatte noch ein anderes Problem, das gelöst werden musste.

Es war nicht nur Zoe. Es war der General, unten in Virginia. Es war Arturo Tavalini oben in Scarsdale und die ganze Furcht erregende Tavalini-»Familie«. Es war das viele Geld, das durch seine Hände ging, bildlich gesprochen, und der Gedanke, dass pro Jahr nur eine lausige Million davon bei ihm selbst hängen blieb.

Der Direktor war nicht raffgieriger als jeder andere. Was bedeutete, dass er seine selige Oma erschlagen hätte, wäre dabei genug für ihn herausgesprungen. Oma oder Ehefrau, das machte keinen Unterschied. Er war ein armer Krüppel, der sich Gedanken darüber machte, wie er die Zukunft, die Lebensqualität seiner alten Tage absichern konnte. Der sich Gedanken darüber machte, wie er die Art von Restaurant kaufen konnte, in das er sich zurückziehen könnte, um sich den besseren, freundlicheren, edleren Zielen des Lebens zu widmen.

Zoe. Der General. Tavalini. Das Geld.

Zoe loswerden. Den General und Tavalini neutralisieren und dann auspressen. Und dann ein wenig Geld einstreichen. Zehn, zwanzig Millionen. Nicht zu gierig. Aber Risiken waren unvermeidlich.

Es war ein großartiges Problem, eine echte Herausforderung, und die Ausarbeitung der Lösung hatte zwei Jahre gedauert. Sie war wie eine Fuge von Bach, die das Thema aufbaute, wiederholte, umkehrte, die wuchs und immer reicher wurde ohne Ende. Alle hatten problemlos mitgearbeitet, alles nur, weil Bassinetti sie kannte, weil er verstand, wie sie dachten. Es war ganz einfach. Man überlegte sich, wofür jeder seine eigenen Prinzipien verraten würde, und dann ging man ans Werk. Sie funktionierten alle auf die gleiche Weise. Aus Bassinettis Sicht funktionierte jeder auf die gleiche Weise. Jeder war eifrig bestrebt, die hohe Kunst des Verrats zu praktizieren, wenn sich nur die Gelegenheit bot.

Zoe. Cunningham. Der General. Mason. Sie alle.

Und genau an diesem Punkt stolperte Celia Blandings ins Bild. Sie war der Störfaktor im Programm. Sie war es, die alles hier am Höhepunkt so interessant machte. Nur ein paar Tage lang, aber eigentlich war es ziemlich spannend gewesen. Die Notwendigkeit, zu improvisieren. Emilio hatte gewusst, dass nichts so reibungslos verlaufen konnte wie dieser Plan über zwei Jahre. Irgendwo *musste* es eine Panne geben. In diesem Fall kam sie ganz zum Schluss. Es musste eine Celia Blandings geben, und sie war in der letzten Minute aufgetaucht – die unbekannte Größe. Emilio wäre enttäuscht gewesen, wäre sie nicht erschienen.

Dass er vor ein paar Jahren Mason »umgedreht« hatte und er so seinen eigenen Mann im Bannkreis des Generals besaß, war seine Lebensversicherung gewesen. Jetzt, da Celia Blandings beinahe das delikate Gleichgewicht zerstört hatte, war Mason derjenige gewesen, auf den Emilio sich gestützt hatte.

Und nun drohte die ganze Sache zu platzen.

Er lächelte und lauschte dem *Barbier von Sevilla*, während er an der mächtigen Eiche vorbei durch die Wageneinfahrt fuhr.

Mason stand wie ein Gespenst im wirbelnden Nebel und dem verschwommenen Scheinwerferlicht des Lincoln. Der Direktor fuhr auf seinen gewohnten Parkplatz, schwenkte den Fahrersitz und zog seinen zusammenklappbaren Rollstuhl herüber. Doch bevor er ihn aufgebaut hatte, war Mason bereits erschienen und stand nun vor ihm. Er sah aus, als hätte er gerade eine unangenehme Begegnung mit der größten Knallzigarre der Welt gehabt. Im hinteren Teil des großen Hirns des Direktors schrillte eine Alarmglocke.

»Was ist denn mit Ihnen passiert? Und wo ist diese Blandings?« Er sah Mason in die Augen und hoffte – sowohl um Masons als auch um seiner selbst willen –, dass es weder Furcht noch Niederlage war, was er in Masons Augen erblickte.

»Wir hatten einen kleinen Unfall ...«, setzte Mason an und zögerte, um zu überlegen, wie er weitermachen sollte.

»Ach? Und ich dachte schon, dass Sie alle zu Punks geworden sind.« Bassinetti fixierte ihn mit zunehmend stahlhartem Blick. Er klappte seinen Rollstuhl auseinander.

»Die Bibliothek ...«, sagte Mason und deutete mit seinem bandagierten Arm auf das Haus.

»Die Bibliothek ... ja, die Bibliothek ist mir bekannt.«

»Die Bibliothek hat Feuer gefangen.« Mason sah zur Seite, als versuchte er sich von der traurigen Geschichte zu distanzieren. »Kommen Sie, lassen Sie mich Ihnen helfen.« Er nahm den Rollstuhl und verriegelte die verschiedenen Verbindungen.

»Die Bibliothek, *meine* Bibliothek, hat Feuer gefangen ...«, wiederholte Bassinetti.

»Ich übernehme die volle Verantwortung, Sir.«

»Ich wage zu behaupten, dass es so ist. Bitte erklären Sie das genauer.« Er schnappte Mason den Rollstuhl wieder weg. »Geben Sie mir das ... Sie wissen ja gar nicht, was Sie da machen.« Er erledigte selbst die letzten Handgriffe, um den Stuhl fahrbereit zu machen.

»Es waren die brennenden Holzscheite, Sir. Die sind an allem schuld ... diese Blandings hat sie auf den Teppich gezerrt ...«

»Sie sprechen von dem Orientteppich in meiner Bibliothek?«

»Ja, Sir.«

»Der Teppich in meiner Bibliothek ist vierzigtausend Dollar wert!«

»Jetzt nicht mehr, Sir.«

Bassinetti wuchtete seine enorme Masse vom Fahrersitz in den Rollstuhl und wischte ungeduldig Masons helfende Hand beiseite. »Und nachdem mein Teppich in Flammen stand, was ist dann passiert?«

»Sie sind entkommen, während Arnold und ich das Feuer gelöscht haben.«

»Sie?« Die Pannen häuften sich.

»Sie hatte einen Mann namens Greco bei sich. War früher ein Cop in New York. Ich habe ihn entwaffnet.«

»Verstehe. Und wo sind sie jetzt, da wir miteinander sprechen?«

»Wir haben sie im Nebel verloren. Sie sind zu Pferde entkommen.«

· »Zu Pferde?« Bassinetti sah aus seinem Rollstuhl zu Mason hinauf. »Verzeihen Sie, aber das alles ist ziemlich schwer zu glauben. Sie wollen damit sagen, dass Blandings und dieser Mann noch immer auf freiem Fuß sind?«

»Ja, Sir.«

»Und immer noch fest entschlossen, mein Leben zu retten?«

»Ich denke ja, Sir. Sie ist eine sehr einfallsreiche Frau.«

»Na gut. Nehmen Sie die Landrover und versuchen Sie, sie zu finden. Wir dürfen nicht zulassen, dass sie hier hereinplatzt, um mein Leben zu retten, Mason. Sie verstehen?«

»Ja, Sir. Die Landrover sind schon fahrbereit.«

»Fein, fein. Denken Sie auch an die Zeit.«

»Ja, Sir.«

»Noch etwas, Mason …«

»Ja, Sir?«

»Sie sehen ein wenig geschlaucht aus. Sie haben Schmerzen, nicht wahr?«

»Ich kann's ertragen, Sir.«

»Sie sehen ziemlich angeschlagen aus.«

»Ich *bin* ziemlich angeschlagen, Sir.«

»Kopf hoch. Ich gehe jetzt lieber mal rein und sehe mir meinen wertlosen Teppich an. Wissen Sie, Mason, wenn Sie nicht so fix und fertig aussähen, müsste ich mir überlegen, Ihnen die vierzigtausend abzuziehen.« Er rollte auf den Durchgang unter der Wageneinfahrt zu, drehte dann um. »Ach ja, Mason …«

»Ja, Sir?«

»Lassen Sie nicht zu, dass diese Frau mein Leben rettet.«

»In Ordnung, Sir.«

»Ich mache keine Witze, mein Lieber.« Er hatte über seine kleine Rollstuhlrampe den Durchgang erreicht, als er sich noch einmal umdrehte und die humpelnde, bandagierte und verbrannte Figur rief, die sich ins Licht der Nebelleuchten der Landrover zurückzog wie ein Mann, der gerade aus der Mitte zwischen Diesseits und Jenseits kam. »Ach, Mason?«

Die Figur drehte sich langsam um und gab einen Seufzer von sich, der Hiob alle Ehre gemacht hätte. »Ja, Sir?« Die Stimme klang schwach und durch den Nebel gedämpft.

»Lassen Sie keinesfalls etwas durchsickern, hören Sie? Meine Frau wird in Kürze hier sein. Ich hätte es lieber, wenn sie nicht erfährt, dass Sie hier waren. Verstanden?«

»Ja, Sir.«

Mason trottete davon.

Der General redete in die Freisprechanlage auf seinem Schreibtisch in Virginia. Die Sonne ging gerade als leuchtend roter Feuerball am westlichen Horizont unter, und die Schatten waren lang und weich und reichten über den Rasen hinweg bis zu seinem Arbeitszimmer. Der General war schlechter Laune, sogar für seine Verhältnisse. Seine Frau gab eine Dinnerparty, und er würde sein gutes Benehmen herauskehren müssen und der nette alte Knacker in Rente sein, der auf dem Land in Virginia seinen Lebensabend vergammelte. Der Mann am anderen Ende der Leitung war in seinem Büro im Weißen Haus, drei Minuten entfernt vom Oval Office, dem Büro des Präsidenten.

»Der Fall der Fälle ist eingetreten, Ben. Die ganze verdammte Sache ist außer Kontrolle ...«

»Nun, General, ich bin sicher, dass es nicht so schlimm ist.«

»Von wegen. Es ist so schlimm, dass ich seit Mittag sämtliche Telefongespräche im Badezimmer angenommen habe. Ich habe mit Tavalinis Männern zu tun, und Sie wissen, wie das ist. Manicotti mit Blutsauce. Und der Admiral könnte mit beiden Händen und einer Landkarte seinen Arsch nicht finden. Er ist auf irgendeinem verdammten Tanztee mit Gloria Vanderbilt und Calvin Klein.«

»General, wir sollten uns ein wenig entspannen …«

»Das ist das Problem heutzutage, alle sind viel zu entspannt, zum Teufel, und die Welt steckt in der Scheiße! Und jetzt hören Sie mal zu: Die New Yorker Polizei hat heute Friborg gefunden, der eine Kiesgrube neben dem Brooklyn-Queens-Expressway dekorierte. Ich nehme an, dass es Tavalinis Schläger waren, aber ich kann Bassinetti nicht erreichen, und er ist der Einzige, der etwas wissen könnte. Und da ist noch was, mein Lieber. Mason hat sich auch nicht gemeldet, und wie die Dinge zurzeit liegen, ist es gut möglich, dass er jetzt das Flussbett des East River bewohnt.«

»Hmmm.«

»Sie haben verdammt Recht: Hmmm. Der Admiral ruft mich an und erzählt mir von irgendeinem idiotischen Lektor ausgerechnet bei *Pegasus* … haben Sie kapiert, Ben? Pegasus *gehört* uns. Dieser Lektor bringt ihm das Manuskript, nach dem sich alle die Beine ausreißen … können Sie das glauben? Dieser Typ bringt es dem General, damit er es *veröffentlicht!* Was zur Hölle geht da vor sich? Nichts von alledem war vorgesehen, Ben. Gar nichts!«

»Aber das ist doch wunderbar, General. Wir haben jetzt das Manuskript unter Kontrolle. Wir haben Glück.«

»Sicher. Aber wie viele Kopien sind von diesem verdammten Ding in Umlauf? Vielleicht haben auch *Random House* und *Putnam* und der verdammte Schriftstellerverband Kopien davon! Und wie ist es mit den Russen? Vielleicht hat diese hohle Nuss im Kreml jetzt was zu lachen, wenn sie liest, wozu Palisades geschaffen wurde? Sicher, entspannen wir uns, Ben. Kein Grund, sich Sorgen zu machen … und wir wissen nicht mal, wer das verdammte Ding geschrieben hat! Vielleicht arbeitet er schon an einer Fortsetzung – gefällt Ihnen die Idee? Entspannen? Scheißdreck!«

»Also, ich weiß nicht, was ich sagen soll, General …«

»Wie wär's, wenn Sie Ihren Hintern in Bewegung setzen und zum Oval Office gehen und dem Präsidenten sagen, dass wir alle kurz davor sind, den großen Lokus runtergespült zu werden? Sagen Sie ihm, dass Richard Nixon im Vergleich zu ihm wie Abraham Lincoln aussieht. Wenn ich Sie wäre, würde ich von dem Schwätzchen ein Tonband für die Nachwelt aufnehmen.«

»General, es ist wirklich meine Pflicht, Sie darauf hinzuweisen, dass Palisades in unsere Verantwortung fällt. Wir wissen nichts davon.«

»Ha! Sie bringen mich um, Ben, wirklich! Ich wusste, Sie würden schließlich darauf kommen – au weia, General, es ist alles unsere Schuld. Na ja, mag sein, aber der Oberkommandierende läuft auch gegen die Wand. Schlafen Sie gut, Ben.«

Die Landrover waren verschwunden, und der Hof war grabesstill, als das weiße Rolls-Royce-Kabrio die Auffahrt hinaufschnurrte und in der Dunkelheit neben dem Mark V des Direktors zum Stehen kam.

Zoe Bassinetti war verspannt, da sie den ganzen Weg von der Stadt gegen den Nebel kämpfen musste. Sie blieb einen Augenblick ruhig hinter dem Lenkrad sitzen, nahm dann eine Valium aus ihrer Pillendose und schluckte sie ohne Wasser. In ihrer Tasche verbarg sich eine Pistole, Ka-

liber zweiundzwanzig, für die sie einen Waffenschein besaß, der in New Jersey ausgestellt war. Die Waffe diente
zur Selbstverteidigung im Landhaus, das ja sehr abgele-
gen und versteckt lag und ein perfektes Ziel für ungela-
dene Gäste war.

Sie seufzte und fragte sich, ob eine einzige Valium für einen Abend reichen würde, der so viel Stress und die Polizei und Gott weiß was sonst noch bringen würde. Das Problem war natürlich, dass sie von Menschen umgeben sein
würde, die Idioten waren, und sie wusste haargenau, dass
viel zu viele Variablen aufgetaucht waren. Überall gab es
jetzt Fallstricke, wo vor zwei Tagen keine gewesen waren.
Aber es war jetzt zu spät zur Umkehr. Was immer passieren
würde, sie musste da durch. Bei ihrer Geschichte bleiben.
Sie untermauern.

Sie wusste nicht, was es mit dieser Blandings und ihrem
einäugigen Freund auf sich hatte, sie wusste nur, dass sie
nie hätten hineingezogen werden sollen, und das war alles
allein Charlie Cunninghams Schuld. Sie wusste nicht, wer
Friborg war oder was er glaubte, das er tat. Aber der war
jetzt weg – aus den Augen, aus dem Sinn. Cunningham war
ein Trottel, doch mit einem sexuellen Kraftakt, der sogar für
sie extravagant gewesen war, hatte sie ihn wieder auf Linie
gebracht. Sie musste ihn für die Arbeit der Nacht vorberei-
ten; das war die beste Methode, ihn wieder zu klarem Verstand zu bringen. Er musste nur noch die nächste Stunde
durchhalten …

Sie stieg aus dem Wagen, tätschelte im Vorbeigehen den
Kofferraum und betrat das Haus.

Sie ging zur Bibliothek, wo das Licht brannte. Ihre Nase
wurde von einem ungewöhnlichen Geruch gereizt. Ihr
Mann saß im Rollstuhl neben dem Kamin. Es stank furchtbar.

»Liebling«, sagte sie, durchquerte den Raum und küsste ihn.

Er sah sie mit seinem Reptilienlächeln an. »Mein Täubchen.« Seine Hand streichelte ihre Hüfte, drückte sie.

»Was ist denn hier passiert? Sieh dir den Teppich an! Ach du liebe Zeit! Was für eine Schweinerei!«

»Ein Unfall, fürchte ich.« Bassinetti seufzte. »Die Putzfrauen waren da … ein Feuer im Kamin … ein brennendes Scheit ist herausgerollt …« Er zuckte die Achseln. »Ein bedauerlicher kleiner Zwischenfall, nicht?«

Zoe schüttelte den Kopf. »Ich nehme an, wir sollten uns glücklich schätzen, dass wir zu einem Haus zurückkehren konnten und nicht zu einer rauchenden Ruine. Trotzdem, der Teppich war eines deiner Lieblingsstücke! Armer Emilio.« Sie legte ihm langsam die Hand auf die Schulter. »Nun, wir werden uns ein schönes ruhiges Wochenende machen.«

»In der Tat«, sagte er. »Ich habe alle nach Hause geschickt. Wir sind völlig im Nebel eingeschlossen. Ich dachte, du würdest dich vielleicht sogar entschließen, in New York zu bleiben, wo man so schlecht Auto fahren kann.«

»O nein, ich habe mich auf dieses Wochenende gefreut. Wir machen's uns gemütlich, nur wir beide.«

»Ah, so habe ich meinen Schatz für mich allein.«

Sie sah sich den verbrannten Teppich näher an und murmelte weitere Mitleidsworte. Dann stand sie auf und sagte: »Ich muss noch ein paar Seiten tippen, damit ich es aus dem Kopf habe. Ich komme zu dir, wenn du dir Dan Rather angeschaut hast, und dann suchen wir uns in der Küche etwas zum Abendbrot. Ist dir das recht?«

»Absolut.«

Sie küsste ihn auf die Stirn, und er lächelte und bemerkte, dass sie nach Sex roch, ein Geruch, den sie nach leidenschaftlichen Umarmungen verströmte und über Stunden nicht ablegen konnte. Wie passend, ganz besonders an diesem Abend …

25.

Roger war mit dem Gelände vertraut, wofür Greco besonders dankbar war. Der Ritt war so holprig und grauenvoll, dass er sich nicht vorzustellen vermochte, wie irgendein menschliches Wesen ihn überstehen konnte, aber er klammerte sich an Celia, die immer wieder sagte, dass alles gut würde. Greco war nicht sicher, ob sie zu ihm oder Roger sprach, zog es aber vor, ihr zu glauben. Er klammerte sich an Celia, schloss sein Auge und stellte sich vor, dass es endlich vorbei wäre.

Roger trug sie einen Weg entlang, der in eine dichte Baumgruppe führte. Die Blätter und Zweige bürsteten über sie hinweg, und das Wasser stürzte wie ein Schwall auf sie herab, wie eine Sintflut. Der Nebel hing wie uralte, vergessene Fahnen von den schwarzen Zweigen. Roger fiel in Schritt und blickte hinter sich, damit Celia ihn zur Belohnung tätschelte.

»Ist es vorbei?«, keuchte Greco. Er fragte sich, wie man so erschöpft sein konnte, wo doch das Pferd die ganze Arbeit machte.

»Ich denke, wir sind jetzt außer Gefahr«, antwortete sie. »Warten wir einfach ab, wo er uns hinbringt.«

Der Pfad wand sich zwischen den Bäumen hindurch. Wenn es Sicherheit bedeutete, nicht zu wissen, wo man sich befand, waren sie zumindest im Moment in Sicherheit. Wenn nicht, hatten sie sich schlicht und einfach verirrt. Schließlich murmelte Celia etwas, das Roger dazu brachte, stehen zu bleiben. Greco nahm an, dass sie die geheimnisumwobene Sprache der Pferde beherrschte, was ja auch in Ordnung war, aber seine Gedanken rasten weit voraus. Er wünschte bei Gott, dass er noch seine Waffe hätte.

»Und wie kommen wir runter?« Der Boden schien unglaublich weit entfernt zu sein.

»Du könntest dich einfach vom Rücken rutschen lassen«, schlug Celia vor.

»Okay, aber sieh nicht hin.« Er ließ Celia los, und sie hörte einen dumpfen Aufschlag und ein Grunzen. Roger blickte nach hinten und schüttelte den Kopf.

Greco tauchte auf. Die Sitzfläche seiner Hose und seine Yankee-Jacke waren voller Schlamm. »Okay, okay, ich bin unten.« Er wischte seine nassen, schmutzigen Hände vorn an der Hose ab. Celia stieg ab, und Greco folgte ihr und Roger durch den Dreck. Sie fanden einen umgestürzten Baumstamm, auf den sie sich setzen konnten, und blickten auf eine lange Wiese hinunter, die sich bis zum Haus hinzog. Das Dach ragte aus dem Nebel, der den ganzen Zwischenraum ausfüllte.

Der Regen fiel wieder dichter und klatschte wütend auf die Blätter. Das Pferd und die beiden Menschen wurden sowohl von den Baumreihen als auch vom Nebel und der zunehmenden Dunkelheit verborgen. Langsam durchstießen die hell leuchtenden Paare der Nebelscheinwerfer die trübe Suppe und leuchteten kreuz und quer über die Wiese.

»Das müssen Wagen mit Allradantrieb sein«, sagte Greco. »Landrover oder Broncos, Fahrzeuge, die mit dem langen, nassen Gras fertig werden. Sie werden weiter den Nebel durchkämmen, nehme ich an. Aber sie müssten schon direkt vor uns sein, um uns zu finden, falls nichts Unvorhergesehenes passiert. – Mein lieber Mann, es wird verdammt kalt. Alles in Ordnung bei dir?«

»Ich bin nass, ich friere, ich hab Angst … aber sonst ist alles in bester Ordnung.«

»Es ist zehn nach sechs.« Greco nieste. Roger nieste. »Wir werden alle an doppelseitiger Lungenentzündung sterben. Das hier ist verrückt.«

»Ich kenne diesen Mason«, sagte Celia. »Er hat mich die ganze Zeit verfolgt. Er ist mir gestern Abend zu *Bradley's* gefolgt, als ich hingegangen bin, um mich dort mit Cunningham zu treffen … Er muss in dieser Sache Bassinettis Augen und Ohren sein, was bedeutet, dass er für den Direktor arbeitet. Aber wie konnte er einen Grund haben, mir zu folgen? Du glaubst nicht, dass der Direktor weiß, dass Zoe ihn umbringen will, oder? Aber das würde keinen Sinn ergeben, er müsste sie nur aufhalten … er würde bestimmt nicht darauf warten, dass es passiert …«

»Stopp, stopp«, fiel Greco ihr ins Wort. »Es ist hoffnungslos, wir können die Sache nicht weiter erschließen, als wir's schon haben. Zu viele Beteiligte, zu viele Wendungen …«

»Aber eins noch«, beharrte sie. »Der andere Tote in meiner Wohnung, der eine in Linda Thurstons Karteikästen? Der war mit Mason bei *Bradley's!* Also, wenn dein Freund Louie Recht hatte und es tatsächlich um die Psycho-Abteilung gegen die Mafia geht … das würde bedeuten, dass auch Mason zur Psycho-Abteilung gehört, und das bedeutet, dass wahrscheinlich *er* in meiner Wohnung war und die Männer umgebracht hat! Oh, Peter, es wird immer schlimmer!«

»Ich habe Mason auch wieder erkannt, und ich glaube, er mich ebenfalls. Ich habe es an seinen Augen gesehen. Das geht zurück auf die Zeit, die Teddy meine ›Spitzelzeit‹

genannt hat. Mason war bei der Mordkommission, aber da gab es so eine Geschichte – er hat bei einer Ermittlung einen oder mehrere Typen getötet, und dann wurde gegen ihn ermittelt.« Greco nieste, zog ein Taschentuch hervor und schnäuzte sich. »Schließlich ist er bei der Gummiwaffen-Patrouille gelandet ...«

»Bei der was?« Celia wischte sich den Regen von Stirn und Augenbrauen.

»Die Bullen geben den Jungs, die ein bisschen zu schießwütig sind, Schreibtischjobs und Pistolenattrappen. Vor Jahren waren die aus Gummi, daher die Bezeichnung Gummiwaffen-Patrouille. Manchmal werden sie auch Pfeil-und-Bogen-Brigade genannt. Komische Sache, Mason war mein Leibwächter, als ich ausgesagt habe, aber er war es, ich bin sicher ...«

»Das wären dann also drei in der Psycho-Abteilung.« Celia konnte es nicht glauben. »Das kann dann nur bedeuten ...«

»Vergiss es. Wir haben keine Ahnung, was das bedeutet.«

»Wir können also nichts anderes tun, als den Direktor warnen und versuchen, das aufzuhalten, was immer da hinten passieren wird.« Sie deutete mit einem Kopfnicken über die wandernden Nebelscheinwerfer auf das Haus.

»Willst du nicht lieber einfach warten, bis alles vorbei ist, und dann nach Hause fahren?«

»Scherzkeks. Wir müssen unbedingt in das Haus zurück. Und zwar bald. Ich danke Gott für den Nebel. Wie machen wir's?«

Die Nebelscheinwerfer tasteten sich dichter heran, schwenkten hin und her, huschten in verschwommenen, goldenen Bögen durch den Nebel. Sie kamen immer näher, als wüssten sie, wo das Versteck war. Die Motoren hörten sich an wie winselnde Tiere, die nach Nahrung suchen.

Greco sagte: »Okay, hier ist der Plan: Erstens, ich werde nicht noch einmal auf dieses Pferd steigen, basta. Zweitens, du kannst reiten, sodass du sie von mir ablenkst. Mach ein paar Geräusche auf dem Pferd und verschwinde dann im Nebelwald. Aber lass dich ja nicht von ihnen erwischen, Slats! Hier ist es jedem ernst.«

»Und was machst du, während ich mein Leben riskiere? Angenommen, dass ich tollkühn genug bin.«

»Ich werde zum Haus rennen.« Greco putzte sich wieder die Nase.

»Um was zu tun, wenn du dort ankommst?«

»Ein paar Aspirin nehmen. Mein Kopf bringt mich um.«

Es war dunkel und feucht und kalt und sehr eng im Kofferraum des Rolls Royce. Es war auch nicht gerade hilfreich, sich daran zu erinnern, dass sein unmittelbarer Vorgänger in diesem Kofferraum mausetot gewesen war. Charlie Cunningham war speiübel vom Gestoße und Geschaukel und Gerüttel und dem Stoppen und Starten und zum Teil auch von all dem Aspirin, das er wegen seines Ohres eingenommen hatte. Jetzt hatte die Wirkung des Aspirins nachgelassen, und als der Schmerz ihn wieder packte, fragte er sich, ob er nicht eine Tetanusspritze gebraucht hätte. Verdammter Vogel …

Die Leuchtfarbe auf dem Zifferblatt seiner Armbanduhr hatte schon vor mindestens zehn Jahren ihre Kraft verloren, und so wusste er nicht, wie spät es war. Der Kofferraumdeckel war mit Draht verschlossen, und Cunningham war am ganzen Körper steif, und ihm war übel, und alles tat ihm weh, und er wusste nicht, wie spät es war, und zu allem Überfluss musste er auch noch dringend. Er tastete nach dem Draht, fand ihn schließlich mit klammen Fingern und begann, ihn aufzudröseln. Es dauerte ewig. Natürlich schnitt er sich in den Finger, saugte daran und schmeckte sein Blut. Schließlich merkte er, dass der Draht sich löste, und er schob den Kofferraumdeckel ungefähr fünfzehn Zentimeter weit auf und spähte hinaus in die Dunkelheit und den Nebel. Einen kurzen Moment lang stieg die schreckliche Angst in ihm auf, erblindet zu sein; dann aber wurde ihm klar, dass es schlichtweg nichts zu sehen gab.

Er tastete nach der Waffe, die ihm Zoe gegeben hatte. Sie fühlte sich kalt und klamm und schwer an. Er steckte sie in die Tasche seiner Windjacke, schob den Kofferraumdeckel ganz auf und drehte sich mühsam in Knielage, wobei er seine Knochen knacken hörte – als würde er sich die Knochen, die er sich nicht bereits bei seinen vorherigen Missgeschicken gebrochen hatte, jetzt brechen. Vorsichtig streckte er ein Bein aus dem Kofferraum, tastete mit dem Fuß nach dem Boden, kletterte dann ins Freie und brachte es fertig, wie ein richtiger Mann aufrecht zu stehen. Seine Knie waren weich. Er schwankte. Orientierte sich. Gütiger Himmel, er musste dringend eine Toilette finden!

Es hätte allerdings schlimmer sein können.

Zum ersten Mal, seitdem er gemerkt hatte, dass er bei *Strand's* das falsche Buch verkauft hatte, glaubte er zu wissen, was los war.

Es gefiel ihm nicht. Aber wenigstens hatte er ein klares Bild von der Situation. Keine toten Hunde, keine herumliegenden Leichen von seinem Wohnzimmer bis zu Zoes Veranda, keine Typen mit Augenklappen, keine großen, durchgeknallten Vögel. Er versuchte, nicht darüber nachzudenken, warum in seinem Lieblingssessel ein Leiche gesessen hatte.

Er seufzte. Jetzt war zur Abwechslung einmal alles klar.

Sie waren allein auf dem Lande in New Jersey. Nur sie drei. Er selbst, der Direktor und die liebe Zoe. Das ewige

Dreieck sozusagen. Nach all dem Durcheinander war das Ende so einfach!

Er erwog, ob er gleich hier auf den Hof pinkeln sollte. Vielleicht ans Haus. Oder an Zoes Rolls. Er hatte den verdammten Rolls satt.

Nein. Man pinkelte nicht bei jemandem auf den Hof. Er würde im Haus ein Badezimmer finden. Zoe war oben im Westflügel. Der Direktor war in seinem Arbeitszimmer. Er hatte Zeit. Er gähnte nervös. Unter der Wageneinfahrt war ein dämmriges Licht zu sehen. Er ging ins Halbdunkel der Laterne und schaute auf die Uhr. Gerade halb sieben vorbei. Noch jede Menge Zeit.

Er ging zur Seitentür und erinnerte sich an die Anweisungen, die Zoe ihm über den Grundriss des Hauses gegeben hatte.

Irgendwo an diesem langen Flur sollte ein Badezimmer sein. Vielleicht gab es da sogar Aspirin. Sein Kopf brachte ihn um.

26.

Als Mason mitten im Nichts sogar Arnold im anderen Landrover aus den Augen verlor, wurde ihm klar, dass er nur seine Zeit verschwendete. Da war nichts außer Nebel. Kein Pferd, keine Miss Blandings, kein Peter Greco, und nun auch kein Arnold. Er kam sich immer mehr wie Feldmarschall Rommel inmitten der nordafrikanischen Wüste vor, der in einem Sandsturm verschwindet und nach dem Schlüssel für Rebecca sucht, wie in Ken Follets Roman.

Dann kamen von irgendwoher die Nebelscheinwerfer von Arnolds Landrover und schwenkten über ihn hinweg nach oben. Mason bog im Winkel rechts ab auf Arnolds Spur und fuhr ein weiteres X im Nebel. Es war schlecht, dass er keine Walkie-Talkie-Verbindung mit Arnold hatte. Er bremste ab, beugte sich vor, versuchte vergeblich, zu sehen, wohin er fuhr. Es war idiotisch. Sie würden nie jemanden finden, und der Nebel wurde immer dichter. Er war durchnässt bis auf die Haut. Der Regen fühlte sich an, als ob Blut auf der verbrannten Seite seines Gesichts herunterlief.

Ohne Vorwarnung sah er das Pferd.

Es war ein Blitzen der riesigen Augen, das Flattern einer Mähne, auf dem Rücken des Tieres zusammengekauert ein

Körper, dann ein kurzer Blick auf die Hinterhand des Pferdes, das Schlagen des Schwanzes ... dann war das Pferd im Nu wieder verschwunden, wie ein Geist, wie der Kopflose Reiter, der durch die Nacht prescht.

Mason schrie: »Arnold! Arnold, hierher! Ich hab sie!« Zur Hölle mit Bassinettis Befehl zu schweigen. Zur Hölle mit allem. Das Pferd war direkt vor ihm, das wusste er. »Verdammt, Arnold!«

Es war zwecklos, sich selbst Gehör zu verschaffen.

Er konnte nicht einmal seine eigenen Schreie hören. Die Maschine röhrte. Das Blut hämmerte in seinen Schläfen. Arnolds Scheinwerfer schnitten wieder direkt vor ihm durch den Nebel. Himmel! Er musste mit dem Pferd direkt auf einer Linie sein!

Er trat voll aufs Gaspedal und jagte wie eine Kugel in den Nebel, spürte, wie der Landrover schlitterte und dann einen Sprung vorwärts ins Leere machte.

Mason spürte, wie das Adrenalin in sein Blut schoss und durch den Kreislauf strömte, seine Müdigkeit vertrieb und seine Psycho-Abteilungs-Selbstbeherrschung durchbrach.

Wut stieg in ihm auf. Mörderische Wut. Er spürte, wie er grinste, und es tat weh, aber er konnte nicht aufhören. Das schlichte Allerweltsgesicht war zur Maske eines Raubtiers mit gefletschten Zähnen geworden.

Seit Tagen war alles schief gegangen. Seine verbundene Hand fühlte sich an wie ein gut durchgebratener Hamburger direkt vom Grill. Die verbrannte Gesichtshälfte hatte sich in eine große Blase verwandelt, die jeden Augenblick zu platzen drohte. Bassinetti würde ihm wahrscheinlich die vierzigtausend abziehen. Und wenn der General jemals Wind von seinem Verrat bekam, würde er ihn mit einem Halseisen erdrosseln und seine Überreste in einem Haifischbecken versenken.

Aber jetzt, bei Gott, würde er es diesem Hurensohn auf dem Pferd heimzahlen! Jawohl, Sir, sein Glück wendete sich.

Wie sich herausstellte, irrte er sich fast völlig. Aber was sein Glück betraf, hatte er Recht. Als Nächstes, das wusste er, würde etwas unglaublich Schreckliches passieren.

Mason sah sich um und stellte fest, dass er sich in der Luft befand. Irgendwie hatte er vollständig die Kontrolle über den Landrover verloren.

Während er durch den Nebel flog, versuchte er sich zu erinnern, was gerade passiert war. Es blitzte in raschen Bildern wie im Mündungsfeuer von Gewehrschüssen vor seinem geistigen Auge auf.

Es hatte mit einem Baumstumpf zu tun.

Ein sehr breiter und etwa ein Meter hoher Baumstumpf. Er war vor ihm aus dem Boden aufgetaucht wie ein besonders hässlicher, stämmiger Zwerg. Aus dem Nichts. Direkt vor ihm. Und verspottete ihn.

Der Landrover war frontal auf den Stumpf geknallt, mit einem dumpfen Schlag, der krachend durch die Karosserie fuhr, die Windschutzscheibe zerspringen ließ und ihm das Lenkrad aus den Händen schlug. Seine Wirbelsäule war vor- und zurückgeschleudert, und er hatte sich auf die Zunge gebissen. Und zwar kräftig.

Die vier Räder hatten sich weiter gedreht und in das rutschige Gras eingegraben. Der Landrover blieb abrupt auf seiner Vorderfront stehen, katapultierte Mason in die Dunkelheit und machte ihn so zu einer Art menschlichen Flugkörper ohne Lenksystem.

Sein Traum vom Fliegen ging abrupt zu Ende, als er krachend auf der Erde landete, und er hörte eine Menge Dinge, die in der Hülle seiner durchgeweichten Haut zerbrachen und nachgaben.

Der Aufprall, der dem Schlag mit einem Vorschlaghammer glich, trieb ihm die Luft aus der Lunge.

Schlüsselbein? Arm? Genick? War das jetzt wirklich wichtig?

Er schüttelte den Kopf. Benommen. Am Ende war das Schlimmste passiert.

Er lag auf dem Rücken, würgte, versuchte Luft zu bekommen. Er kämpfte, wieder einen klaren Blick zu bekommen und die schmerzenden Sternschnuppen zu ignorieren, die in seinem Kopf explodierten wie ein drittklassiges Feuerwerk zum Vierten Juli. Er sah sich um und versuchte, sich auf einen Ellbogen zu stützen. Er versuchte, im Nebel hinter sich in die Richtung zu blicken, aus der er gekommen war.

Irgendetwas Merkwürdiges ging da vor sich.

Zuerst hörte er das Röhren eines Landrover-Motors, dann fluteten die Scheinwerfer aus dem Nebel.

»Arnold«, krächzte er. Er nahm die gesamte Kraft seiner Lungen zusammen und schrie: »Arnold, passen Sie auf! Ich bin's! Ich bin hier auf der Erde … Arnold!«

Dann erschien der Landrover wie ein von Dämonen besessenes Stück Schrott aus einem Roman von Stephen King und hielt genau auf ihn zu.

Er beschleunigte.

Mason war nicht sicher, ob er sich selbst aus dem Weg ziehen konnte. Arnold war verrückt geworden! »Arnold!«, schrie er. Seine Stimme überschlug sich, wurde schwächer. »Sie Arschloch!« Aber es kam nur ein Flüstern.

Zuerst ein Pferd.

Nun ein Landrover.

Er versuchte, sich zu bewegen, sich wegzurollen …

Greco joggte die Baumreihe entlang, wobei er einmal über

eine Wurzel stolperte und bäuchlings auf nassen Eichen-
blättern landete. Er verließ sich darauf, dass ihn die Baumreihe in einem Bogen wieder zum Pferdestall zurückführen
würde. Von Zeit zu Zeit sah er einen schwebenden Lichtschein aus Richtung des Hauses, wodurch er einen Orien-
tierungspunkt auf der rechten Seite bekam. Immer wieder
hörte er den Motorenlärm von den Landrovern, doch die
Geräusche kamen und gingen unregelmäßig. Der Regen
lief ihm übers Gesicht, rann ihm über den Rücken, durch-
tränkte seine Schuhe. Er hatte es satt, dass er nichts sehen
konnte, aber er brauchte die Deckung.

Vor allem sorgte er sich um Celia.

Slats.

Sie war zu allem bereit, es war kaum zu glauben! Er hatte
noch nie eine Frau wie sie getroffen, so viel stand fest. Sie
war da, auf völlig unbekanntem Gelände, und passte sich
an wie ein Marineinfanterist. Er selbst hatte sich sein Leben
lang anpassen müssen, besonders in seiner Zeit als verdeckter Ermittler. Das war die totale Anpassung gewesen. Andererseits ging es bei ihm um sein Ego, wie er ihr zu erklären
versucht hatte. Vielleicht gab es da wirklich eine Ähnlich-
keit zu ihm, weil sie Schauspielerin war. Und dann hatte
sie auch diese Linda Thurston, auf die sie zurückgreifen
konnte. Vielleicht konnte sie sich so gut anpassen, weil sie
eine Rolle spielte, in diesem Fall eine Rolle, die sie selbst
erschaffen hatte. Er nahm an, dass er sie in Wirklichkeit
nicht ganz begriff.

Vielleicht war sie unbegreiflich.

Er hoffte, dass bei ihr alles okay war. Es gefiel ihm
überhaupt nicht, sich von ihr zu trennen, sie der Nacht
und dem Regen und dem Nebel und dem Pferd anzuver-
trauen, aber als es darum ging, zum Direktor vorzudrin-
gen, der bald ermordet werden sollte, hatte er einfach

mehr Übung und Erfahrung. Wie auch immer, das Ganze war eine idiotische Improvisation. Der einzige verdammte Grund, warum er, Greco, noch mitmachte, war Slats. Weil sie Mumm hatte und in einem Fernsehspot die Hustensaftfee war. Das war ihm durch den Kopf gegangen, als sie ihn vom Pferd herab ansah, an der Mähne zog, sich umdrehte, auf die Nebelscheinwerfer der Landrover zuritt und verschwand.

Die Hustensaftfee war fort.

Er unterdrückte ein nasses, raues Niesen und seufzte erleichtert. Er hatte den Pferdestall erreicht, was er zuerst am Geruch merkte, bevor er die nassen Wände und die Rampe entdeckte. Er lehnte sich gegen die Wand des Stalles, um sich ein wenig zu erholen; dann ging er hinein und tappte die ganze Länge des Stalls zwischen den Boxen entlang, froh, für eine Weile dem Regen entronnen zu sein. Vom oberen Ende der Rampe zum Hof sah er schwach die Umrisse des Hauses, hörte aber nichts außer dem Trommeln des Regens auf den Steinen und die schweren Tropfen von den Dachvorsprüngen.

Um zu der Wand des Hauses zu gelangen, die den Hof auf einer Seite begrenzte, presste er sich im Schutz der Dachvorsprünge an die Wand und machte sich auf den Weg zu der Tür, durch die sie mit Mason das Haus betreten hatten. Er sah einen schnittigen Lincoln Mark, der zuvor nicht dort gestanden hatte, und kam dann zu dem weißen Rolls Royce Corniche. Der Lincoln des Direktors, Zoes Rolls, der Charlie transportiert hatte ... wahrscheinlich im Kofferraum. Die Spieler mussten alle auf dem Spielfeld sein.

Der Rolls hatte eine verdammt große Delle oben auf einem der Kotflügel, und er konnte sich nicht recht vorstellen, wie jemand einen Wagen von oben verbeulen konnte, aber das war Zoes Problem. Ihr kleinstes Problem, nahm er an.

Der Kofferraumdeckel stand weit offen. Der Regen wurde hineingeweht und sammelte sich auf dem Boden. Es war alles genau so, wie in dem Mordbrief beschrieben, den er seit Jahrtausenden zu kennen schien. Gestern Morgen hatte er Celia bei *Homer's* beim Kaffee kennen gelernt, und seitdem war alles nur noch verrückt gewesen …

Na gut, zurück zum Geschäft. Er sah das Blatt Papier vor seinem geistigen Auge. Rolls. Kofferraum. Herumtreiber … der in Wirklichkeit Charlie Cunningham war, der arme, dumme Bastard, minus ein halbes Ohr, der sich im Kofferraum des Rolls herumschaukeln ließ, sodass er für die Frau den Mord erledigen konnte. Der gutgläubige Trottel. Der Jerry Lewis der Mörder. Drauf und dran, ganz groß reinzufallen.

Wohin also war Charlie gegangen, nachdem er aus dem Kofferraum gestiegen war?

Greco ging an der Wand entlang, dachte einen Augenblick nach, ging zu dem Rolls zurück und drückte langsam den Deckel herunter. Er hörte, wie er satt ins Schloss fiel.

In diesem Augenblick war Zoe nach dem Plan mit Schreibarbeiten beschäftigt. Der Direktor machte es sich gerade mit einem Scotch gemütlich, um sich von Dan Rather die Welt in der Nussschale präsentieren zu lassen.

Aber wo war Charlie? Vielleicht hatte er den Zeitplan vorgezogen. Vielleicht hatte er den Direktor schon erschossen und dachte daran, wieder in den Kofferraum zu steigen.

Greco sah auf die Uhr. Viertel vor sieben.

Er fand den Seiteneingang, drehte langsam den Türknauf, öffnete die Tür.

Bis auf die Lampe am anderen Ende des Flures war es dunkel. Leise schloss er die Tür, blieb stehen, horchte.

Irgendwo floss Wasser. Als Greco das Geräusch vernahm, musste er grinsen. Es hörte sich an, als würde jemand pinkeln.

Aus heiterem Himmel musste er niesen. Ein verdammt lautes, gewaltiges Niesen, das ihm beinahe die Ohren wegblies.

27.

Bassinetti befreite sich von der kleinen Vorrichtung, in die er seine Fingerspitze gesteckt hatte. Sie maß seinen Blutdruck und zeigte ihn auf einer kleinen, roten Digitalanzeige an. Sein Blutdruck war perfekt. Sein Herz war ebenfalls perfekt, wie ihm ein anderes kleines Gerät berichtete. Er konnte nur nicht laufen. Und neunzig Kilo zu verlieren würde ihm nicht schaden. Trotzdem, selbst mit diesem Gewicht und seiner Fesselung an den Rollstuhl hatte er die Konstitution des sprichwörtlichen Stiers. Heute Abend war, wie er annahm, eine Art Test. Er beabsichtigte, die Sache mit fliegenden Fahnen siegreich und schnell zu beenden.

Der Direktor rollte in seinem Arbeitszimmer zum Tisch mit den Flaschen hinüber und bereitete sich zur Stärkung einen doppelten Tanquerai-Martini mit zwei großen, grünen Oliven. Er nahm den ersten Schluck, netzte seine vollen Lippen mit dem Gin, genoss ihn. Er schaute auf die Uhr. Viertel vor sieben.

Die langen, hohen Fenster, die auf dieselbe Steinbalustrade hinausgingen wie die Fenster der Bibliothek, standen zum Teil offen, weil der Direktor überheizte Räume hasste. Aber wie Richard Nixon mochte er auch Feuer im Kamin. Die Brise im Rücken, die zu den Fenstern hineinwehte, fuhr er im Rollstuhl hinüber zu den Holzscheiten, die auf dem Kaminrost lagen, zündete mit einem langen Streichholz die Kienspäne an und sah zu, wie sie Feuer fingen. Verdammt, um den Teppich in der Bibliothek tat es ihm wirklich Leid! Es sah Mason überhaupt nicht ähnlich, eine solch elementare Aufgabe wie die Beobachtung, das Babysitten, von ein paar Randfiguren über ein paar Stunden in den Sand zu setzen. Stattdessen entkommen sie, das Haus brennt beinahe nieder, und Mason selbst zieht sich dabei Brandverletzungen zu.

Das Feuer knisterte, Flammen züngelten hoch, und seine Gedanken waren ganz woanders, als von draußen ein Geräusch hereindrang. Aber was war es? Er horchte, hörte aber nichts.

Wo war Mason jetzt? Wo waren die Landrover? Und wo waren die Frau und Greco?

Er rollte zu den Fenstern, öffnete einen der Flügel und blickte in die feuchtkalten Nebelwolken hinaus.

Da war niemand.

Der Direktor schüttelte den Kopf. Plötzlich wurde ihm klar, dass er von niemandem wusste, wo er war, noch was da draußen vor sich ging.

Er wusste sonst *immer*, was gerade vor sich ging. Und diese Erkenntnis, die ihn so schnell wie ein Lidschlag überkam – dass er plötzlich aller Informationen beraubt war –, war ein Schock für ihn.

Verdrossen drehte er den Rollstuhl herum und schaltete mit der Fernbedienung den Fernseher ein. Als Dan Rather um sieben auf dem Bildschirm erschien, hörte er noch ein weiteres Geräusch, zögernde Schritte vielleicht, und drehte sich langsam zu der Tür, die nicht hinaus in die neblige Nacht führte, sondern zum Flur im Innern des Hauses.

Im Türrahmen stand ein Mann mit einer Waffe.

Mason hatte nur einmal gesehen, wie ein Mann aus der Psycho-Abteilung zusammenbrach. Es war ein unvergesslich hässliches Schauspiel gewesen, das er ganz hinten in seinem Verstand zu verstecken versucht hatte, hinter all den Morden und Schlägereien und Verhören, aber er konnte es nie vergessen. All die Wut, die Angst und der Druck, die den Typen förmlich zu zerreißen schienen …

Als er den Landrover auf sich zuschießen sah, als er sich nicht bemerkbar machen konnte, als er glaubte, nicht mehr davonzukommen, fragte er sich, ob er selbst nicht gleich zerbrechen würde wie der arme, alte Brown damals in Montevideo.

Aber irgendwie hatte er ein Grasbüschel zu fassen bekommen und seinen zerschundenen Körper gerade noch aus dem Weg gezogen, bevor der Landrover vorbeidonnerte.

»Arnold!«, brüllte er und versuchte, noch einmal zu schreien, doch der Name blieb ihm im Halse stecken. Er lag auf dem Rücken und starrte sprachlos in den Nebel.

Der Landrover war leer.

Sein eigener verdammter Landrover hatte ihn verfolgt und versuchte, ihn umzubringen.

Allmächtiger!

Und hätte ihn beinahe auch erwischt.

Er brauchte einige Zeit, bis er all seine gebrochenen Knochen wieder beisammen hatte, und stemmte sich mühsam hoch. Allmählich klang er ein wenig wie der alte Brownie in der Nacht, als die Schlangen in der Falle in Montevideo ihn erwischten. Ob der alte Brownie gewusst hatte, was mit ihm geschah?

Mason fragte sich, wo der Landrover hingefahren war. Wahrscheinlich war seine Waffe noch darin. Würde er sich noch einmal auf ihn stürzen?

Er stand im Nebel und versuchte herauszubekommen,

wo er sich befand. Er hatte vollkommen die Orientierung verloren.

Er konnte rein gar nichts erkennen.

Wie sollte er wissen, dass er einen Nervenzusammenbruch bekam, wenn niemand da war, der es mitbekam? Er fragte sich, wo Arnold war.

»Arnold?«

Er wartete.

»Arnold, Sie Hurensohn! Wo sind Sie?«

Charlie Cunningham erleichterte sich in einem abgedunkelten Kabuff von Badezimmer, als er direkt hinter sich jemanden niesen hörte. Es hatte dieselbe Wirkung, als wäre in seiner Gesäßtasche eine Bombe explodiert. Im Reflex sprang er etwa fünfzehn Zentimeter in die Luft und verursachte eine ziemliche Schweinerei, was allerdings kaum sein Fehler war.

Er blieb stocksteif stehen und traute sich nicht einmal, seinen Reißverschluss zu schließen. Er traute sich kaum zu atmen.

Eigentlich sollte niemand im hinteren Flur sein. Eigentlich sollte es nur einen Direktor im Arbeitszimmer geben, eine todbringende Ehefrau im Obergeschoss und einen Cunningham, der gerade pinkelte.

Für einen Nieser im Flur war keine Rolle vorgesehen.

Charlie Cunningham verharrte regungslos. Lauschte.

Schließlich hörte er das kaum vernehmbare Quietschen einer Diele, dann noch eine. Sehr langsam. Das Geräusch bewegte sich von ihm weg.

Als er ins Badezimmer gegangen war, war er für die sorgfältige Instandhaltung der Villa dankbar gewesen. Keine quietschenden Türangeln. Als er die Tür jetzt ganz vorsichtig öffnete, war er noch dankbarer. Er streckte den Kopf in den Flur hinaus, hielt wieder den Atem an.

Ungefähr drei Meter entfernt stand jemand. Ein wenig kleiner als Cunningham, aber viel breiter. Er stand ein Stück weiter weg und blickte zum Ende des Korridors, wo ein dämmriges Licht zu sehen war.

Cunningham zog die Waffe aus seiner Windjacke und hielt sie wie eine Keule. Konnte er den Typ erreichen und von hinten niederschlagen, bevor seine Schritte ihn verraten würden?

Er wog noch seine Chancen ab, als der Kerl die Schultern hochzog, nach seinem Gesicht griff und nieste. Sein ganzer Körper wurde durchgeschüttelt.

Charlie stürzte sich auf ihn.

Man sagt, dass man dem Tod niemals näher ist, als wenn man niest. Charlie dachte sich, dass er nie eine bessere Gelegenheit bekommen würde.

So hart, wie er konnte, ließ er die Waffe niedersausen und schlug sie dem Kerl auf den Hinterkopf.

Der Fremde grunzte, als wollte er sagen: *Mann, war das ein Nieser!* Er drehte sich halb um, und Charlie verpasste ihm einen weiteren Schlag, der den Mann streifte und zu Boden streckte.

Charlie schleifte den schlaffen Körper an den Füßen zur nächsten Tür, als er plötzlich das Gesicht des Mannes sah.

Heilige Hanna! Seine Mutter, die glaubte, er würde ein Buch über Yogi Berra schreiben, sagte das immer.

Es war derselbe Typ! Der Typ mit der Augenklappe!

Der Typ auf Zoes Veranda, der Typ, der nicht mehr da gewesen war, nachdem sie Friborg im Kofferraum des Rolls verstaut hatten. Der Typ, den er vor weniger als vierundzwanzig Stunden schon einmal k. o. geschlagen hatte.

Er konnte sich nicht mehr an den Namen erinnern.

Der Freund von dieser verdammten Celia Blandings ...

Einen Augenblick lang tat ihm der arme, bewusstlose

Trottel Leid. Wie oft konnte ein Kerl sich k. o. schlagen lassen und trotzdem immer wieder aufwachen?

Charlie probierte die Tür, und sie ließ sich öffnen.

Er zog den Kerl hinein und ließ ihn lang ausgestreckt auf dem Boden liegen. Er wollte nicht nach einem Lichtschalter tasten und spähte ins Halbdunkel. Er konnte hohe Regale erkennen, die, wie es aussah, voller Lebensmitteldosen, Töpfe und Glasgefäße standen. In der Mitte ein langer Tisch. Eine Vorratskammer oder so. Er nahm einen Stuhl mit hoher Lehne vom Tisch mit, ging in den Flur und schloss die Tür. Er klemmte die Stuhllehne unter den Türknauf und versuchte, die Tür zu öffnen. Es ging nicht.

Charlie nahm die Waffe wieder aus der Tasche.

Es war Zeit, den Direktor zu suchen.

28.

Celia setzte ihr ganzes Vertrauen in Roger, vor allem, weil sonst niemand da war, in den sie überhaupt ihr Vertrauen hätte setzen können. Auch, weil er so groß war und sie ihn nicht wirklich kontrollieren konnte, war Vertrauen eine Notwendigkeit. Und überhaupt, sie benötigte ihre ganze Konzentration, um an Bord zu bleiben.

Nachdem sie von Greco fortgeritten war, hatte sie immer mehr den Mut verloren. Sie machte sich nicht im Geringsten Sorgen um sich selbst: Sie hatte Roger und den Nebel und zwei Schläger in Landrovern, die nicht weiter als bis zu ihren Stoßstangen sehen konnten. Aber Greco war auf sich allein gestellt. Er war auf dem Weg ins feindliche Lager. Und er war unbewaffnet.

Wenigstens eine Person in der Villa würde bewaffnet sein: Charlie Cunningham war zweifellos inzwischen erschienen und verdiente sich sein Pseudonym Mr. Mystery. Er war verrückt, davon war sie felsenfest überzeugt. Sein Auftritt in ihrer Wohnung – ganz zu schweigen von dem Zustand, in dem er war, als er sie verließ – ließ keinen Zweifel an seiner geistigen Verfassung. Wenn er nicht schon vorher völlig durchgedreht gewesen war, hatte der Gemeine Ed ihm sicherlich den Rest gegeben.

Jemanden abzulenken war nicht so einfach, wie es sich

angehört hatte, als Greco den Vorschlag gemacht hatte: Um die Typen in den Landrovern ablenken zu können, musste Celia sie erst einmal finden.

Roger schoss aus dem Gebüsch hervor, in dem sie sich versteckt hatten, und galoppierte auf die Wiese zu, wo sie ab und zu kurz einen der gelben Lichtfinger erwischte. Sie musste näher heran, musste sich irgendwie ihren Blicken darbieten und sie dann in den Nebel locken. Aber wie?

Ständig bekam sie Regen in die Augen und konnte kaum etwas erkennen, obwohl es im Grunde keinen Unterschied machte, weil sie ohnehin nichts sehen konnte.

Doch als endlich etwas geschah, ging alles ganz schnell, als hätte sie auf ihrem Videorecorder den Schnellvorlauf gedrückt.

In einem Augenblick war sie allein und verloren, und im nächsten wurde sie plötzlich von den hin- und herstreifenden gelben Lichtern beider Landrover erfasst. Roger bäumte sich auf, und Celia dachte schon, sie würde von seinem Rücken rutschen, doch ihre Finger krallten sich früh genug in Rogers Mähne. Roger drehte sich um die eigene Achse und kam auf die Idee, dass er spät aufbleiben und Spiele spielen dürfte. Er galoppierte davon. Celia kam es vor, als ob ihr die Lichter am Rücken klebten, doch es konnten nicht mehr als ein paar Sekunden gewesen sein. Sie glaubte, hinter sich jemanden rufen zu hören, doch der Wind pfiff in ihren Ohren, und Roger schnaufte laut, und seine Hufe trommelten auf dem Gras, und sie keuchte bei jedem Stoß auf der Achterbahn.

Celia hatte keine Ahnung, wo Roger hinlief, aber er schien sorglos zu sein und nahm flott und mit Leichtigkeit einen leichten Abhang, während hinter ihr die Motoren der Landrover röhrten. Plötzlich hörte sie hinter sich ein lautes, krachendes Geräusch – keinen Schuss, sondern etwas Stärkeres, etwas kreischend Metallisches, als ob einer der Landrover an einer Wand entlangschrammte – und als sie einen Blick nach hinten warf, war nur noch einer von ihnen auf der Jagd nach ihr. Er schien aufgeholt zu haben; doch Celia war sich nicht ganz sicher. Sie hatte gerade den Rhythmus von Rogers schnellem Lauf aufgenommen, als er plötzlich langsamer wurde, beinahe in Schritt fiel, und kehrtmachte.

»O Gott, Roger ... bitte, Roger, was machst du denn da? Bleib jetzt nicht stehen! Komm schon, Roger ...«

In diesem Augenblick hörte sie, wie unter Rogers Hufen Steine und Kies wegrutschten und spürte, wie er schneller schritt. Sie versuchte zu erkennen, was los war, und sah, dass Roger sich am Rand eines tiefen schwarzen Abgrunds entlangbewegte. Sie konnte den Grund nicht sehen, aber er schien frei von dem Nebel zu sein, der über ihm schwebte. Celia zog Roger an der Mähne und zerrte ihn weiter vom Rand weg. Ihr Mund war zu trocken, um zu sprechen oder zu schlucken. Sie zog und zog, und langsam änderte Roger den Kurs und bewegte sich ein Stück vom lockeren Boden an der Kante des Abhangs fort.

Dann erschien wieder der Landrover und wühlte sich fünfzehn oder zwanzig Meter hinter ihr mit voller Geschwindigkeit den Hügel hinauf. Bevor Celia begriff, was los war, hatte der Landrover den Rücken des Hügels erklommen und hatte keine Möglichkeit mehr, zu bremsen oder zu wenden. Er schoss über den Rand des Abgrunds hinweg, und seine Scheinwerfer erfassten die Leere, als es zu spät war.

Er landete einige Wagenlängen entfernt unten an der steilen Wand der Schlucht, der sich nun als tiefe Kiesgrube erwies. Als die Vorderräder aufsetzten, musste der Fahrer reflexhaft auf die Bremsen gestiegen sein. Die Räder gruben sich ein, Metall kreischte auf Metall, und der Wagen überschlug sich mit wild in alle Richtungen umherstreifenden Lichtern. Er schlug auf dem hinteren Ende auf. Glas splitterte. Ein Reifen flog durch die Luft. Ein Körper, den Celia für den Fahrer hielt, wurde in eine andere Richtung geschleudert. Dann wurden die Scheinwerfer zerschmettert, und alles war wieder in Dunkelheit und Stille getaucht, abgesehen von Rogers hämischem Wiehern.

Celia wusste nicht, was jetzt los war, musste aber eine Entscheidung treffen. Einer der Landrover, möglicherweise beide, waren außer Gefecht, und sie konnte nichts weiter tun, als Roger in die Richtung zurückzulenken, von der sie annahm, dass es die war, aus der sie gekommen waren.

Roger, der zu spüren schien, dass der Spaß vorbei war, trottete wieder den Hügel hinunter. Celia tätschelte immer wieder seinen starken Hals und sagte ihm, dass er ein sehr guter, sehr braver Roger sei.

Mehrere Minuten vergingen, bevor sie die gelben Lichter des anderen Landrovers sah. Er bewegte sich ziellos, als ob der Fahrer betrunken wäre; er machte einen großen Kreis, kreuzte hinter Celia vorbei und schien nicht zu bemerken, dass sie da war. Dann kam der Wagen zum Stehen, und die Lichter hinter ihr zeigten in die Richtung, in der das Haus lag, wie sie hoffte.

Sie dachte über das merkwürdige Verhalten des Landrovers nach und fragte sich, ob sie sich in die richtige Richtung bewegte. Sie hätte auf Roger Acht geben sollen; stattdessen kickte sie ihm in die Rippen, weil sie aus dem Licht herauswollte. Als er seinen Lauf beschleunigte, bemerkte sie zu spät, dass sie von seinem nassen Rücken rutschte.

Sie landete mit einem Klatschen auf dem wassergetränkten Boden, halb auf dem Po, halb auf einem Knöchel, der sich unter ihr verdreht hatte.

»Verdammt«, stöhnte sie.

Warum unternahm der Mann in dem verfluchten Landrover nichts? Er musste sie doch sehen können. Sie war in
dem Licht gefangen. Aber der Landrover stand einfach nur
da und starrte sie an.

Roger wartete ein paar Meter vor ihr und kaute auf einem Grasbüschel. Er stand neben einem Baumstumpf, der
aus der weichen Wiese ragte.

Celia erhob sich, trat vorsichtig auf, weil der Knöchel etwas abbekommen hatte, und hinkte zu Roger hinüber.

Der Baumstumpf war ein Geschenk des Himmels. Ohne
ihn hätte sie keine Möglichkeit gehabt, wieder aufzusitzen.

Mit einiger Mühe stieg sie auf den Stumpf, der auf einer Seite erst vor kurzem stark beschädigt worden war,
und hatte Rogers breiten Rücken bereits halb erklommen,
als …

»Aaaa!« Es war ein Schrei voller Wut, Schmerz, Frust
und Hass.

Er kam aus dem Nichts. Sein entstelltes Gesicht mit der
großen roten Schwellung war verzerrt, und seine Hand griff
nach ihrem Fußknöchel.

Sie schrie nicht. Sie konnte nicht schreien. Das war
der Albtraum aller Albträume, eine Kreatur, die aus dem
Dunkel der Unterwelt aufstieg, um sie in die Tiefe zu zerren …

Sie trat mit dem Fuß, grub ihre Finger tief in Rogers
Mähne, spürte, wie er sich vom Angreifer fortbewegte.
Mit einem Ruck zog sie ihr Bein fort, doch der Mann
wollte nicht loslassen, knurrte und verfolgte sie weiter,
während Roger zur Seite tänzelte. Der Mann musste Mason sein … ganz sicher, er musste es sein! Doch Celias Verstand hatte ausgesetzt; eine Urangst trieb sie an, die sie
sich zuvor nicht einmal hatte vorstellen können. Sie zerrte
ihr Bein aus der eisigen Umklammerung, fest entschlos-

sen, nicht nachzugeben. Roger bewegte sich jetzt schneller, und Celias Körper wurde vom Pferderücken gezogen, doch sie hielt sich verzweifelt an der dichten Mähne fest. Langsam begann die Hand an ihrem nassen Knöchel herabzurutschen. Der Mann wurde jetzt hinter ihnen hergezogen, als Roger sich im Kreis bewegte. Der Kerl konnte nicht mehr auf den Beinen bleiben, als er sich immer wieder durch das schreckliche gelbe Licht bewegte, während er sich mit Roger im Kreis drehte. Er hakte seine Finger in Celias Turnschuh. Celia zog noch stärker; sie mobilisierte Kraftreserven, die sie nie zuvor beansprucht hatte. Schließlich gab der Turnschuh nach; ihr Fuß rutschte heraus, die Ferse war schon beinahe frei … und dann wurde Mason zur Seite geschleudert. Die Fliehkraft packte ihn, und er wurde nach hinten geschleudert, hing für einen Moment in der geisterhaften Beleuchtung in der Luft und krachte dann auf die Kante des Baumstumpfs. Er schien sich so weit nach hinten durchzubiegen, dass man meinen konnte, er habe sich das Rückgrat gebrochen; stattdessen heulte er vor Schmerz auf, fiel vom Stumpf herunter und rollte außer Sicht. Nur seine Beine waren zu sehen, die langsam zuckten und ihn nicht tragen konnten.

Celia hielt sich weiterhin fest und zog sich wieder auf Rogers beschützenden Rücken. Sie versuchte, etwas zu ihm zu sagen, doch die Worte wollten nicht kommen, und sie lag keuchend an seinem Hals, umarmte ihn und drückte ihr Gesicht in die nasse Mähne.

Sobald ihr bewusst wurde, was geschah, sobald sie wieder atmen konnte und ihre Lippen befeuchtete und spürte, dass Roger wieder auf dem Rückweg zum Haus sein musste, blickte sie auf die Armbanduhr.

O Gott! Dan Rather fing gerade an!

Als Greco zu sich kam, konnte er sich für einige Augenblicke nicht erinnern, wo er war. Zuerst glaubte er, er wäre zu Hause und gerade aus einem bösen Traum erwacht. Dann dachte er, er läge auf Zoe Bassinettis Veranda. Nein, da schien er auch nicht zu sein. Er hob den Kopf, und hinter seinem Auge und in seinen Ohren ging ein Feuerwerk los, aber irgendetwas sagte ihm, dass er seinen armen, verdammten Kopf lieber nicht wieder hinlegen und schlafen sollte. Er sollte wach bleiben. Und während Greco das versuchte, erinnerte er sich daran, wo er war – mehr oder weniger.

Er wusste nicht, wer ihn niedergeschlagen hatte. Er wusste auch nicht, wie lange er ohne Bewusstsein gewesen war; aber wenn man eins übergebraten bekam, war man normalerweise nicht allzu lange weg vom Fenster, falls man überhaupt wieder aufwachte. Er erinnerte sich, dass die Zeit drängte. Er zwang sich, aufzustehen.

Totale Finsternis, abgesehen von all den Lichtern, die in seinem Kopf herumschwirrten. Er tastete nach einer Wand, fand mehrere Regale, folgte ihnen, bis er zu einem Türrahmen gelangte, suchte nach dem Türknauf, drehte ihn, drückte ihn, drückte fester. Nichts. Die Tür gab nicht nach. Dann tastete er sich an der Wand neben den Regalen entlang. Hinter einem Gegenstand, der sich wie eine Flasche Pflanzenöl von Crisco anfühlte, entdeckte er den Lichtschalter und betätigte ihn. Das Licht ging an.

Es war tatsächlich eine Crisco-Flasche. Mehrere Crisco-Flaschen. Genug Crisco für ein ganzes Leben.

Er war in einer Vorratskammer eingeschlossen, die so groß war wie sein Schlafzimmer.

Er blinzelte in die strahlende Glühbirne über seinem Kopf und rieb sich die Schläfen, um das Heavy-Metal-Konzert im Innern seines Schädels zu beenden. Er rechnete

eigentlich nicht damit, dass die Massage wirken würde –
das war nie der Fall gewesen –, und natürlich tat sie es
auch diesmal nicht.

In dem Raum stand ein langer Tisch, und es gab genug
Lebensmittel für einen Supermarkt. Er war im Flur niedergeschlagen worden, wo die Lebensmittel wahrscheinlich an-
geliefert wurden. Es war anzunehmen, dass es noch eine andere Tür gab, die vom Vorratsraum in die Küche führte. Er
fand sie im hintersten Winkel des Vorratsraumes zwischen
einem deckenhohen Regal und einer Wandhalterung, an
der verschiedene Wischmopps hingen.

Er probierte die Tür. Natürlich war sie unverschlossen.
Wer schließt schon die Tür zu einem Vorratsraum ab? Sie
hatte nicht mal ein Schloss. Greco durchquerte die Küche, wobei er sich vorsichtig bewegte, um nicht gegen
Tische, Stühle und Spülmaschinen zu laufen. Trotzdem
schwankte er ein wenig und stieß auf dem Weg in einen
anderen Flur gegen einen Türrahmen. Dieser Flur war
mit Teppichboden ausgelegt und führte zum Foyer mit
den Porträts und der massiven Treppe, wo Mason ihn um
seine Waffe erleichtert hatte. Zum ersten Mal, seit er aufgewacht war, dachte Greco daran, einen Blick auf die Uhr
zu werfen. Es war sieben.

Das Foyer war leer und wurde von dem Kronleuchter er-
hellt, der funkelte wie auf Fäden gezogene Diamanten. Die
Schiebetüren zur Bibliothek waren geschlossen. Trotzdem
hing der Geruch des Rauches wie Nebel im Foyer. Greco
blieb stehen, lauschte und hörte irgendwo im Schatten das
Ticken einer Uhr.

Dann setzte Gemurmel ein. Er ging an der Treppe vorbei
und einen weiteren Flur entlang. In dem Gemurmel ließen
sich schließlich Stimmen unterscheiden.

Aus einem Türrahmen fiel Lichtschein.

Zwei Männer. Nein, drei.

Einer davon war Dan Rather.

Greco überlegte krampfhaft, was er jetzt tun sollte.

Na, ihm würde schon etwas einfallen.

Er bewegte sich an der Wand entlang, dankbar für den dicken Teppichboden.

Kurz vor dem Türrahmen blieb er stehen, um zu horchen.

Er hörte, wie mit Gläsern angestoßen wurde.

Jemand sagte: »Verwirrung unseren Feinden ...«

Ein Trinkspruch.

29.

Emilio Bassinetti schaute von der Hand mit der Waffe in das Gesicht des Mannes, den er erwartet hatte. Der Liebhaber seiner Frau.

»Ah, Charlie«, sagte er und blickte von seiner Armbanduhr auf das Fernsehbild, auf dem Dan Rathers Filmstargesicht und sein seriöser blauer Nadelstreifenanzug zu sehen waren; dann blickte Emilio wieder zu Cunningham. »Ganz pünktlich. Ich wage zu behaupten, dass meine liebe Gattin sich genau in diesem Augenblick bemüht, den Schuss zu hören … Kommen Sie rein, mein Junge, kommen Sie rein.«

Cunningham sah sich in dem eleganten Arbeitszimmer um, ein Raum mit all den materiellen Gütern, von denen er sich immer schon gewünscht hatte, sie sich leisten zu können. Die Waffe hing schlaff in seiner Hand. Der Direktor deutete mit einem Kopfnicken auf einen der ledernen Ohrensessel. Charlie ging dorthin, stellte sich daneben und rieb mit der linken Hand über das blutrote Leder.

»Ich hoffe, Sie nehmen es mir nicht übel, Charlie, aber Sie sehen wirklich ein wenig zerrupft aus.« Cunningham und Mason hatten in der Tat das Aussehen zweier besonders unattraktiver Buchstützen angenommen; Denkmäler ihrer eigenen Ineffektivität, von Sorgen gezeichnet. Zumindest bei Mason war das überraschend.

»Zerrupft? Sie würden nicht glauben, was ich hinter mir habe«, erwiderte Cunningham, wobei seine Hand nervös seinen Ohrenverband überprüfte. »Zwei Tote, wussten Sie das? Hat sie Ihnen gesagt, dass sie auf der Veranda am Sutton Place einen Kerl umgebracht hat? Mann, war das schön! Raten Sie mal, wer die Leiche beseitigen durfte? Sie ist verrückt ... es war nie vorgesehen, dass die Sache sich so entwickelt ...«

Der Direktor hob eine Hand, um ihn zu unterbrechen und den Fluss des Selbstmitleids zu stoppen. »Bitte, verschonen Sie mich damit, Charlie. Es gibt gewisse Informationen, die ich lieber nicht kenne. Ich werde mich in den nächsten Tagen einigen eindringlichen Befragungen unterziehen müssen, und je weniger ich weiß, umso besser.«

»Wer wird Sie denn befragen?«

»Dazu kommen wir noch, wenn es so weit ist. Der Punkt ist, in meiner Rolle als unschuldiger Gutsherr vom Lande, der noch heute Abend in meinem eigenen Hause von einer Familientragödie heimgesucht wird.«

»Welche Familientragödie?«

»Warten Sie ab, und Ihnen wird alles erklärt. Es soll genügen, wenn ich sage, dass es besser für mich ist, von bestimmten Ereignissen nichts zu wissen ...«

»Sicher, für Sie ist das in Ordnung«, sagte Cunningham und stiefelte nervös zwischen den Ledersesseln und der Wand mit den Bücherschränken hin und her, »aber in meiner Wohnung liegt ein Toter ...«

»Was Sie nicht sagen! Nun, auch darum werden wir uns kümmern, wenn es an der Zeit ist.«

»Hören Sie, die ganze Sache ist sehr viel komplizierter geworden, als ich erwartet habe ...«

»Mit den unsterblichen Worten des verstorbenen Mr. Jolson«, sagte Bassinetti und lächelte sein breites Krokodilslächeln. »›You ain't seen nothing yet.‹ Frei übersetzt: ›Das war noch gar nichts.‹ Aber eins nach dem anderen. Meine Frau hat keine Ahnung, dass Sie und ich unter einer Decke stecken, wie man so sagt. Sie denkt immer noch, dass Sie hier sind, um mich umzubringen.«

»Natürlich. So egomanisch, wie sie ist, käme sie nicht mal im Traum auf den Gedenken, einer ihrer Pläne könnte schief gehen.«

»Gut, gut. Ich versichere Ihnen, Charlie, Sie können die Leiche in Ihrer Wohnung aus Ihrem Gedächtnis streichen. Sie wird Ihnen keine weiteren Unannehmlichkeiten bereiten. Vertrauen Sie mir.«

Cunningham sah besänftigt aus, beendete seine unruhige Wanderung und lehnte sich auf die Rückenlehne des Sessels, als wäre sie ein Rednerpult.

»Kommen Sie, trinken Sie etwas, Charlie. Sie sehen wie ein Mann aus, der einen Drink gebrauchen könnte. Nennen Sie mir Ihr Lieblingsgift.« Er rollte zu dem Tisch mit den Spirituosen hinüber. »Wie wäre es mit einem doppelten Tanqueray-Martini?«

Cunningham kam hinter dem Sessel hervor, immer noch die Waffe in der Hand, und wartete, während Bassinetti den Drink zubereitete und dabei nur die ungeöffnete Flasche Cinzano Dry ausließ. Ein paar Oliven tauchten wie Tiefseeboote in den Martini, und Bassinetti reichte Cunningham den Drink.

»Bitte sehr, alter Junge«, sagte der Direktor. »Und, Charlie? Ihre Hose steht offen. Seien Sie so gut, und bringen Sie sich in einen vorzeigbaren Zustand.« Er hob sein Glas und stieß mit Charlie an. »Verwirrung unseren Feinden.«

Cunningham nahm einen große Schluck, schüttelte den

Kopf und sank in den Ledersessel. »Verwirrung ... nun ja, Verwirrung für alle. Ich bin manchmal so verdammt verwirrt ... Ich weiß nur, dass ich mein Geld will ...«

»Sie werden es bekommen. Und bald werde ich Ihnen noch ein verlockenderes Angebot machen. Vertrauen Sie mir, Charlie. Bleiben Sie bei mir, während ich weiterplappere.« Er öffnete ein geschnitztes Kästchen auf dem Tisch. »Zigarre?« Charlie schüttelte den Kopf. Der Direktor nahm eine heraus, schnitt die Spitze ab und zündete sie langsam paffend an.

Die Zeitvergeudung ging Charlie auf die Nerven. »Also«, sagte er, »ich habe Ihnen alles geschickt, was Sie haben wollten. Alle Notizen, alles, was ihren Mordplan dokumentiert, all die Notizbücher und Fotokopien von Palisades-Akten, alles, was sie benutzt hat, um das Buch zu recherchieren. Sie haben die Disketten ...«

»Sagen Sie, Charlie, was halten Sie von dem Buch, jetzt, nachdem Sie es beendet haben? Was denken Sie wirklich?«

»Sie wissen verdammt gut, was ich denke! Es ist verheerend ...«

»Ja«, sagte der Direktor nachdenklich und nickte mit seinem großen, glänzenden Kopf. Er betrachtete den Rauch, der von seiner Zigarre aufstieg. »Irgendwie ist es eine Schande, dass es nie veröffentlicht werden kann.«

»Sie würden sich damit natürlich selbst vernichten ...«

»Natürlich«, pflichtete der Direktor bei, nickte weiter und betrachtete den sich kräuselnden Rauch. »Andererseits, wer bin ich schon? In dieser riesigen Verschwörung? Ein Niemand. Mr. Nobody. Ein Funktionär, auf den man sich verlässt, korrupt genug, angemessen bezahlt für seine Dienste, einer von vielen Soldaten im großen Krieg. Mein Abgang würde kaum bemerkt werden ... Aber denken Sie an all die anderen! Bedenken Sie die Konsequenzen!« Er lächelte Charlie an, der noch tiefer in seinen Sessel sank und auf einer Olive herumkaute. »Alle würden untergehen, wenn das Buch veröffentlicht würde. *Alle* … das Weiße Haus und seine Mannschaft von Idioten würden untergehen wie Steine … Die Liste der Opfer ist endlos. Und genau darin liegt jetzt meine Macht, Charlie – nicht darin, was ich weiß, was ich in meinem Kopf herumtrage. Das habe ich alles von Anfang an gewusst – bringen Sie mich um, und das alles würde mit mir sterben. Aber *jetzt!* Bringen Sie mich jetzt um«, er kicherte, ein feuchtes rollendes Geräusch, »und die Schwierigkeiten fangen gerade erst an … wegen dieses Instruments der Zerstörung, dieses Buches, das Zoe und Sie geschrieben haben.« Er lächelte breit und glückselig. »Mit diesem Instrument kann ich sie alle vernichten, und das ist es, was ich jetzt getan habe …« Er sah auf seine Uhr. »Ja, ziemlich genau jetzt werden sie darüber informiert sein. Die Tatsache, dass auch ich vernichtet würde, ist unwichtig. Möglicherweise halten Sie mich jetzt für einen verrückten Bombenattentäter, der eine Weste voller Dynamit trägt und den magischen Knopf in der Hand hält, mit dem er uns alle in tausend Stücke sprengen kann. Tatsächlich ist es aber so, Charlie, dass ich für all diese mächtigen Menschen der wichtigste Mann auf der Welt bin. Das ist ein gutes Gefühl. Wenn mir irgendwas passiert, gehen sie alle in Rauch auf. Ich bin der bestgeschützte Mann der Welt, und sie wissen es. Wenn meine Anwälte bei meinem Tod das Päckchen in ihren Tresoren öffnen, bumm! Dann ist es für sie alle vorbei … und tschüs!« Beim Klang des Wortes lächelte er.

Charlie grinste. »Ja. Sie haben sie genau da, wo sie nicht sein wollen. Das Ergebnis einer gut durchgeführten Operation. Sie sind in Sicherheit. Sie haben verdammt viel getan, um Ihre Sicherheit zu garantieren …«

»Oh, ich habe viel mehr getan als das. *Sehen* Sie es denn nicht?«

»Nein, leider nicht. Aber das ist schon in Ordnung. Ich hätte nur gern mein Geld und möchte verschwinden. Zoe wird es nicht gefallen, wenn sich herausstellt, dass Sie nicht tot sind ... aber dann ist sie wieder Ihr Problem, ich bin aus der Sache raus. Wenn ich Glück habe, werde ich die Schlange nie wieder sehen ...«

»Sie müssten nach Brasilien gehen, Ihren Namen ändern, im Dschungel leben ... aber die Chancen stehen gut, Charlie, dass sie Sie trotzdem findet und Sie dazu bringt, sich zu wünschen, Sie wären nie geboren. So ist Zoe nun einmal ...«

»Ich werde meine Chancen nutzen«, erwiderte er, aber sein Gesicht war plötzlich von dem Zweifel überschattet, der die ganze Zeit unter der Oberfläche gelauert hatte. Sie beide kannten Zoe nur zu gut.

»Werden Sie das wirklich? Ich würde sagen, das ist kein besonders guter Plan, Charlie. Versetzen Sie sich doch für einen Moment in meine Lage. Ich brauchte das Instrument, das Buch. Aber wie sollte ich es erschaffen? Und ich musste eine schwierige und – Sie werden verzeihen – treulose Schlampe von Ehefrau loswerden, die dafür verantwortlich ist, dass ich mich in einen Fettklops verwandelt habe, der nicht laufen kann. Wie sollte ich das anstellen? Dann, ganz blitzartig, als ich auf meinem Rücken ausgestreckt dalag und mich zu entscheiden versuchte, ob ich leben oder sterben wollte, hatte ich plötzlich die Lösung für beides. Zuerst das Buch ... ich sorgte dafür, dass meine Frau, die Schriftstellerin, alles über Palisades herausfand ... dass Palisades die Koordinationsstelle für alle gemeinsamen Unternehmungen von CIA und Mafia ist, wie die CIA und die Psycho-Abteilung Schulter an Schulter und Hand in Hand arbeiten und sogar das Kommando teilen, alles, um den Drogenhandel aus Mittel- und Südamerika zu kontrollieren ... dass Palisades die Bank und der Geldwäscher und Koordinator für all diese gemeinsamen Bemühungen ist ... wie die CIA und die Psycho-Abteilung das Drogengeld benutzt haben, um Marionettenregierungen und Guerillabewegungen zu stützen, ohne jemals offizielle Finanzierungen suchen zu müssen.«

Der Direktor streifte seine Zigarre über einen Aschenbecher aus geschliffenem Glas, sodass die graue Aschenrolle herabfiel. Auf dem Fernsehbildschirm fragte ein spitzbübisch aussehender Mann, ob eine TUMS-Calciumtablette die Nasen der Zuschauer jemals so gekitzelt hat wie ein Alka-Seltzer. Dan Rather würde gleich wieder da sein. »Ich habe sie all diese Sachen sehen lassen, ich habe sie mit Akten, Berichten, Computerausdrucken in Versuchung geführt, ich habe das eine oder andere Memorandum wie zufällig, aber nicht zu offensichtlich hier im Arbeitszimmer liegen lassen ... oh, nachdem ich ihr Interesse einmal geweckt hatte, machte ich es schwieriger, die Sachen zu finden. Aber ich wusste, sie würde dranbleiben, weil sie nicht widerstehen konnte – sie musste glauben, was sie entdeckt hatte. Eines Nachts habe ich ihr sogar etwas anvertraut, habe ihr die einzige Sache erzählt, die ich auf keinen Fall aus Palisades hätte durchsickern lassen dürfen, eine Sache, die so brisant war wie die Pentagon-Papiere ... und dann habe ich ihre bösartige Natur ihren Lauf nehmen lassen ...«

Cunningham hatte seinen Martini ausgetrunken, ging zum Tisch zurück und goss den Rest der Mixtur in sein Glas. Er hatte nie zuvor gehört, dass der Direktor sich so sehr offenbarte. Er wollte ihn nicht ablenken, indem er sich einen neuen Drink mixte. Jemanden wie Bassinetti hatte er noch nie zuvor kennen gelernt. Es gab bestimmt noch ein paar weitere Zoes, aber bei Bassinetti war es etwas anderes. Er ging zum Sessel zurück und setzte sich wieder. Der Gin tat seinem Ohr sehr gut. Das Feuer flackerte, und eine Brise vermischte sich mit der warmen Luft im Zimmer.

»Natürlich wusste ich, dass sie Sie als Liebhaber genommen hatte«, fuhr der Direktor fort, als wäre er glücklich über die Gelegenheit, über seinen eigenen, meisterhaften Plan reden zu können. »Der perfekte Mitarbeiter für ihr Meisterwerk. Da Sie ihr sexuell verfallen waren, würden Sie tun, was immer sie von Ihnen verlangte. Nun bedenken Sie, dass ich dieses Projekt seit zwei Jahren geplant habe. Es war ziemlich einfach für mich, Ihr Leben und das meiner Frau elektronisch zu infiltrieren – ja, auch ich habe meine eigene Tonbandsammlung. Sobald ich wusste, dass sie angebissen, das Buch geschrieben und sich entschlossen hatte, mich zu ermorden – das heißt, mich durch einen Herumtreiber ermorden zu lassen – also, es war einfach alles perfekt. Bringen Sie mich um, und sie erbt alles, aber wenn ich am Leben bleibe, könnte es bei einer Scheidung Probleme geben ... Mitleid mit dem Krüppel, der von der schönen heißen Frau fallen gelassen wird, und so weiter.

Ich hatte also nichts weiter zu tun, als Sie in mein Lager zu locken. Ich konnte mir sicher sein, dass die aufreibende Natur und die panzerartige Persönlichkeit meiner Frau Sie schließlich dazu bringen würde, sie zu hassen, und ich hatte jede Menge Zeit. In diesem Fall würden Sie es sich überlegen und sich entscheiden, sich auf meine Seite zu schlagen. Aber falls nicht, hätte ich Sie zu mir gebeten und Ihnen diese Chance Ihres Lebens geboten. O ja, es war wirklich einer dieser wasserdichten Pläne. Sehen Sie, nun werden Sie von meiner Frau befreit sein. Sie werden sehr wohlhabend sein, und ich habe den Hebel, um wirklich reich zu werden, einfach indem ich vorschlage, dass eine Anhebung meiner Bezüge eine sichere Methode wäre, um zu verhindern, dass das Buch jemals erscheint …«

»Moment mal«, unterbrach ihn Cunningham, wobei er den Gin vor seinem Mund schwenkte und mit der Waffe fuchtelte. »Ein paar Dinge gehen mir da etwas zu schnell. Zuerst mal würde ich nicht unbedingt sagen, dass ich wirklich so gut dabei wegkomme, und zweitens haben Sie bis auf weiteres immer noch Ihre Frau am Hals.«

»Überzeugende Argumente«, gab Bassinetti zu, »aber vielleicht können wir … Sagen Sie, was zahle ich Ihnen für Ihre Dienste heute Abend?« Er lächelte, schmatzte mit seinen dicken Lippen und streichelte sein glattes Kinn, das in seine Fassung aus Fett gebettet war.

»Das wissen Sie verdammt genau. Fünfundzwanzigtausend in bar.«

»Aha, Sie erinnern sich also daran! Nun, warum werfen Sie nicht mal einen kleinen Blick in den Aktenkoffer da drüben. Er ist nicht abgeschlossen. Öffnen Sie ihn, und sehen Sie hinein.«

Cunningham ließ die Schlösser aufschnappen, öffnete den Deckel und fiel beinahe in Ohnmacht. »Lieber Himmel!«

»Gut gesagt, Charlie! Was würden Sie schätzen, wie viel Bares sehen Sie da?«

Er schüttelte den Kopf. »Ich weiß nicht …«

»Raten Sie mal, Mr. Mystery.«

»Hunderttausend?«

»O nein, viel mehr. Alles frisch gewaschen. Nicht die geringste Möglichkeit, das Geld zurückzuverfolgen. Raten Sie noch einmal.«

»Ich weiß nicht. Was ist das für ein Spiel?«

»Tun Sie mir den Gefallen. Raten Sie.«

»Eine Viertelmillion? Woher soll ich das wissen?«

»Eine halbe Million, Charlie. Kaltes, sehr kaltes Bargeld. Und es gehört Ihnen. Das zeigt Ihnen, wie viel ich von Ihnen halte. Sie sind ein ziemlich netter Kerl, wissen Sie. Sie waren mir eine große Hilfe. Aber da ist noch eine Sache …«

»Eine halbe Million, bar und steuerfrei.« Cunningham seufzte und sah den Direktor an. »Noch eine Sache? Worum geht es?«

»Ah, Charlie, ich wusste, dass Sie es so sehen würden!« Der Direktor kicherte, und sein unförmiger Leib erbebte. »Sie müssen nichts weiter tun, als unsere abscheuliche Zoe umzubringen … Insgesamt gesehen, dürfte das für eine halbe Million Dollar Verdienst ein höchst erfreulicher Auftrag sein, was?«

30.

Greco lehnte sich gegen die Wand und fragte sich, ob er tatsächlich gehört hatte, was er gehört zu haben glaubte.

Palisades überwachte die CIA, die Psycho-Abteilung und die Drogeninteressen der Mafia – wahrscheinlich ein so großes Unternehmen, dass weder die Mafia noch die Bundesbehörden allein damit fertig wurden. Es war alles ganz logisch und doch unglaublich riskant, da die große Gefahr bestand, dass alles aufgedeckt wurde. Irgendwie waren sie alle miteinander ins Bett gestiegen, mit Palisades an der vordersten Linie der Operation, das sämtliche Aktionen koordinierte, darunter die Zusammenarbeit Washingtons mit allen Staaten Lateinamerikas. Es war logisch, gewiss, aber die Komplexität musste unglaublich gewesen sein … und die Sache wert.

Und dann war Celia, die Hustensaftfee, hineinspaziert. Selbst in diesem Augenblick war Greco klar, dass sie wahrscheinlich niemals erfahren würden, welches Problem sie für Palisades darstellte, weil alles mit dem Eheschlamassel verquickt war, dem Buch, in dem alles aufgedeckt wurde, dem Versuch des Direktors, alle zu erpressen …

Wenn er wirklich gehört hatte, was er gehört zu haben glaubte, wäre er am liebsten in das längste und lauteste

Lachen seines Lebens ausgebrochen. Es war unbezahlbar! Bassinetti redete nicht von ein paar Agenten, die sich auf eigene Rechnung mit dem Mob im Drogengeschäft eingelassen hatten. Das hatte es seit Jahren gegeben; das war Teil der Kultur, beinahe schon ein Vorteil für die CIA, wenn es darum ging, in südlichen Gefilden herumzuschnüffeln. Nein, hier ging es um *Politik,* und Palisades war eine riesige, im Wesentlichen legale Scheininstitution. Dies war eine Organisation im großen Stil. Und sie war von ganz oben abgesegnet; man musste den Kongress nicht um Geld bitten, um den Willen des Präsidenten südlich der Landesgrenzen durchzusetzen. Es erforderte umfangreiche Engagements im Ausland, die weit über Beratungen und Direktiven hinausgingen. In Wirklichkeit wurde eine zweite, geheime Regierung innerhalb jener Regierung geschaffen, die man jeden Abend in den Fernsehnachrichten sah ... und diese Zweitregierung wurde finanziert, indem man sich mit dem Mob in Drogengeschäfte einließ.

Das war die Geschichte seines Lebens. Teddy Birney hätte einen Mord dafür begangen. Und dann die arme Celia! Sie wollte eigentlich nur Zoe daran hindern, ihren armen, verkrüppelten Mann auszuschalten.

Selbst wenn er tausend Jahre alt würde, was ihm angesichts der Häufigkeit, mit der sein Kopf aufgeschlagen und ganz allgemein malträtiert wurde, zunehmend unwahrscheinlich erschien, bezweifelte Greco, ob er jemals alles auf die Reihe bringen würde.

Der General! Das musste General Cates sein, einstmals Chef des Oberkommandos der Streitkräfte, jetzt offiziell im Ruhestand und Beobachter der meisten Geheim- und Sicherheitsdienste, eine Art Zar, der nur Gott weiß wem Rechenschaft schuldete. Und das Manuskript ... nun, jetzt wusste er, worüber sie redeten.

Bei dem Gedanken, das alles jemandem zu erklären, und sei es nur Celia, wurden ihm die Knie weich. Das Problem war, dass er sich jetzt schon schwach und mies und benommen fühlte.

Dann begann tief in seinen Nasengängen das Kitzeln, wie eine ausschwärmende Armee von Killerameisen, die in seine Nebenhöhlen marschierten – trappel-trappel-trappel. Er kämpfte gegen ein Niesen, doch sie kamen immer wieder, wie Gangster, die raubend und plündernd und brandschatzend durch die Gegend zogen. Er griff nach einem Taschentuch, um es über seine Nase zu stülpen, doch es war zu klein, und es kam zu spät.

Er nieste so heftig, dass er mit dem Kopf gegen die Wand stieß. Es gab ein Geräusch, das wie eine Explosion in einer Höhle wieder und wieder zurückgeworfen wurde.

»Gesundheit«, sagte eine Stimme.

Greco versuchte, durch die Tränen, die ihm aus dem Auge liefen, klar zu sehen. Ein neuerliches, hirnerschütterndes Niesen schleuderte seinen Kopf noch einmal gegen die Wand, und ein krampfhaftes Spucken und Husten überfiel ihn. Er wischte sich die Nase.

»Sie müssen Mr. Greco sein«, sagte die Stimme.

»Wenn Sie es sagen«, schniefte Greco. Er blickte in die schwarze Mündung einer kurzläufigen Achtunddreißiger, die von der rosigen, weichen Faust eines sehr dicken Mannes im Rollstuhl gehalten wurde. Greco schüttelte die Spinnweben aus seinem Kopf, konnte aber nur Spinnen erkennen. Er wünschte, er könnte einen Eindruck wie Bogart machen, um eine gute Ausgangsposition zu haben.

»Mein Name ist Emilio Bassinetti. Kommen Sie bitte herein.« Der dicke Mann rollte zurück und hielt dabei die Waffe auf Greco gerichtet. »Sie sehen schrecklich aus. Wie kommt es nur, dass jeder, der mir heute Abend begegnet, so aussieht, als wäre er gerade von Hulk Hogan verprügelt worden?«

»Wollen Sie eine Antwort, oder ist das eine rhetorische Frage?«

»Eine rhetorische Frage, nehme ich an. Kommen Sie herein, kommen Sie. Trinken Sie was, es wird Ihnen gut tun.« Auf dem breiten, fleischigen, leicht geröteten Gesicht lag ein Grinsen, das den Mann freundlich aussehen ließ. »Um ehrlich zu sein, ich habe Sie schon vor einer Weile im Flur herumstolpern gehört, aber ich wollte meine letzte Versuchung für Mr. Cunningham nicht unterbrechen ... unser Mr. Cunningham ist Ihnen bekannt?«

»Nur vom Hörensagen.«

»Nun, Sie haben sehr schnell gelernt, Sie und Mrs. Blandings ...«

»Mason erzählte Ihnen das, stimmt's?«

»Ich habe eine Reihe verschiedener Quellen. Wie auch immer, ich fürchte, Mr. Cunninghams Konzentration ist im Augenblick ziemlich instabil – Intrigen sind natürlich nicht gerade ein Gebiet, auf dem er sich besonders hervortut –, und er bräuchte Zeit, sich zusammenzureißen. Bitte verzeihen Sie diese Waffe, Mr. Greco, es ist nicht persönlich gemeint. Aber ich fühle mich immer benachteiligt mit meinem Gebrechen.«

»Sie scheinen ziemlich gut zurechtzukommen«, murmelte Greco, während er sich in das Arbeitszimmer drückte und sich kalt und müde und ziemlich genau wie der Mann aus der Nasenspraywerbung fühlte, der glaubte, seinen letzten Atemzug durch eine verstopfte Nase gemacht zu haben.

»Hier drüben zum Feuer«, sagte Bassinetti. »Meine Güte, Sie sind ja völlig durchnässt. Für mich hört sich das so an, als hätte die Grippe Sie erwischt.«

Greco ging zum Feuer, um sich aufzuwärmen, und spürte, wie die Wärme die feuchte Kälte angriff, die sich ihren Weg bis tief in seine Knochen gearbeitet hatte. »He!« Er sah sich im Raum um. »Wo ist eigentlich Cunningham? Ich habe Sie beide reden gehört …« Sein Kopf war heiß, und sein Auge brannte. Er hatte Fieber, und seine Haare waren von Blut verklebt, wo der Knauf der Waffe seinen Skalp gespalten hatte.

»Er ist durch die Tür da drüben hinaus.« Bassinetti zeigte auf eine der Verandatüren in der langen Fensterreihe. »Er ist gegangen, um meiner Frau einen Besuch abzustatten. Es gibt eine Außentreppe, die zu ihren Räumen im Westflügel führt …«

»Oh, Scheiße! Er wird sie umbringen!« Die Unterhaltung, die er mitangehört hatte, drang wieder in sein fiebriges Gedächtnis, und er versuchte, aus dem Sessel aufzustehen, bewegte sich aber nur langsam in der Mitte eines geneigten, sich drehenden Raumes.

»Na, na«, sagte der Direktor in beruhigendem Tonfall. »Machen Sie es sich doch nicht so schwer. Lassen Sie einfach der Natur ihren Lauf. Früher oder später musste es einen Mann geben, der diese Frau umbringt. Es ist ihr Schicksal, davon bin ich überzeugt. Sie ist sozusagen wie geschaffen dafür, getötet zu werden, aber Sie kennen sie nicht wie wir. Oh, Ihre Augenklappe. Beim Niesen ist sie zur Seite gerutscht …«

Greco zog die Klappe zurecht. Er spürte, wie ihn die Grippeviren überfielen und Verstärkung herbeiriefen, bereit, ihn umzubringen. Plötzlich war seine Kehle rau und wund.

»Sie haben eine ganze Menge mitbekommen, fürchte ich. Tut mir Leid, Sie damit zu belasten, aber lassen Sie mich Ihnen einen Rat geben. Wenn ich Sie wäre, würde ich niemanden auch nur ein Wort davon wissen lassen.

Wenn gewisse Leute es herausfinden«, er zuckte seine breiten Schultern, »würden Sie bestimmt nicht mehr Sie selbst sein. Sie verstehen? Sie sind ein Mann, der in seiner aktiven Zeit verdammt viel überlebt hat. Sie wissen, wie die Welt funktioniert. Nehmen Sie zum Beispiel dieses Drogengeschäft. Sie könnten es nicht verhindern, selbst wenn Sie bereit wären, Ihr Leben dafür zu opfern. Das ist offensichtlich. Also seien Sie kein dummer, toter Trottel, der eine Minute lang geglaubt hat, er könne ein Held sein. Diese Welt ist kein Platz für Helden. Ihre Zeit ist vorbei.« Er seufzte bei dem Gedanken, wie heruntergekommen diese Welt war. »Nun ja«, jetzt strahlte er wieder, »wie wäre es mit einem Drink? Ein Cognac?«

»Ja, einen Cognac.«

»Bedienen Sie sich. Aber tun Sie nichts Unkluges.«

Greco ging zu dem Tisch mit den Getränken. »Zum einen – ich bin kein Held, Mr. Bassinetti. Und zum anderen bin ich viel zu erschöpft, um einen Ausbruchsversuch zu machen. Und drittens – was würde ich tun, wenn ich es doch versuchte?« Er goss Cognac in einen Schwenker. »Was ich brauche, ist ein Antibiotikum.«

»Das brauchen Sie in der Tat. Diese Erkältungen können sehr unangenehm werden. Nun, das alles wird sowieso bald vorbei sein. Sehr bald, wo Mr. Cunningham jetzt gerade eine kurze, aber entscheidende Unterhaltung mit meiner Frau hat. Erschrecken Sie nicht, wenn Sie einen Schuss hören.«

»Ich werde versuchen, mich zu beherrschen.«

»Gut so. Dann wird Mr. Cunningham wieder herunterkommen, um sich einen dicken Batzen Geld bei mir abzuholen.«

Greco fragte sich, wo Celia war, aber er war so müde und fühlte sich so erbärmlich, dass er bezweifelte, noch klar den-

ken zu können. Sie war irgendwo da draußen im Nebel mit
diesem riesigen Pferd. Sie musste klatschnass sein. Die bösen Jungs würden sie im Nebel niemals finden. Der Cognac
brannte in Grecos Kehle, aber er nahm noch einen Schluck
und sagte sich, zur Hölle damit, du kannst dich nicht noch
schlechter fühlen als ohnehin schon. Dan Rather war lange
vorbei. Der Direktor hatte seine Existenz ausgeschaltet, und
der Bildschirm war so grau wie der Nebel. Aus der Stereoan-
lage erklangen Streicher.

»Was ist das?«, fragte Greco.

»Beethoven. Eines seiner späten Streichquartette. Passt
zu meiner Stimmung.«

Sie hörten einen sehr lauten Knall.

»Und was war das?«

»Das war Mr. Cunningham, der meine Frau umbringt.«

Charlie Cunningham stand am oberen Ende der Treppe
und spürte, wie der Regen sein Haar an seinen Kopf klebte
und wie das Wasser in dicken Rinnsalen über sein Gesicht
lief. Durch das Fenster in der Tür sah er den weißen Raum,
in dem Zoe arbeitete. Ein Cremeweiß mit beigefarbenen
Applikationen. Sie saß am Schreibtisch. Sie trug einen dicken blauen Pullover, und Charlie wusste, dass unter dem
Schreibtisch ihre engen weißen Jeans waren. Er dachte daran, dass er nie wieder mit ihr schlafen würde. Dann dachte
er an eine halbe Million Dollar, steuerfrei. Er hatte nicht
geplant, sie umbringen zu müssen, aber die halbe Million
hatte große Überzeugungskraft. Der Direktor hatte Recht.
Es gab keinen anderen Weg, sie loszuwerden. Und wenn
der Direktor sich irgendwelche schlauen Gedanken darüber
gemacht hatte, was er mit Charlie Cunningham tun wollte,
musste Charlie ihn nur darauf hinweisen, dass er für sich
selbst eine Kopie des Manuskripts gemacht hatte.

Charlie öffnete die Tür und kam aus der Kälte und dem Regen in die Wärme des Zimmers.

Zoe blickte auf und verzog vor Zorn und Ungeduld ihr sinnliches Gesicht.

»Wo steckst du denn? Es ist zwanzig vor acht. Was hast du die ganze Zeit gemacht?« Die Fragen kamen wie Maschinengewehrfeuer.

Charlie starrte sie an. Er wusste nicht, was er sagen sollte. Noch immer hielt er die Waffe in der rechten Hand. Der Verband war schwer und nass und rieb an seinem abgerissenen Ohr.

»Und? Ist er tot?« Ihre Stimme hatte den vertrauten rauen, reibenden Unterton. Wie Salz in einer Wunde. »Du Idiot! Sag was! Ist es erledigt? Hast du ihn umgebracht? Oder hast du gekniffen?« Langsam verwandelte sich ihre wütende Miene in Abscheu. »Oh … du hast es vermasselt!« Sie spie ihm die Worte ins Gesicht, stand auf und starrte ihn mit stechendem Blick an. »Du armer Trottel!« Ihre Augen, in der Hitze der Leidenschaft so sanft und leuchtend, schleuderten Blitze wie Laserpistolen, und Charlie dachte daran, wie er sie für immer verdunkeln und ihre Lichter endgültig auslöschen konnte.

»Ich habe ihn nicht getötet«, sagte er tonlos.

»Idiot!« Sie kam auf ihn zu wie eine viertklassige Lady Macbeth, bekam sich wieder in den Griff, ging zum Schreibtisch zurück. »In Ordnung, dann musst du jetzt wieder hinuntergehen und es tun, Charlie.« Sie nahm eine kleine Waffe, die neben ihrer Schreibmaschine lag. Er wunderte sich, dass sie eine Waffe griffbereit hatte. Dann dämmerte es ihm. Es war vorgesehen, dass er Bassinetti bereits umgebracht hatte, wenn er, als der Herumtreiber, in ihr Zimmer kam …

»Jeder hat eine Waffe«, sagte er. »Ich habe noch nie so viele Waffen gesehen …«

»Hör auf zu quatschen, Charlie! Jetzt raus hier. Ich will, dass du deine Waffe benutzt. Es ist noch Zeit genug, um den Plan durchzuführen.« Mit ihren Blicken bohrte sie zwei Löcher in seinen Schädel.

Cunningham ging zur Tür und zum Regen zurück. Er blickte in die Nacht hinaus, spürte, wie ihm der Regen ins Gesicht trieb.

»Sieh nur, was für eine Schweinerei du hier angerichtet hast! Kannst du denn gar nichts richtig machen, Charlie? Benutze deinen Verstand, denk nach! Sei nicht so dumm, solch ein Verlierer, solch ein hoffnungsloser Fall! Hörst du, Charlie? Jetzt benutze deine Waffe!«

»In Ordnung«, sagte er. Vor seinem Geist ließ er ein Bild der Vuitton-Tasche entstehen, sah, dass sie alles war, was er sich jemals erhofft hatte, und drehte sich wieder zu Zoe um. Sie war wunderschön. Er hob die Waffe.

»Was willst du denn jetzt wieder?«

»Die Waffe benutzen, Zoe.«

In letzter Sekunde erkannte sie, was vor sich ging, und hob ebenfalls die Waffe.

Beide drückten im selben Augenblick auf den Abzug.

Es gab einen Höllenlärm.

Celia hörte den Knall des Schusses, der durch den Wind und den Regen und den Nebel aus Richtung des Hauses direkt an ihre Ohren getragen wurde. Ihr Knöchel wurde immer dicker und fühlte sich an, als wäre er in einem Schraubstock zerquetscht worden. Verdammt! Es passierte immer irgendeine beschissene, unvorhergesehene Sache – aber der Schuss riss sie aus den Betrachtungen über ihre Schmerzen.

Roger spitzte die Ohren.

Weit entfernt sah sie die Lichter vom Arbeitsraum. Entweder wurde endlich der Nebel auseinander geweht, oder sie hatte ein Nebelloch gefunden.

Der Knall des Schusses hallte wider wie Donner.

Da waren die glühenden Lichter ...

Nein, sie konnten nicht gescheitert sein, nicht nach all dem ...

Nein, es konnte nicht alles umsonst gewesen sein, jetzt nicht ...

»Los, Roger!«

Ihr war so kalt, sie war so nass, so weit jenseits ihrer eigenen Abgründe von Angst und Frustration ...

O Gott. Was war, wenn jemand Peter erschossen hatte?

Und Roger lief wieder ...

31.

Greco saß still da. Er fühlte sich, als wartete er bereits seit kurz nach dem Ende des Zweiten Weltkriegs darauf, dass etwas geschah, als das Dröhnen des Schusses verhallt war. Es war nicht die Zeit für Smalltalk. Eine Frau, was für ein gemeines Biest sie auch gewesen sein mochte, lag unter demselben Dach, gerade eben erst getötet. Und die Stille brachte ein schicksalsschweres, bedrückendes Gefühl der Sterblichkeit mit sich. Er schwitzte, während er zugleich von kalten Schauern durchgeschüttelt wurde. Er war noch nie so schnell so krank geworden, doch im Licht dessen, was gerade im Westflügel geschehen war, hatte er Schuldgefühle, so zu denken. Er tat sein Bestes, ein weiteres Niesen zu unterdrücken.

Bassinetti saß wie ein kontemplativer Buddha in seinem Rollstuhl, mit ausdruckslosem Gesicht, die Augen tief in ihren Höhlen, den vollen Mund fest geschlossen, zu allem bereit. Es war das Gesicht eines Mannes, der sich in einem Rollstuhl gefangen fand, den er sicherlich nicht erstrebt hatte, gefangen in einem Meer von Verrat und Unmoral und Geld so schwarz wie die Mitternacht. Sein Gesicht sah aus, als hätte er Begriffe wie Gut und Böse aus seinem Gehirn abgezogen und durch Hinterlist und Gerissenheit ersetzt – und durch den Willen zu überleben, zu siegen in einem Spiel ohne Regeln. Es war ein Gesicht, das nicht viel verriet, doch Greco sah ein gewisses Erstaunen darin, dass die Dinge sich immer wieder so seltsam entwickelten, wie sie es nun einmal taten.

Seine Achtunddreißiger war auf den Türrahmen gerichtet.

Er würde Charlie Cunningham erschießen, wenn er durch die Tür kam, um seine halbe Million abzuholen.

Bassinetti hatte sich alles ausgerechnet. Charlie, der Blödmann, tötet die Ehefrau, seine Geliebte. Der Direktor tötet den *Herumtreiber,* der sich zu seinem Erstaunen als der verrückt gewordene, soeben erst sitzen gelassene Liebhaber erwies, der gerade seine frühere Geliebte umgebracht hat …

Es war eine gute Story, bombensicher. Er würde nicht verlieren, wenn er dabei bliebe. Und wenn Peter Greco den Mund hielt.

Aber der arme Charlie, überlegte Greco. Dumm, von Gier nach Sex benebelt, von einer unmöglichen Kreatur beherrscht … Eigentlich hatte er den Tod gar nicht verdient. Als er das letzte Mal nachgeschlagen hatte, stand auf Dummheit und Unanständigkeit noch nicht die Todesstrafe.

Ohne Vorwarnung ging langsam die Tür zum Flur auf.

Aus seinem Augenwinkel sah Greco die Mündung einer Pistole, die sich wie der Kopf einer Schlange mit geöffnetem Maul voranbewegte.

Es gab wirklich nicht viel Zeit, in logischer Abfolge darüber nachzudenken. Grecos Ausbildung übernahm die Führung. In einem reflexartigen Ausbruch nahm er seine letzten, jämmerlichen Reste an Energie zusammen und stürzte sich wie ein geschlagener alter Krieger aus einer längst vergessenen Generation von der Seite auf den Direktor, während er gleichzeitig den Abzug durchzog.

Die Waffe im Türrahmen gab eine scharfes, rotziges klei-

288

nes Bellen von sich, und Greco spürte, wie der Biss seinen Hals auf der linken Seite aufriss. Es schmerzte höllisch.

Der Rollstuhl kippte zur Seite, und Bassinetti rief irgendetwas Verrücktes, das keinen Sinn ergab, nur ein wütendes Gestammel, was kaum überraschend war.

Greco fiel ausgestreckt über den berghohen Körper, drehte sich um, um zur Tür zurückzublicken und Charlie zu sagen, dass er um Himmels willen zu schießen aufhören sollte … aber es war nicht Charlie, der im Türrahmen stand.

Der alte Charlie hatte es wohl nicht aus dem Westflügel geschafft, würde es auch nicht mehr aus diesem Schlangennest schaffen … denn im Türrahmen stand Zoe Bassinetti.

Sie lehnte an der Mauer und versuchte erneut, zu zielen und weiterzuschießen. Die Waffe schwankte, denn Zoe war in ziemlich schlechtem Zustand.

Einer der Ärmel ihres dicken blauen Pullovers war zerrissen. Der Arm darin hing schlaff herunter. Die weiße Hand war rot vor Blut, das über die Finger und über das Gold und die Brillanten lief.

Ihr Gesicht war ausdruckslos und blass und zeigte Schock und Bestürzung. Sie gab ihr Äußerstes, um die Waffe weit genug anzuheben, dass sie feuern konnte.

Greco war in den Beinen des Direktors gefangen, und seine linke Hand war in den Speichen eines Rades eingeklemmt. Er drehte und wand sich, verhedderte sich aber nur noch mehr, während Zoe sie beide in ihr Schussfeld bekam.

Und dann explodierte die Fensterwand in einem Regen aus Glassplittern.

Roger hatte die Balustrade mit voller Kraft übersprungen, ohne sich um die Fenster Sorgen zu machen, da es immer noch neblig und er nie zuvor hier gewesen war.

Celia hatte ihre Fersen in Rogers Flanken gegraben, und die Fensterreihe war kein ebenbürtiger Gegner für ihn gewesen. Er hatte sie kaum bemerkt.

Die Fensterscheiben implodierten und verstreuten Glassplitter überall im Arbeitszimmer des Direktors. Roger blieb direkt vor dem Tischchen mit den Getränken stehen. Er blickte sich um, als wollte er sagen: Sie wissen, dass das hier nicht der Stall ist, Lady?

Celia versuchte zu erkennen, was sie unterbrochen hatte, sah aber nur ein heilloses Durcheinander.

Greco und ein fetter Mann schienen auf dem Boden zu Rogers Füßen zu kämpfen. Sie waren von Glassplittern bedeckt wie von frisch gefallenem Schnee.

Von Zoe Bassinetti tropfte Blut; sie hielt eine Waffe in der Hand und starrte offenen Mundes und voller Erstaunen auf eine Welt, die total verrückt geworden war. Sie ging ein paar Schritte auf die Männer zu, die ineinander verknotet auf dem Boden lagen. Sie schwankte, wischte sich mit einer Hand durchs Gesicht und verschmierte es mit Blut, dass es wie eine Kriegsbemalung aussah. Sie wollte etwas sagen, blickte zu Celia ... und richtete die Waffe auf Grecos Kopf.

Celia trat nach ihr, traf mit der Spitze des ihr verbliebenen Turnschuhs ihr Handgelenk und sah, wie die kleine Pistole in die Ecke des Raumes flog.

»Zoe!« Es war ein Schrei in der Nacht, ein Schmerzensschrei, geisterhaft.

»Zoe!«

Zoe, plötzlich entwaffnet, drehte sich schwerfällig zur Tür um.

Auch Celia sah dorthin.

In der Tür stand Charlie Cunningham. Die Vorderseite seiner Windjacke war blutüberströmt. Er sah aus, als ob er zu lachen versuchte.

Stattdessen begann er zu schießen.

Die Wucht der Geschosse, die in ihren schönen, blutigen Körper einschlugen, schleuderte sie vom Boden hoch.

Sie traf Rogers Hinterläufe und hinterließ einen klebrigen Fleck auf seiner Flanke, als sie zu Boden glitt.

Charlie schaffte es halb bis ins Arbeitszimmer, bevor er sich beinahe sanft hinlegte, mit einem schiefen kleinen Lächeln auf dem Gesicht, und starb.

Es war ganz still.

Greco erhob sich langsam auf die Knie und machte sich mit einem Fußtritt vom rotierenden Rad von Bassinettis Rollstuhl frei. Er streckte die Hand aus, ergriff Celias Hand und zog sich hoch.

»Oh, Peter, Peter … alles in Ordnung?«

»Ich hab mich höllisch erkältet, Slats.«

Sie spürte, wie er ihre Hand drückte.

Der Direktor keuchte und schnaufte.

Roger bemühte sich, die ganze Szene zu ignorieren.

Celia sah auf Grecos Gesicht, sein schwaches Lächeln, seine laufende Nase. Sein Nacken war blutig.

Sie hatte keinen Schimmer, was los war. Und Linda Thurston auch nicht.

Nachher

Die winzige Garderobe war bis zum Bersten gefüllt: mit Blumen, Telegrammen, schäumenden Champagner-flaschen, lächelnden, rufenden, stammelnden Gratulanten, Schauspielerkollegen und Freunden. Celia saß auf einem Schemel mit dem Rücken zum Spiegel und dem Schmink-tisch und versuchte zu verstehen, was alle zu ihr sagten.

Fünf Minuten zuvor waren die Lichter nach der Premiere von *Missverständnisse* ausgegangen, nachdem sie und Deb-bie Macadam den letzten Vorhang als gemeinsame Stars be-kommen hatten. Celias Rolle war in der Neufassung erwei-tert worden. Debbie hatte darauf bestanden, dass sie keine Einzelvorhänge annehmen würde, nur weil die Leute sie in Spielfilmen gesehen hatten, und so kamen sie Hand in Hand nach vorn, erleichtert und glücklich und voller Hoff-nung, und sie ließen die enge, kleine Off-Broadway-Bühne zurück und suchten Billy Blumenthal, den Regisseur, der an der Tür zur Garderobe auf sie gewartet hatte, um sie beide zu küssen und zu umarmen. Die beiden männlichen Stars waren ebenfalls da, und dann kamen alle anderen, und das Chaos brach aus.

Die Menge vor dem Theater promenierte noch in der war-men Juninacht, die man ohne Klimaanlage verbracht hatte. Morris Levy kam herein und wischte sich das Gesicht mit einem großen, bunten Halstuch ab – ein glücklicher Autor, der in den vergangenen drei Wochen sorgfältig und fleißig seine Arbeit getan hatte. Er umarmte Celia herzlich und flüsterte ihr ein Dankeschön für ihre Vorstellung zu; dann flüsterte ihr Agent Joel Goldman ihr etwas ins Ohr und sagte, dass er bei der Show ein gutes Gefühl hatte. »Das Stück hat alles, was nötig ist, Kind«, sagte er. »Du wirst es lange Zeit spielen. Und du wirst Zeit haben, mit Linda Thurston zu spielen!« Er grinste breit, küsste sie wieder auf die Wange, und irgendjemand reichte ihr einen Styroporbecher mit warmem, billigem Sekt, der kräftig perlte und himmlisch schmeckte.

Sie hatte beinahe Angst, es zuzugeben, doch Joel hatte Recht – das Stück hatte wirklich dieses Feeling. Auf der briefmarkengroßen Bühne war alles da gewesen; all die unheimlichen Lichteffekte hatten perfekt funktioniert, die Textänderungen hatten gepasst, und den Zuschauern hatte an den richtigen Stellen der Atem gestockt, und die Lacher und die gespannte Stille waren jedes Mal genau auf den Punkt gekommen.

Greco erschien, nachdem die erste Welle der Premierengäste gegangen war. Er stand in der Tür, sah sich scheu und unbehaglich um. Celia hatte ihn noch nie im Anzug gesehen, und er selbst schien sich seiner nicht sicher zu sein, schien sich nicht bewusst zu sein, welch eindrucksvolle Figur er abgab in seinem dunkelblauen Sommeranzug, mit seinem tief gebräunten, narbigen Gesicht und der Augenklappe, die man unmöglich übersehen konnte. Eine besondere Energie schien von ihm auszugehen. Celia spürte sie sogar aus der Entfernung.

Ihr Blick traf seinen und hielt ihn fest, und sie sah, wie er langsam zu lächeln begann und immer noch hinter der Menge stand, die sie eingekreist hatte. Sie entschuldigte sich und stand auf. Selbst in ihrem knalligen, schaurigen

Kostüm als von den Toten Auferstandene, bedeckt von Bühnenblut, sah sie zu ihm auf und lächelte.

Es gab einige Ereignisse, von denen Celia immer noch nichts wusste und von denen sie auch nie erfahren würde. Doch ihre Gedanken waren angefüllt mit einem Tumult von Bildern, die sie mit Sicherheit niemals vergaß.

Greco mit einer Schusswunde im Nacken und doppelseitiger Lungenentzündung und Celia, die einen Strauß Tulpen in sein Krankenzimmer mitbrachte und ihn küsste, um ihn zu wecken …

Die Aufregung all der Leute aus Washington, die mysteriösen Geheimdiensten angehörten, sich nie richtig vorstellten und nach New York gekommen waren, um mit Celia zu sprechen und ihr zu sagen, dass sie vergessen müsse, was geschehen sei, weil es um die Sicherheit der Nation ginge und sie doch sicherlich ihr Land nicht im Stich lassen wolle?

Und der groß aufgemachte Bericht in der *New York Times* über den tragischen Tod des Kriminalschriftstellers Miles Warriner durch die Hand eines aufgeschreckten Einbrechers, der ihn überraschte, während er in seinem Landhaus in New Jersey an einem neuen Roman schrieb.

Und Admiral Malfaison und General Cates, die die einzige Kopie – außer der des verdammten Bassinetti – des Palisades-Manuskripts in einem Tresor so tief unterhalb des Pentagons einschlossen, dass es sich näher an Peking als an Washington befand.

Und das Begräbnis eines italienischen Restaurantbesitzers und Killers namens Vincenzo Giraldo in Queens.

Und das winzige Begräbnis von Mr. Mystery, der einem Straßenüberfall im West Village zum Opfer gefallen war.

Und die Notiz im *Publishers Weekly* über Jesse Lefferts, den neuesten Cheflektor beim *Pegasus House*.

Und all die Proben für das neue Stück und die Krankenbesuche bei Peter, der sich allmählich erholte, schließlich aus dem Krankenhaus entlassen wurde und sie in ihrer Wohnung besuchte, um mit ihr und Hilary chinesisch zu Abend zu essen, und der versuchsweise probierte, seine Spielkünste im Pool wiederzuerlangen.

»Peter, vielen Dank für die schönen Rosen.«

»Slats, du warst wunderbar, du hast mir höllische Angst gemacht ...«

»Und es ist ziemlich schwierig, so einen harten Kerl wie dich zu erschrecken.«

»Mittelhart.«

Sie spürte, dass sie gleich weinen würde, doch er nahm sie in den Arm und küsste sie.

»Oh, Peter, du wirst diesen ganzen Dreck auf deinen Anzug kriegen.«

»Du hast mich schon mal blutig gesehen ... und überhaupt, wen stört das? Du siehst einfach ...«

Celia lachte und schlang die Arme um seinen Hals.

»Ich habe schlechte Neuigkeiten für dich, Greco. Am Morgen sehe ich immer so aus.«

Er lachte. »Ich bin hart im Nehmen, ich kann das vertragen.«

Debbie Macadam hatte sich zu ihnen gesellt. »Sie müssen der Mann im Hathaway-Hemd sein, über den wir so viel gehört haben ... das einäugige Wunder!«

Greco lachte. »Der bin ich.«

Billy Blumenthal klatschte an der Tür in die Hände. In die Stille knallte ein Sektkorken.

»Okay, Kinder, kleinen Moment, bitte. Ich habe etwas anzukündigen, das euch vielleicht interessiert. Wie ihr wisst, haben wir ein Filmstudio, das uns in diesem ersten Stadium der Produktion unterstützt. Offen gesagt – nach dem, was ich heute Abend da draußen gesehen habe, werden sie sicher bei uns bleiben ...«

Jubel brach los, doch Billy winkte, und alle wurden wieder still.

»Es ist mir eine große Freude, euch jetzt von einer Sache zu erzählen, die in den letzten paar Wochen in der Mache war. Wir haben eine definitive zweite Zusage ... seid ihr bereit? Eine weitere halbe Million Dollar ...« Seine weiteren Worte gingen im aufgeregten Geschrei unter. Celia durchlief ein Schauer der Erregung. Greco drückte ihre Schulter. »Und«, fuhr Blumenthal fort, »wir werden dieses kleine Baby auf den Broadway bringen!« Tumult und Höllenlärm, Umarmungen und Küsse überall, schäumender und überströmender Champagner.

»Das Martin-Beck-Theater«, sagte Billy. »Wir werden spät im August eröffnen, nach zwei Monaten in dieser kleinen Sauna in Chelsea«, Gelächter, gequältes Ächzen, »und wir sind die erste Show in der neuen Saison!«

Inmitten des aufgeregten Geschreis war Debbie Macadams Stimme zu vernehmen. »Wer ist es, Billy? Wer ist unser Engel?«

»Oh, mein Schatz, auf diese Frage habe ich nur gewartet. Ich möchte euch unseren neuen Sponsor vorstellen, ein echter Freund des Theaters ... ein Engel, wie ihn sich keiner von uns auch nur im Traum vorstellen könnte ... ein wunderbarer Mann, den ihr alle lieben werdet ... hier ist er!«

Billy trat beiseite, und alle spähten nach vorn und applaudierten, als ein sehr dicker Mann, der heftig errötete und ebenso heftig schwitzte, in seinem Rollstuhl im Türrahmen erschien.

Celia stockte der Atem, während die anderen sich um den Mann drängten. Auch Linda Thurston hätte es nicht besser machen können. Sie hielt ihren Mund an Grecos Ohr.

»Du bist ein Schuft, mein lieber Schatz …«

»Und ein kleiner Erpresser. Aber weißt du, er hat mir gesagt, dass die Aufführung ihm sehr gefallen hat.«

»Du hast heute Abend mit ihm gesprochen?«

»Mein Gott, wir haben nebeneinander gesessen. Ich dachte mir, er hatte da noch diese halbe Million, die herumlag und Staub ansetzte …« Er zuckte mit den Schultern.

»Ich liebe dich, du Schuft!«

»Ich hab's verdient, nicht wahr?«

»Ich glaube, das hast du wohl …«

Peter Greco zwinkerte mit seinem großen braunen Auge.

»*Millar verknüpft meisterhaft historische Tatsachen mit Fiktion.*«

THE GUARDIAN

Peter Millar
EISERNE MAUER
Thriller
400 Seiten
ISBN 3-404-15358-8

Wir schreiben das Jahr 1989. England ist geteilt: in einen sowjetischen Satellitenstaat und eine kapitalistische Gesellschaft. Drei Tage vor der großen Parade zum Jahrestag der sozialistischen Staatsgründung findet man unter der Blackfriars Bridge eine Leiche. Detective Inspector Harry Stark von der Städtischen Volkspolizei nimmt sich des Falles an. Wer ist der Tote, dem sämtliche Papiere entwendet wurden? Und warum ist das Amt für Staatssicherheit so sehr an dem Fall interessiert? Ein Reporter liefert Stark schockierende Informationen über die Identität des Toten und stellt ihn vor eine Herausforderung, die nicht nur sein Leben, sondern sogar die ganze Gesellschaft verändern könnte ...

Bastei Lübbe Taschenbuch

»Niemand beherrscht die Klaviatur des Schreckens so wie Hilary Norman.«

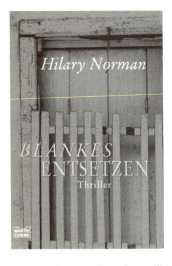

Hilary Norman
BLANKES ENTSETZEN
Thriller
496 Seiten
ISBN 3-404-15361-8

Der Rechtsanwalt Robin Allbeury hat es sich zur Aufgabe ge-macht, Frauen zu helfen, die von ihren gewalttätigen Ehemännern geplagt werden. Doch für manche Frauen kommt jede Hilfe zu spät. So ist es im Falle von Lynne Bolsover, deren Leiche in einem Schrebergarten gefunden wird, Opfer eines brutalen Gatten – so scheint es jedenfalls ... Und dann gibt es Frauen wie Lizzie Piper, Mutter von drei Kindern und verheiratet mit einem erfolgreichen Chirurgen, der dem Idealbild des fürsorglichen Ehemanns entspricht. Doch niemand weiß, was in manchen Ehen wirklich vorgeht. Oder was hinter verschlossener Tür geschieht ...

Bastei Lübbe Taschenbuch

»Ein Meisterwerk im Stile
von KAIN UND ABEL.«

DAILY TELEGRAPH

Harry Bingham
BLUTSBANDE
Thriller
624 Seiten
ISBN 3-404-15362-6

Am 23. August 1893 werden zwei Kinder geboren: Alan ist der
Sohn von Sir Adam Montague, Tom der Sohn seines Gärtners.
Die Kinder wachsen gemeinsam auf, und es scheint, als könne
diese Freundschaft nichts trüben – abgesehen von der Aussicht,
dass Alan die Reichtümer seines Vaters, Tom hingegen gar nichts
erben wird. Ein tragisches Missverständnis in den Schützengrä-
ben des Ersten Weltkriegs verwandelt die tiefe Freundschaft in
bittere Rivalität. Eine Rivalität, die sich zukünftig nur um eines
dreht: Öl. Und für die beiden Männer gibt es nur ein Ziel, das
ihnen wichtiger ist als der Reichtum: Rache.

Bastei Lübbe Taschenbuch

*»Atemberaubend und verstörend. David
Ambrose lehrt uns erneut das Fürchten.«*

THE GUARDIAN

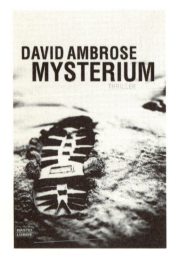

David Ambrose
MYSTERIUM
Thriller
352 Seiten
ISBN 3-404-15365-0

Tom Freeman glaubt, die Schatten seiner von Drogen- und
Alkoholmissbrauch gekennzeichneten Vergangenheit hinter
sich gelassen zu haben. Die Arbeit, seine Frau Clare und vor
allem seine kleine Tochter Julia geben ihm Halt. Doch warum
behauptet Julia eines Tages, ihr wirklicher Name sei Melanie und
Tom und Clare seien nicht ihre wahren Eltern? Zugleich wird
Tom von einem Albtraum geplagt, in dem er ein junges Mädchen
tötet – eine Tat, die er nach eigenem Verständnis nie begehen
könnte. Toms Nachforschungen ergeben, dass vor zehn Jahren
ein Mädchen spurlos verschwand – an exakt dem Ort, wo Tom
seinen finalen Drogenexzess erlebt hat ...

Bastei Lübbe Taschenbuch